JN217078

今村昌弘

Murders at the House of Death

Imamura Masahiro

Ayukawa Tetsuya Award Winner

Tokyo Sogensha

第27回鮎川哲也賞受賞作

# 屍人荘の殺人

東京創元社

目次

# 受賞の言葉

今村昌弘

　この度は第二十七回鮎川哲也賞にご選出いただき誠にありがとうございます。

　子供の頃から自分の想像で誰かを楽しませたいという欲求はあったもののなかなか一歩を踏み出すことができず、ようやく小説を書くことに挑戦し始めたのは大人になってからのことです。昔から読書の趣味は雑多で、書店の本棚を眺め、タイトルや装丁からピンときたものを買うというスタイルでした。

　ですから、恐れ多いのですが、実は本格ミステリに傾倒していたわけではなく、良き本格ファンなどとは口が裂けても名乗れない身なのです。そんな私が「読んだことのないミステリを！」という一念で書き上げた作品がこのような栄誉を賜ったのですから、本格ミステリとは私が思い描いていたよりもはるかに自由で懐の深いものなのだと実感しました。

　日が経つにつれ、受賞という責任の重さをひしひしと感じています。自分の想像で誰かを楽しませたい。その原点を忘れず、これからも邁進したいと思います。

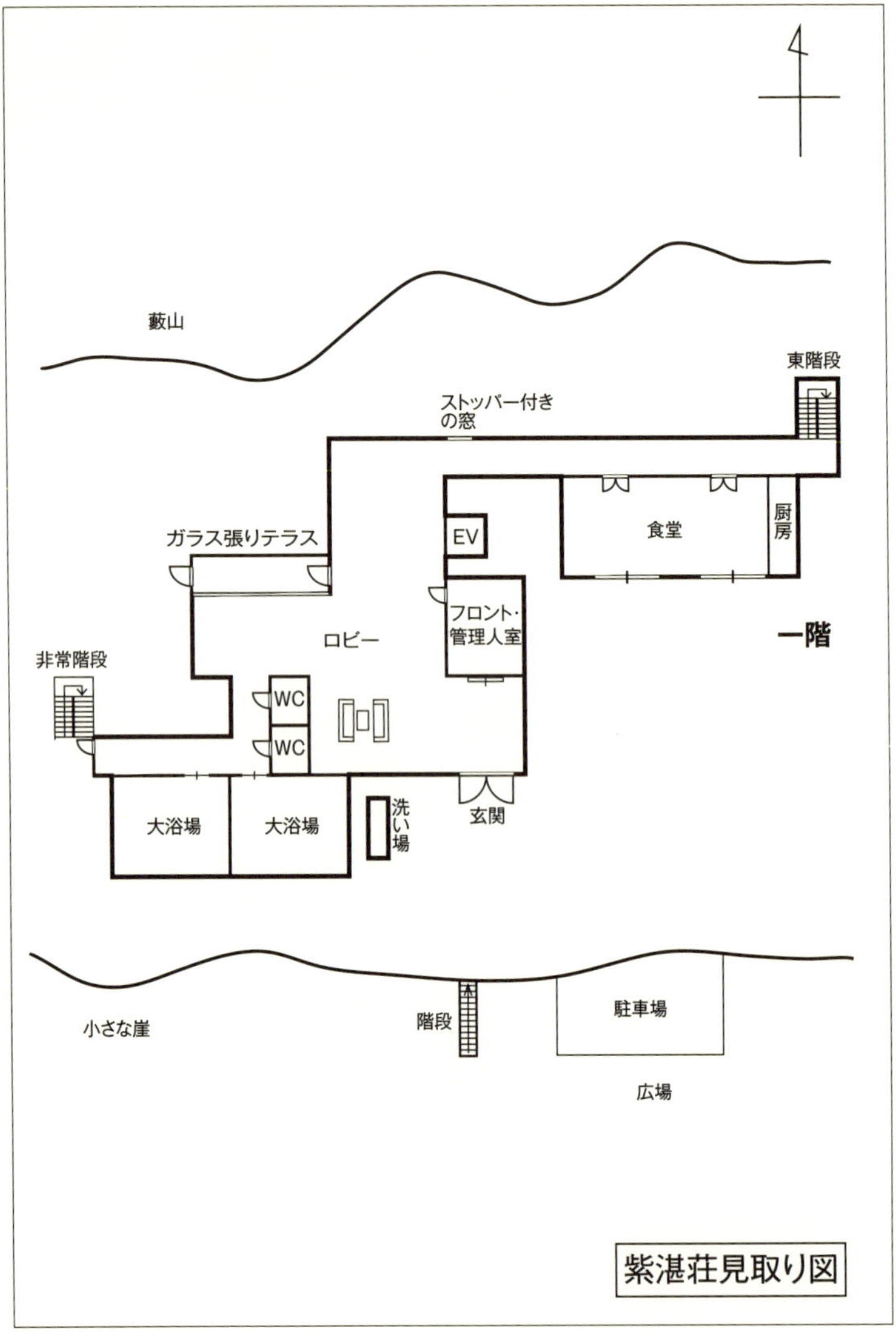
藪山
東階段
ストッパー付き
の窓
ガラス張りテラス
EV
食堂
厨房
フロント・
管理人室
ロビー
一階
非常階段
WC
WC
大浴場
大浴場
洗い場
玄関
小さな崖
階段
駐車場
広場
紫湛荘見取り図

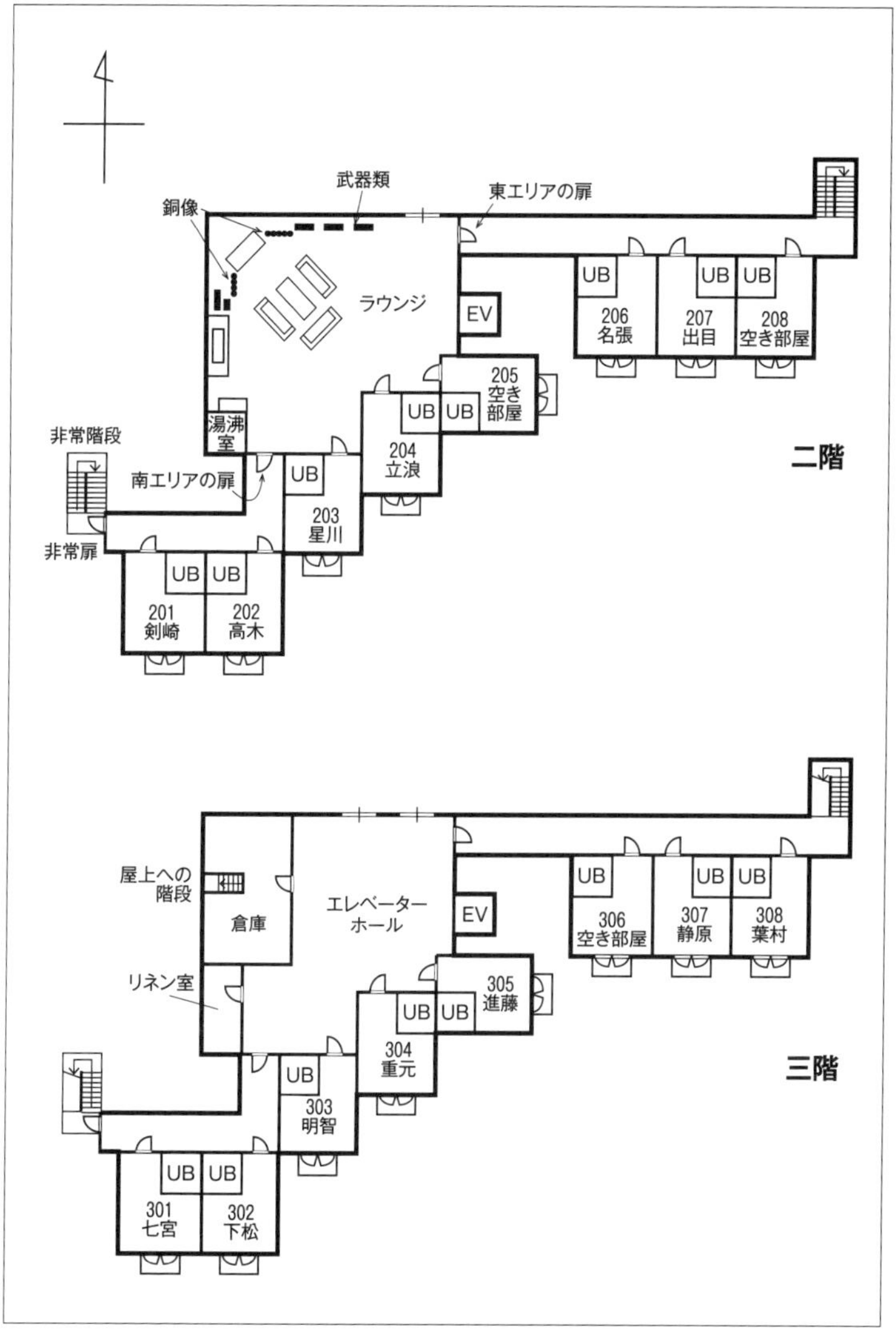
武器類
銅像
東エリアの扉
ラウンジ
EV
UB
206
名張
207
出目
208
空き部屋
205
空き
部屋
204
立浪
湯沸
室
非常階段
南エリアの扉
203
星川
非常扉
201
剣崎
202
高木
二階
屋上への
階段
倉庫
エレベーター
ホール
306
空き部屋
307
静原
308
葉村
305
進藤
リネン室
304
重元
303
明智
301
七宮
302
下松
三階

# 登場人物

葉村　譲……神紅大学経済学部一回生。ミステリ愛好会会員。

明智恭介……神紅大学理学部三回生。ミステリ愛好会会長。「神紅のホームズ」と呼ばれている。

剣崎比留子……神紅大学文学部二回生。幾多の事件を解決に導いた探偵少女。

進藤　歩……神紅大学芸術学部三回生。映画研究部部長。

星川麗花……神紅大学芸術学部三回生。演劇部部員。進藤の恋人。

名張純江……神紅大学芸術学部二回生。演劇部部員。神経質な性格。

高木　凛……神紅大学経済学部三回生。映画研究部部員。男勝りな性格。

静原美冬……神紅大学医学部一回生。映画研究部部員。大人しい性格。

下松孝子……神紅大学社会学部三回生。映画研究部部員。ギャル風の外見。

重元　充……神紅大学理学部二回生。映画研究部部員。あるジャンルの映画のマニア。

七宮兼光……神紅大学映画研究部ＯＢ。紫湛荘オーナーの息子。

出目飛雄……神紅大学ＯＢ。七宮の友人。

立浪波流也……神紅大学ＯＢ。七宮の友人。

管野唯人……紫湛荘の管理人。

浜坂智教……儀宣大学生物学准教授。

班目栄龍……岡山の資産家。班目機関の設立者。

# 屍人荘の殺人

剣崎比留子《けんざきひるこ》殿

前略

そちらは変わらず健勝のことと思う。挨拶は苦手なので早速だが本題に入らせてもらう。

先日依頼を頂いた班目《まだらめ》機関なる組織の調査に関して報告書を送る。

但《ただ》しこれは、まとめた私の目から見ても著しく常識を逸脱した奇々怪々なる内容であり、調査を進めるうちに期せずして公安調査庁の極秘事項にまで踏み込むことになってしまった。

よってこの依頼は我が事務所ではなく私個人の仕事として処理しており、他の職員たちには依頼のこと自体一切知らせていない。貴殿もこの報告の複製はもちろん他言も無用と銘記されたし。

読後この資料は処分されることを奨《すす》める。

班目機関。

正確な時期は不明だが、戦後に岡山の資産家である班目栄龍《えいたつ》が設立した研究機関である。

岡山県O市の人里離れた山中に造られた施設で、表向きには薬品研究を行っていたと記録が残っている。施設は複数階の地下室を含めかなりの規模だったらしく、全国から奇人変人と評される研究者、学者を呼び集め、分野の垣根なく日夜様々な研究が行われていたとの証言が複数得られた。それも表の世ではとても真剣に相手をされぬような。

昔この敷地に迷い込んだことがある地元の老人の話では、彼らはなにか得体の知れぬ、恐ろしげな生物を飼っていたという。一説では、第二次大戦時にナチスが行っていた研究の資料がここに流れ着いたともいわれているが……。そのようなオカルティズム溢《あふ》れる情報は枚挙に遑《いとま》がない。詳細は添付した資料にて。

班目機関は設立以来四十年近くにわたって活動していたようだが、一九八五年、公安によって現在でいうところの「特異集団」とみなされ、家宅捜索が行われた後まもなく解体された。これには時の中曽根内閣からの強い意向があったという関係者からの証言を得ており、国政が関与せざるを得ないほどの影響力を持っていたことが窺える。

ただこの時に回収された研究資料などの記録は一切残されておらず、班目機関が具体的になんの研究を行っていたのかは不明である。

だが、儀宣《ぎせん》大学の生物学准教授であった浜坂智教《はまさかとものり》という男の登場により、状況が大きく変わった。彼はある極左組織と深い関わりにあるということで三年ほど前から公安にマークされていた。そしてついにこの夏自宅や職場の家宅捜索を受け、その際自宅から班目機関のものと思われる古い研究資料が発見されたという。

しかし浜坂本人は大学の研究室の実験資料とともに姿を消した。

……

その彼こそが八月に発生し、貴殿も巻き込まれた娑可安湖《さべあ》集団感染テロ事件の首謀者である

# 第一章　奇妙な取引

## 一

「カレーうどんは、本格推理ではありません」

俺はそう告げた。

当然カレーうどんはうどんの亜種であって本格推理どころか本格中華ですらない。そんなことはわかっている。俺が言いたいのは、ここでカレーうどんの名を出すのは非論理的ということだ。

「それは宣戦布告と受け取ってもよいのだろうね」

定規のようにまっすぐ背筋を伸ばした男がこちらを睥睨《へいげい》する。細い瞳がリムレス眼鏡の奥でかかってこいといわんばかりに光っている。上背がある分その威圧感はひとしおだ。

「ご自由に。けれど結果は見えていますよ。むしろなぜカレーうどんなのか、理解に苦しみます」

俺は腕組みをしたまま顎《あご》をしゃくり、一人の女子学生に視線を戻した。

女子学生が持つ水色のトレーにはまだなにも載っていない。そして先ほどから目の前の『麺類』の品書きをじっと見つめ、思案するように佇んでいる。なにかを注文しようとしているのは明白だった。

俺たちはそれを十メートルほど離れたテーブルから眺めている。

「苦しんでいるのなら教えてやろう」男は不敵に笑う。「彼女の格好を見たまえ。外は灼熱の真夏日だというのに、長袖のパーカーを羽織《はお》っているではないか」

　彼の言うとおり、周囲を見渡せばほとんどの学生が半袖シャツと膝の覗く短パンやスカートといった薄着をしている中で、白の長袖パーカーを着た彼女の姿は目立っている。

「つまり彼女にとって講義室やこの学食の冷房は強すぎるのだ。特に学食はガラス張りのせいで日差しがよく当たるから、冷房も強めに設定してあるのだろう。であれば寒がりの彼女が温かい食べ物を求めていることは想像に難くない」

「そこまではよしとしましょう。ですが温かい麺類はうどんだけじゃない。メニューにはラーメンもあります。なぜラーメンを選択肢から外したんです」

「時間だよ、葉村《はむら》君」

　男がにやりと唇を歪めた。国家転覆を企む悪役のような表情だが、会話の内容は女子学生がなぜラーメンを食わないのかであり、残念感が凄まじい。だがせっかくの雰囲気を壊すのもなんなので指摘しないでおく。

「時間」俺は聞き返した。

「そう。彼女は友人と三人連れで入ってきた。他の二人はもう品を受け取り、今は会計を済ませているところだ。彼女は友人を待たせ《せ》まいと急いているに違いない。ではラーメンとうどん、早く出てくるのはどちらだ」

　普通に考えれば麺の細いラーメンの方が茹《ゆ》で時間が短く済みそうだ。だが、

「俄然《がぜん》、うどん」

　俺が言いきると、男も重々しく頷《うなず》いた。

そう。俺たちは身を以て知っている。この学食はなぜかうどんに強いこだわりを持っており、毎日わざわざ近くの製麵所から打ちたての麵を日に二度卸《おろ》してもらっている。そのせいかうどん類は学生からの人気も高く昼休みともなると注文が殺到するため、厨房ではあらかじめある程度の量を茹で始めているのだ。だからうどん類はさほど待たされずに受け取れる。

だがラーメンは、うどんと違ってこだわりが皆無で、味のクオリティが低く人気がない。よって注文が入ってから麵を茹で始めるため、空きっ腹には耐えられないほど待たされるのだ。付け加えるとラーメンの調理を任されているフィリピン人（たぶん）のおっさんも戦犯の一人といっていい。あいつが茹でた麵はまさにコシが抜けるという表現がぴったりくるくらいぐずぐずに軟らかく、伸びきっているのだ。決められた時間どおりに茹でればいいのになぜああなるのだ。

閑話休題《かんわきゅうだい》。結論、うどんの方が早く出てくる。

「そういうことだ。急いでいる時に、時間のかかるラーメンを注文するはずがない」

推理には一定の筋が通っているように思えた。

「そこまでは俺も同意見です。ですが温かいうどんにも二つの選択肢があります。カレーうどんとかけうどん。なぜよりによってカレーうどんを選んだんですか」

「彼女は先ほどからあそこを一歩も動かん。他のおかずを注文する気がないんだ。昼飯がかけうどんだけでは腹の足しにならん。だがカレーうどんならば不思議ではあるまい。なぜならカレーだからだ！」

推理の質が急落した。自分の期待や好都合な理屈を軸にして答えを導き出すのは、本格推理とはいえない。

「……別にかけうどんだけでもいいじゃないですか。節約しているのかもしれないし、ダイエッすかね？」


トしているのかも。それに、一つ大きな見落としがありますよ」

「ほう。なんだね、それは」

どうやら彼は気づいていないようだ。少し優越感に浸りながら、

「彼女が着ているパーカーですよ。白じゃないですか。あれを着てカレーうどんなんて注文しま
すかね？」

カレーの染みは白い衣服の天敵だ。年頃の女子が無頓着なはずがない。だが彼はそんな反論で
はへこたれなかった。

「パーカーなんぞ脱げばいいだろ、馬鹿者！」

「んな横暴な」

呆れた。それでは寒がりだという前提がそもそも成り立たないじゃないか。

「第一、節約やダイエットをしているのなら食うものなんて最初から絞られているはずだ。選ぶ
のにあんなに時間がかかっているのはおかしい」

「いやダイエット中だからこそ限られた食事をですね」

言い合っていると、件《くだん》の女子学生がレジを通ってこちらへと近づいてきた。俺たちは口論をや
め、何気なさを装いつつ首を伸ばし、通過するトレーを覗き見る。いざ、勝負。

彼女の昼食は――学食スタッフおすすめの、おろしツナ醤油うどんだった。

「なぜだ！」と叫びたくなった。昼飯としては大正解だが、あんた寒いんじゃないのか。

「――また引き分けですね」

俺はノートの切れ端に今日三つ目の×印をつけ、相手の男は憮然《ぶぜん》とした表情で汗をかいたコッ
プを手に取り、お冷やを飲み干した。

関西では名の知れた私大である神紅《しんこう》大学キャンパスの学生食堂の中でも、このセントラルユニオンと呼ばれる食堂は最も多くの学生に利用されている。内装もカフェテリアとかビストロだとか横文字を使いたくなるぐらい垢抜《あか》けており、ガラス壁や採光窓から注ぐ自然光がこちらの気分まで晴れやかにさせてくれる。海を模した巨大なモザイク画の壁が目を引く室内はテニスコートを優《ゆう》に四面は取れそうなほど広く、今はぎっしりと並んだ長テーブルの七割方が学生で埋まっている。奥の厨房からは食欲をそそる匂いが漂《ただよ》う。一番香っているのは日替わり定食のデミグラスソースだろうか。

食事をとる学生たちの表情は明るい。二週間にわたる期末試験も今日の午前でほぼ終わり、これから突入する夏休みの計画などに胸をときめかせているのだろう。

羨ましく思う。俺の胸を占めるのは期待ではなく不安だ。

その原因の大部分は目の前に座る理学部三回生の先輩——明智恭介《あけちきょうすけ》にあるのだが、×印の並ぶメモを憎々しげに握り締める顔からして、自覚はまったくなさそうだ。

「くっそう。なかなか理屈どおりには動かんものだな、人間というのは」

明智さんが唸《うな》る。彼の推理を理屈と呼んでいいのかは大きな疑問だが、人間の行動が小説のように都合よく言い当てられないということには賛成だ。冬にこたつに入ってアイスクリームを食うなんてよくあることだし、先ほどの彼女がパーカーを着ているからといって冷やうどんを食うことに文句を言う筋合いはない。

俺と明智さんは暇があればこうして推理勝負をしているが、どちらかが気持ちよく勝利を収めることはほとんどない。百戦近い勝負を繰り返してわかってきたことは、下手な推理を組み立てるよりも学食スタッフのおすすめメニューか日替わり定食を推《お》しておけばそこそこの確率で当たる、という悲しい現実だ。だがそれをやると「推理から逃げたな」と突っかかってこられるので、仕方なく妄想に近い論理を組み立てては自滅するという学習能力の低いバトルを繰り広げている。

さて、この明智恭介というどこかの探偵のような名前の、やや面長だが精悍《せいかん》な顔つきとリムレス眼鏡が印象的な先輩と俺がなぜこうしてつるんでいるかといえば、四月の入学直後まで遡《さかのぼ》らなければならない。

たいていの大学がそうであるように、新年度を迎えたキャンパスへと足を踏み入れた新入生を待ち構えていたのは、弱肉強食のサークル勧誘の嵐だった。公認、非公認を合わせて高校とは比較にならない数のサークルがあるのだから当然だ。

俺は当初、ミステリ研究会——いわゆるミス研に入ろうと思っていた。

元々孤独を苦痛に思わない性格で、特にこれといったスポーツの経験もなく、親友と呼べる友人もおらず、可愛い幼馴染《おさななじみ》も存在しなかった俺はこれまで無味乾燥という表現に相応《ふさわ》しい青春時代を過ごしてきた。だがそんな俺でも大学生活でなんの人脈も得られないのはさすがにまずかろうと思ったのだ。高校とはまったく違うシステムの社会で生活するためには、上級生のアドバイスや友人らとの情報交換が重要なウェイトを占めるであろうことは想像に難くない。

そこで昔からミステリ好きだった俺は、サークルガイドの片隅に小ぢんまりと載っていたミス研の見学に二回ほど赴いたのだ。その結果、正直落胆した。

サークル棟の一室を拠点に十五名ほどの学生が所属するミス研は、年に一度の評論冊子の発行のみを正規の活動とし、普段はただ好きに集まり雑談をするだけのサークルだった。縛りの緩い自由な雰囲気はともかく、相手をしてくれた先輩部員たちからはミステリに対する情熱が感じられず、好きな作品を話題に挙げても返ってくる答えは「知らない」「読んだことない」ばかりで、ヴァン・ダインや都筑道夫《つづきみちお》の説明を一からしなければならない。俺が口を開くたびにそんなやりとりの繰り返しになるので、途中からは互いにうんざりしてしまった。

二度目の訪問でも同じようなことが続き、入会の意欲の失せた俺が沈んだ気分でミス研の部室を後にしたところ、突然見知らぬ長身の男に行く手を塞がれ、言葉をかけられた。

「国名シリーズはクイーン。館シリーズは綾辻行人《あやつじゆきと》。では花葬シリーズは？」

なんですか急に。あなた誰ですか。と切り返そうとしたが、

「な、あ、連城三紀彦《れんじょうみきひこ》」口が勝手に動いていた。

その瞬間、差し出してもいない右手がガチっと摑まれた。大きな手だった。

「見込みがある。君、俺の助手にならんか」

そのまま強引に近くの喫茶店へと連れ込まれた。頭は混乱しっぱなしだったが、奢《おご》ってくれるというのでクリームソーダを注文した。飲み物が運ばれてくるのを待たず、彼は名乗った。

「理学部三回生、明智恭介という。一応、ミステリ愛好会の会長を務めている」

ミステリ愛好会？　ミス研とは違うのか。

「つまり、ミス研の二番煎じ？」

「断じて否！」

正直すぎる俺の発言を明智さんは電光石火で否定した。彼曰《いわ》くこっちが真のミステリマニアの居場所だという。

「あんなヴァン・ダインや都筑道夫も知らんような連中と同じ括《くく》りにされてたまるか」

あんたは俺の双子の兄弟か。

運ばれてきた飲み物に口をつけながら話を聞くと、実は明智さんも入学当初はミス研に在籍したらしい。だが俺と同じく話のかみ合わなさに辟易《へきえき》し、まもなく脱退して一人でミステリ愛好会を立ち上げた。以来真のミステリ志士として身の回りの謎を追い求め、また己の推理に磨きをかけているという。

そして先日、この俺、葉村譲《ゆずる》という歯ごたえのありそうな新入生がミス研に現れたという情報を知人から聞き、先ほどのテストを以てミス研から引き抜きにかかったというわけだ。

「君とて、四年間もあんな連中と馴れ合うつもりはないだろう」

明智さんの指摘は的を射ていた。ミス研の部員たちが好んでいたのは最近流行《はや》りの、キャラクターの個性を前面に出し、恋愛や青春小説の要素もふんだんに盛り込んだライトミステリとも呼ぶべき作品群だ。いや、あれはあれでちゃんとミステリに分類されるのだろう。そこを否定しては余計な敵（?）を増やすことになる。だが古典作品や本格推理と呼ばれる作品を愛する者としては、それを知らずして研究会などと名乗ってほしくないのが本音だった。

「わかりました。俺、ミステリ愛好会に入ります」

別に意気投合したわけでも口説き落とされたわけでもないけれど、俺は誘いに乗った。今までずっと帰宅部だった俺にとって、彼は初めて飲み物を奢ってくれた先輩だったからだ。

こうして俺は彼の助手として学校非公認の団体に所属することになり、生産性なき日々を送っている。他の入会予定者は今のところいない。

## 二

「ところで葉村君。八月下旬の予定はどうかね」

食堂を出ていく学生たちの背中を目で追いながら、明智さんが訊ねた。

「もちろん空いてますけど。また猫探しでもやりますか」

「馬鹿者。このクソ暑い時期に猫のケツを追いかけてなにが楽しい」

そう言ってお冷やの氷をボリボリと嚙む。

猫探しとは、時折彼が田沼《たぬま》探偵事務所という大学のご近所さんから引き受けるアルバイトだ。現実と創作の垣根を越えて謎をこよなく愛する明智さんは身の回りに事件が起きるのを常に望んでいる。いや、大人しく待っているだけならまだマシなのだが、この人は自ら飛び込もうとするので質《たち》が悪い。わざわざ自分の名刺（堂々と『ミステリ愛好会会長』と肩書きを付けた代物だ）を作り、学内のあらゆるサークルに「入用な時には是非お声掛けを」などと宣伝して回っているのだ。そんなことをもう二年以上も続けているというのだから、学内で彼が無駄に有名なのも無理はない。「君も名刺を作った方がいい」と言われた時は断固として拒否した。

だがあながち馬鹿にできないのは、彼が実際に学内から寄せられた事件のいくつかを解決した実績があるからだ。俺の入学以降だけでも宗教学試験問題漏洩事件（仮称）や中央グラウンド掘削事件（仮称）などに関わったが、いざ事件になるとこの人は鋭い閃《ひらめ》きを発揮する——ことがある。発揮しないこともある。

明智さんは学内だけでは飽き足らず、近辺の探偵事務所や交番にも押しかけ名刺を配っており、田沼探偵事務所ともそれがきっかけで知り合った。彼らはアルバイトを斡旋《あっせん》してくれるだけ好意的な方だ。警察は事件のたびに現場に現れて首を突っ込もうとする明智さんをもはや危険人物としてマークしている節がある。ようするに俺は明智さんの助手であると同時にブレーキ役だ。彼の情熱が世間の皆様に迷惑をかけないよう、後輩として監視する責任がある。

そんな先輩が夏休みの予定を訊ねてきたのだから、大変憂慮すべき事態だ。

セルフコーナーへ行ってお冷やをお代わりしてから明智さんは話し始めた。

「実はな、映画研究部の連中が夏休みにちょっと面白そうな合宿をやると耳にした」

俺はそんなサークルがあることすら知らなかった。

「どこかのペンションを借りきって、そこで心霊映像を撮《と》るんだそうだ」

「曰くのある場所で肝試しってことですか?」

「そうじゃない。ホームビデオで短編作品を撮影するということさ。POVスタイルっていうのか?　『ブレア・ウィッチ・プロジェクト』とか『パラノーマル・アクティビティ』みたいに登場人物の視線で撮影するやつ。もっとも今回のは数分間の超短編らしいが。夏になるとよくそういう映像を扱う特番があるじゃないか」

霊やUFOの映像を特集する番組のことか。実をいうと俺もああいう番組は嫌いじゃない。

「面白いですよね、あれ」

「うむ。だが心霊スポットで体調を崩すアイドルはもういらん。萎《な》える」

「激しく同意です」

あと個人的には外国の悪魔祓《ばら》いの儀式もグダグダするからいらないと思う。

「でもどうして心霊映像?　動画サイトにアップするとか、学祭で流すとかですかね」

「まあ活動の一環としてというのもあるだろうが、投稿目的らしいぞ。アマチュアの作品でも出来がよければ制作会社とかに買い取ってもらえるんだと。ちょっとした小遣い稼ぎにもなる。さっき言った心霊番組なんかで流されれば大成功だな」

なるほど。サークル活動と実益、さらには一夏の思い出にもなるというなんともお得な話だ。

「んで、そこに我々も交ぜてもらおうと思ったのだが」

「ええっ」急な展開に声が裏返る。

「だが映研の部長に頼みにいったら、断られた」

「でしょうねえ」

「先月からもう三度も頼んでいるのだが、どうしても駄目《だめ》らしい」

「二度断られた時点でへこたれない神経が羨ましいっす」

彼の行動力は賞賛に値するが、空気を読まないのが玉に瑕《きず》なのだ。とても大きな瑕だ。

せっかくのサークルの夏のイベントに部外者を交ぜたくないのは当然だろう。

だが明智さんは諦められない様子で腕を組み、上半身を小刻みに揺すった。

「けどなあ、葉村君。ペンションだぞ、夏のペンション。そこに同年代の若者が集うわけだ。いかにもなにか事件が起こりそうじゃないか」

りら荘じゃあるまいし。

ただ俺だってミステリマニアの端くれとして、館だの孤島だののペンションだのと聞けば細胞がざわつくくらいには感覚を毒されている。気を抜けば神戸の異人館とか長崎のグラバー邸というなんでもない単語にまで反応するほどに。だがやはり他人に迷惑をかけるのは感心しない。

「あまり人にウザがられることは控えてくださいよ。明智さん、ただでさえ有名人なんですから」

「あー、なんとか参加できないもんかねえ」

明智さんは未練たらたらだが、これればかりはどうにもならないのであった。

——どうにもならないと、俺は思っていた。

三

八月に突入し、暇を持て余した俺と明智さんは毎日のように大学近くの喫茶店に入り浸っていた。初めて明智さんと会った日に連れ込まれた店だ。お洒落《しゃれ》なプレートランチを出すような店ではなく、店主とたった一人のウェイトレスが限られたメニューで客をもてなす、レトロな構えの店。小さな窓はステンドグラスになっていて、薄暗い店内にはムード音楽のレコードが流れている。いつもは学生で九割方の席が埋まっているのだが、夏休みだからか店内は珍しく閑散として、いつもより豆の香りが強く感じられた。

「また断られた」

年月を感じさせるコーヒー色の椅子《いす》に座り、低いテーブルの下に長い脚を押し込みながら明智さんはそう吐き出した。彼の前にはコーヒー、俺の前にはエメラルドグリーンのクリームソーダ。

映研の合宿を、まだ諦めてなかったらしい。

「明智さん。ホントもう、そういうのはやめましょうよ」

「そういうの、とは」本気でわかっていないらしい。

「無闇にしつこく食い下がるところ。相手がノーと言ったらノーなんです。おみくじみたいに何度も粘るもんじゃない。探偵っていうのは颯爽《さっそう》と事件に関わるから格好いいんですよ」

「俺は頭を下げているだけだ。迷惑はかけとらん」

「それ一番ヤバい奴の思考ですって」

「とにかく事件のないまま夏を過ごすわけにはいかんだろ。なんとかせねば」

駄目だ。ペンションというミステリワードと夏の暑さのせいでブレーキがバカになっている。

なんとか明智さんの思考を合宿から遠ざけようと俺が苦悩していると、ちりん、と店のドアが開く音がした。肩越しに目をやると女性客のようだ。

だが彼女は狭い店内にゆっくりと視線を巡らせ、なぜかこちらにまっすぐ歩いてくる。そして俺のすぐ斜め後ろで立ち止まった。

「失礼。ミステリ愛好会の、明智さんと葉村さんですね」

急に名前を呼ばれたことに驚き、彼女の顔を正面から見てさらに驚いた。

相当な美少女——少女かどうかは微妙だが——である。黒のブラウスとスカートに身を包み、肩より少し長い髪も黒。身長は百五十センチと少しといったところだが、スカートの腰の位置が高いためすらりとして見える。風貌は可愛いというよりも、そう、佳麗というのが正しい。少女と女性という分類のちょうど境目にいるような、とにかくそこいらの女子大生とはまるで違う生き物に思えた。

「どちら様でしょう」

先ほどまでのだらけた態度を封印し、明智さんが応じた。ミステリ愛好会の存在を知っているということはうちの学生のはずだが、交友関係の広い明智さんも知らない相手のようだ。

「初めまして。文学部二回生の剣崎比留子といいます。以後お見知りおきを」

理学部の明智さんとも経済学部の俺とも接点はなさそうだ。明智さんはともかく俺の名前まで知っているとは、いったい何者なのだろう。

「――剣崎、剣崎さん」なにかが引っかかったように明智さんが繰り返す。「それで、我々になにかご用で？」

「取引しましょう」

単刀直入に、彼女はそう切り出した。

「明智さん、映画研究部の合宿に同行したいのでしょう」

「なぜそれを」

「映研に所属している友人の話を小耳に挟んだので。ずいぶんと熱心に食い下がられているとか」

「ええ。でもすげない返事ばかりですがね」肩をすくめる。

なにがすげないものか。懲りもせずにしつこく絡んでおいて、殴られないだけマシだと思わねばならない。

それを聞いた美女――剣崎さんは口元を緩めた。

「その様子では断られた理由をご存じないんですね」

「理由？」

「話を聞いていただいても？」

にこりと笑う。すでに会話のイニシアチブは彼女に握られている。俺は一つ席を詰め、剣崎さんに譲った。

「ありがとう」

剣崎さんの注文したコーヒーが届くのを待ち、さっそく明智さんが訊ねる。

「それで、断られた理由とは？　単に部外者を参加させたくないだけだと思っていたが」

「どうもそれだけではないようです。まあ、これも友人から聞いた情報なのですが」

そう前置きして話し始めた。

「あの合宿の一番の目的は作品の撮影というより、男女の交流——部内でのコンパなのです。夏ですからね。しかもそのペンションは映研の卒業生の親が所有していて、貸切の上に無料で泊まらせてもらえるのだと。ただ部屋数には限りがあって、部員全員は参加できないらしいのです。合宿と呼んでいますが、実際は招待という形に近いイベントなのでしょう。そこに部外者を交ぜる余裕などないというわけです」

青春真っ盛りの大学生にとってペンションを借りきってのバカンスなんて、憧れ以外のなにものでもない。ただでさえ競争率が高いのに、そこに部外者が首を突っ込んでは馬に蹴られても文句は言えない。よし、諦めましょう明智さん。

「ですがつい最近になって状況が変わったのです」

雲行きが怪しくなってきた。

「合宿まであと二週間ちょっととというタイミングで、多くの部員が合宿への参加を辞退したのです。実はこの話をしてくれた私の友人というのもその一人でして」

「どうしてまた」

明智さんは先ほどからコーヒーにまったく手をつけていない。意識が剣崎さんの話に持っていかれているのだろう。

「脅迫状が届いたそうです」

もったいぶるように剣崎さんがカップに口をつける。

「発見者は私の友人。ある日たまたま一番乗りで部室に入ったところ、一枚の紙が机の上に置いてあったそうです」

「内容は？」

「『今年の生贄《いけにえ》は誰だ』と、赤マジックで、筆跡をごまかすようなめちゃくちゃな字で書かれていたそうです」

俺は首をひねった。

「なんとも奇妙な文章ですね。殺すとか呪うとか直接的な加害行為を示していないから正確には脅しでもないし」

「そうですね。でも、部員たちはこの内容に思い当たる節があったみたいで」

剣崎さんが周囲の耳を気にするように声を潜める。

「実は去年の合宿に参加していた女子部員が夏休み明けに自殺したらしいのです。明智さんはご存じないですか」

「ああ、そういえばその話は聞いて、調べた気がするな。けど結局事件性はないとかで、世間的には大きなニュースにならなかった」

「ええ、自殺の動機と合宿との因果関係は不明ですが、複数の部員の証言によると、去年撮影した心霊映像に彼らの仕掛けではない人の顔が写っていたとか」

「そのせいで祟《たた》りだか呪いだかにかかったと？」俺は眉を寄せる。

「あくまで噂ですが。でも部員の間では合宿が原因だというのが暗黙の了解だったみたいです。実際去年は、自殺の他にも大学を辞めたり退部したりする部員が後を絶たなかったとか。そんなことがあっても、今年も合宿は開催の予定だったんですが」

「脅迫状によって冷や水を浴びせられたと」明智さんが引き取る。

「そういうことです」

「参加をキャンセルした部員たちは脅迫状を真に受けたということですか」

そこが少し腑《ふ》に落ちなかった。確かに多少気味が悪いかもしれないが、今時の若者がそれ一つで一斉に予定をキャンセルするだなんて。俺の疑問に剣崎さんは頷いた。

「この話には続きがあるんです。私の友人が脅迫状を見つけた直後、部長が部室にやってきて」

「進藤《しんどう》君だな」明智さんが補足する。しつこく合宿の参加を打診していた相手なのだろう。

「ええ。進藤さんは脅迫状を見るなり、他言しないようにと、真剣な顔で迫ってきたというんです。実は進藤さんは去年も合宿に参加した数少ないメンバーらしくて。彼の態度になにか後ろ暗いものを感じた友人は隠しておくべきではないと判断し、他の部員にもその出来事を打ち明けて不参加を決めた。それで雪だるま式に参加を取りやめる部員が増えたというわけで」

確かに去年の合宿での出来事を知っているであろう部長が不審な態度をとったのでは、女性陣は特に不安を感じるだろう。

「なるほど、事情は理解した」

頷いた後、明智さんは注意深く切り出した。

「さっき取引と言ったね。あれはどういう意味かな」

「ペンションを貸してくれるOBの手前、人数不足で中止にするわけにいかないと進藤さんは頭を悩ませているようです。今なら部外者も受け入れられる可能性があります」

「だが俺は断られた」

「男性だけで参加しようとしたからです」

剣崎さんは断言した。

「コンパが目的でOBから招待を受けているのでしょうから、女性の参加者がいなくては話にならず、進藤さんも苦慮しているようなのです。そこで、です。私と一緒に参加してくれませんか」

この提案には明智さんも眼鏡の奥で目を丸くした。

「明智さんはなんでも神紅のホームズと呼ばれているとか。曰くのある合宿、そして差出人不明の脅迫状。明智さん好みの事件なのでは？」

「――ふうむ」

ふうむ、ではない。完全に剣崎さんの話に引き込まれ、明智さんが興奮を抑えきれずに貧乏ゆすりしているせいで食器がカタカタ鳴るほどなのだ。本心がダダ漏《も》れとは知らず、彼はもっともらしく咳払いする。

「んんっ。そりゃあ好みといえばそうだが」

「実はすでに進藤さんとは話をつけてきました。女性の確保はかなり難航しているようで、演劇部の女子にまで声をかけているそうです。私が参加するのであれば、男性二人の同伴も受け入れてくれるとのことです」

なんと手回しのいい。俺たち――少なくとも明智さんからすれば降って湧いたようなうまい話だ。だからこそ釈然としないものを感じ、俺は話に割って入った。

「待ってください。さっき取引だと言いましたよね。これでは俺たちにとってのうまみしかない。そもそもなぜ俺たちにこの話を持ちかけてくれたんですか」

その時、薄く開いた剣崎さんの唇から牙のようなものが覗いた気がした。だが一瞬の微笑は彼女が頭を下げたため隠れてしまう。

「その理由を訊ねないこと。それが私からの交換条件です」

なんとも奇妙な取引だった。いきなり俺たちの前に現れた剣崎比留子。彼女はこの曰くのありそうな合宿に、初対面の俺たちと参加したいという。早くも訳のわからないことだらけだが、だからこそ明智さんが手を引くはずがないわけで。

「取引成立、だな」

その口元にもまた、堪《こら》えきれない笑みが浮かんでいた。

# 第二章　紫湛荘

## 一

コンクリート造りの黴《かび》臭い建物に強い朝日が差し込む。窓枠にはそれを阻《はば》むカーテンも、ガラスさえも見当たらない。

山中の廃ホテル。放置されてから二十年近くが経過し、周囲に他の建物もないため、今では地元の人間ですら滅多に近寄らない。空は皮肉なほどに晴れ渡っており、死ぬにはいい日とはこういうことをいうのだろうかと、目を細めながら浜坂は思った。

背後から声をかけられた。

「浜坂。権藤《ごんどう》から報せが入った。やはりお前の研究室は昨日のうちに警察だか公安だかに押さえられたと――」

「そうか」

およそ二十年にわたる浜坂の研究人生。そのすべてを捧げた大学の研究室が敵の手に落ちた。だが浜坂の心は怒りに沸き立つことも悔しさに震えることもなく、ただ静かに乾いたままだった。研究の成果はすべて持ち出した。パソコンのデータは全部消去したし、残してきた資料にも大した価値はない。あそこはいわば、成虫の去った抜け殻だ。せいぜい血眼になって調べていればいい。

浜坂に残された使命はあと一つ――この成果を世に知らしめることだけだ。

廃墟には浜坂の他に五人の男がいた。古い付き合いの者もいれば、数日前に初めて顔を合わせた者もいる。だがそれも大した差ではない。今日ですべてが終わるのだから。

「そろそろ移動しよう。道が混むかもしれん。予定時刻までに会場に入れなくては意味がない」

「わかった」答えた男が荷物を担ぎ上げ、他の仲間に声をかける。「いよいよ聖戦の始まりだ。行くぞ」

それを聞き、男たちは不自然なほど高いテンションで鬨《とき》を上げたり拳を打ち合わせたりし始めた。そのうちの一人が高らかに吠えた。

「見てろよォ！　今から俺たちがパンドラの匣《はこ》を開けてやるぅっ！」

救世の士にでもなったつもりだろうか。浜坂は冷めた目で男を見つめた。

彼は日本で一番偏差値の高い大学を卒業したが、就職後まもなく社会に打ちのめされてドロップアウトし、端から見れば負け犬そのものの姿で世の中への不満をまき散らしているところを浜坂に拾われた。そうして今、浜坂の計画に同調して命を散らそうとしている。

彼らは仲間。しかし同志ではない。この計画の実行のためだけに浜坂が集めた、単なる働きアリだ。だが彼らの力がなければ達成できないことも事実。

それでも彼らはやはりわかっていない。

これはパンドラの匣というより、戸棚だ。かつて班目機関と呼ばれた組織の残した戸棚。

今日彼らが開くのは、その引き出しの一つに過ぎない。

## 二

合宿当日。

明智さんと俺、そして剣崎さんは早朝に大学の最寄り駅で待ち合わせ、電車に乗り込んだ。

目的のペンションはS県の娑可安湖のそばだそうで、参加者はその最寄り駅で集合ということになっている。娑可安湖周辺は避暑地としても有名で、個人の別荘やキャンプ地も多い。そんなところで二泊三日とは、サークル活動にしては豪勢な話だ。

「どうした、葉村君。朝っぱらから陰気な顔をして！」

似合わないアロハシャツに身を包んだ明智さんは、念願のペンションだし脅迫状の件もあるし、胸が騒いで堪らないといった様子だ。

そんな彼とは対照的に俺の気分は重い。ミス研でさえ馴染めなかったというのに、これから初対面の若者たちと泊まり込みでコンパに勤《いそ》しまなければならないとは。

「陰気な顔は生まれつきです。それに結局二泊三日という説明しか受けていないじゃないですか。どんな人が来るのかわからないのに、不安になりませんか」

「日本語が通じる相手には違いないだろう。中東の紛争地域に送られるわけじゃなし、なんの心配があるんだ。そもそも事件というのはいつ起こるかわからんものだ。問題ない」

別に言語や事件の心配はしていない。正直なところ、脅迫状の不穏さよりもハイテンションな明智さんを他の若者の集まりに交ぜることが最も心配なのだ。この人の場合、当事者たちの目の前で「前回の合宿が原因で部員が自殺したのは本当かね？　自殺の前後に何か不審な点はなかったかね？」などと口にしかねない。

するとと俺を挟んで明智さんの反対側に座っていた剣崎さんが振り向いて俺に詫びた。

「ごめんね。私が進藤さんからもっと詳しい説明を聞いておくべきだったね」

「ああ、いや。深い意味はないんで大丈夫です」

透き通るような瞳から目をそらす。美人は苦手だ。

今日の剣崎さんは喫茶店での黒一色の服装とは打って変わり、さりげなくレースをあしらったノースリーブワンピース姿で『夏のお嬢様』然としていた。白いワンピースの胸元の切れ込みには大きめのリボンタイが躍り、シンプルだが華やかだ。頭の上に大きめのストローハットを載せた姿はまるで十代半ばの少女にも見え、そんな彼女に申し訳なさそうな顔をされてはいくら俺でも心が痛むというものだ。

「よいしょ」

剣崎さんが座席に膝立ちになり、窓を押し上げた。クーラーの冷気が車外へと逃れ、代わりに気持ちのいい涼風が滑り込んでくる。その風に剣崎さんの帽子が煽《あお》られた。

「わわっ」慌てて両手で押さえる彼女。白い脇。俺は首ごと背けるようにして視線を車窓へ逃がした。

四両編成の電車は窓の外に広がる田園風景の中では輪をかけて遅く感じる。青々とした稲が風になびいて波が生まれる。

「それにしても、ペンションを貸切なんて映研はずいぶんと太っ腹なOBがいるんですね」

俺の問いに剣崎さんが口を開く。

「なんでも、親御さんが映像制作会社の社長らしいよ」

剣崎さんは俺に対しては敬語を使わず、親しげな言葉遣いになる。

しばらく風を浴びていた剣崎さんだったが、やがて満足したのか窓を下ろそうと手を伸ばす。するると長い髪が風に舞い上がり、彼女の顔面を覆った。

「はわっ」

髪を押さえながらばたつく彼女に代わり、俺が窓を閉めてやる。

「ありがとう、葉村君——んんっ」

礼を言いながら口に残った髪の毛をつまみ出す剣崎さんを見て、俺は小さく息を漏らす。

「あ、笑ったね」

「笑ってませんよ」

「もう。陰気な顔以外もできるじゃない」

小さくむくれてそんなことを言う。喫茶店で会った時は冷淡な人かと思ったが、俺は初めてこの人に親しみを感じた。

そこでふと、彼女が俺を凝視していることに気がつく。理由はすぐにわかった。俺の左のこめかみに走る古い傷跡を見ているのだ。四、五センチほどの裂傷の痕で、かなり目立つ。普段は髪を伸ばして目立たないようにしているのだが、風で髪が乱れて見えてしまったのだろう。

「どうしたの、それ」

「昔、震災の時に瓦礫《がれき》に打ちつけて怪我しまして」

深刻さを見せず躱《かわ》したつもりだったが、剣崎さんは心配の色を隠そうともしなかった。

「——それは大変だったね。後遺症とかは」

「幸いなにも。少々顔つきが悪くなって、時々怖がられるんですが」

「可哀想」

気づいた時には剣崎さんの細い指が傷跡を撫《な》でていた。その肌の冷たさと柔らかさにぞくりとする。不意をつかれた俺が言葉を発する前に指は離れ、何事もなかったかのように彼女は風に乱れた自分の髪を整え始める。

つくづく不思議な人だ。先日のように隙を見せない交渉を仕掛けてくるかと思えば、今のような無防備な行動に出たりする。すべてを計算ずくでやっているのだとしたら大したものだが、なぜだか俺にはこれが彼女の素の姿のような気がしてならない。

剣崎比留子。

実はこの人について、事前に明智さんから情報がもたらされていた。

三

「剣崎比留子——どこかで聞いた名前だと思ったが、ようやく思い出した。以前、警察に名刺配りに行った際、俺が神紅大学だと知って彼女の名を漏らした刑事さんがいたんだ。なんでも警察ですら手を焼いた難事件、怪事件の数々に挑み、類《たぐい》まれなる推理力を発揮して解決へ導いた探偵少女なんだと」

剣崎さんが待ち合わせ場所に現れる前に明智さんはそう教えてくれた。

只者じゃないとは感じていたが、まさか探偵少女とは。

「小説じみた話ですねえ。それが本当ならマスコミが放っておかないと思いますが」

なにせあの風貌だ。半端なモデルやアイドルよりよほど人目を惹く彼女をネタにすれば、ニュースのインパクトとしては最高だと思うのだが。

「俺としても興味があったんで田沼さんに調べてもらったんだが、どうやら彼女の実家は横浜ではかなり歴史のある名家らしくてな。彼女が事件に関わるたびに報道に対して厳しい制限がかけられるらしい。家の名に泥を塗るなということかな」

「令嬢で美人で探偵少女。特盛りですね。しかし難事件に首を突っ込んで回るなんて、明智さんと通じるものがありますね。どうしてこれまで彼女と接触しようとしなかったんですか」

彼の性格からして、そんな風変わりな女性が同じ大学にいると知れば真っ先に会いに行きそうなものだが。すると明智さんは苦々しげに答えた。

「俺にもプライドというものがある」

「はい？」

「彼女の実績は本物だ。公にはされていないが、すでに警察協力章も授与されているらしい。それに比べ、俺はまだなにもなしていない。肩を並べるには早い」

なるほど、つまり——明智さんは名実ともに名探偵といえる彼女のことを勝手にライバル視しているらしい。こちらから尊顔を拝しに出向くのは相手を格上と認めるようで悔しいという意識もあるのかもしれない。

だが奇妙な話だ。それほどの実力と実績を持っている彼女が、大学の一サークル内での脅迫状騒ぎになどいちいち興味を示すだろうか。加えて俺たちにも合宿への参加を要請した理由もよくわからない。俺たちの力を当てにしているわけでもないだろうに。

「葉村君、これはきっとあれだな」明智さんが真面目な声音で言った。

「あれ？」

「日本を代表する名探偵から、神紅大学の名コンビである我々への挑戦というわけだ」

「いつからコンビになったんですか」

「当然だ。君は俺の助手だろうが」

まあ、悪い気はしない。

「ともかく。彼女にはまだ得体の知れんところがある。取引の目的も不明だし、こちらもせいぜい気をつけることにしよう」

四

途中の駅で早めの昼食をとり、ＪＲから私鉄に乗り換えてさらに三十分。電車はある地方駅に到着した。元々は鮮やかなパステルグリーンであったろう駅舎の鉄骨は無残に色落ちし、無人駅なのか駅員の姿はない。

ホームの階段を下りようとしたところで、後ろから声をかけられる。

「明智君、剣崎さん」

振り向くと二人の男女が立っていた。どうやら別の車両に乗っていたらしい。男の方を見て明智さんが破顔した。

「おお、進藤君。今回は無茶を聞いてくれてありがとう」

相手はやや強ばった笑みを浮かべた。彼が映画研究部の部長、進藤か。眼鏡をかけて気の弱そうな——失礼、真面目そうな風貌をした瘦軀《そうく》の男性だ。

「本当なら許可できないんだけどね。剣崎さんの提案もあったし、場合も場合だった。まあ楽しくやろう」

その口調は本心ではお前なんて呼びたくなかった、と言いたげだった。よほど明智さんのしつこさに辟易していたのだろう。二人はこちらに向き直ると自己紹介した。

「僕が映研部長の芸術学部三回生、進藤歩《あゆむ》。それとこっちにいるのが」

「進藤君と同じ、芸術学部三回生の星川麗花《ほしかわれいか》です。私は演劇部なんですけど、撮影に参加させてもらいます。よろしく」

緩くウェーブのかかった栗色の髪とアイドルのような愛嬌のある顔立ち。剣崎さんとは違うタイプの美人だ。二人の指にはおそろいの指輪が光っていた。恋人同士なのだ。

続いて俺たちも自己紹介をする。剣崎さんが名乗ると進藤が、

「その、今回は助かりました。なかなかメンバーが集まらなくて……」

と頭を下げた。明智さんの時とはずいぶん態度が違う。進藤の方が一つ学年が上だというのに敬語になっている。そのへりくだった対応を剣崎さんはさらりと流した。

「いえ。私も興味があったもので」

興味。その一言で参加の理由を片付ける。表情を窺ったが、やはり彼女がなにを考えているのかわからなかった。

「他のメンバーは？」

明智さんはがらんとしたホームを見回す。俺たちは結局参加人数も聞かされていない。時計を見ると集合時間の十五分前。

「道具類と一緒に車で先行している部員もいるから、ここで合流するのはあと三人だな」

進藤が答えた。

改札を出た途端、強い陽光と蟬の声がわっと押し寄せる。俺は一瞬白くかすんだ視界の中、死んだ祖父の田舎で過ごした小学生時分の夏休みを思い出した。

「――あ、あれだ」

駅前の小ぢんまりとしたロータリーに大きなワゴン車が停まっているのが見えた。

「私、お手洗いに寄りたいので先に行っててください」

そう言う星川を残しワゴン車に近づいていくと、運転席から男性が降りてきた。眼鏡をかけた誠実そうな雰囲気の男で、年齢は明智さんよりも上、三十前後に見える。

「どうも、神紅大学の方ですよね。僕はペンションの管理を任されている管野《かんの》唯人《ゆいと》といいます」

「……去年の方はお辞めになったんですか」進藤は少し戸惑いを見せる。

「ええ。僕は去年の十一月からお世話になっています。――他の方はもう乗られています」

爽やかな笑みを浮かべ、管野は車のスライドドアを開けてくれる。車にはすでに到着していたメンバー三人が乗り込んでいた。

ところがその並びを見て不思議に思った。ワゴン車の座席は全部で四列、前から二・二・三・三だ。俺たちは運転手を含めて合計九人だから、三列目か最後列もしくはその両方に三人が座ることになる。しかし先着していたメンバーは二人が最後列に陣取り、一人が助手席に座っていた。まるで反発する磁石のように最も離れた座席に分かれているのはいかにも不自然だ。

進藤も同じことを感じたらしく一瞬怪訝《けげん》な顔をしたが、黙って二列目に乗り込む。続いて明智さんも彼の隣に。俺と剣崎さんは三列目の奥から詰めて、星川がその隣に座ることになるだろう。

それにしても、前の助手席に座る女性はどうしたというのか。仮に最後列の二人と仲が悪いにしても、真っ先に助手席をキープするのはどうなのだ？

すると、助手席の彼女はその視線に気づいたのか急にこちらを振り返り、ひどく早口で告げた。

「すみません。乗り物酔いが酷いもので」

鋭い空気をまとった、理知的な印象の美人だった。近くに座る明智さんが応じる。

「ああ、大丈夫ですよ。俺は明智といいます。後ろにいるのが葉村君と剣崎さん」

「名張純江《なばりすみえ》です。芸術学部二回生」

名張はそれだけ言うとまた前を向いてしまう。少々神経質そうな雰囲気だ。すると今度は後方からぶっきらぼうな声が飛んできた。

「あたしは高木《たかぎ》、こっちが静原《しずはら》」

最後列に座っている女子の凸凹コンビだ。右側に座っている背の高い（隣の女子より頭一つ高いから、たぶん）気の強そうな方が高木、左側の小柄で大人しそうな方が静原らしい。どちらもかなり整った外見をしている。高木はボーイッシュなショートヘアとくっきりとした目鼻立ちが印象的な美女で、一方の静原は瀟洒《しょうしゃ》という表現がしっくりくる黒髪の少女だ。とはいえ学部すら名乗らないとは少々無愛想が過ぎるのではないか。というよりもこの女性陣からは楽しげな雰囲気がちっとも感じられない。進藤部長、人選を誤ったのではないか。

「お待たせしました」

ぎこちない空気を救うようなタイミングで星川がさっと乗り込んできて、車はロータリーを出発した。駅を出て十分も走ると周囲から人家は消え、緑豊かなエリアへと入ってゆく。だが意外にも片側一車線の道路は多くの車でごった返しており、なかなかスムーズに進むことができない。

「普段からこんなに混んでいるものなんですか」

進藤の疑問に管野はバックミラー越しに視線をよこす。

「いやあ、いつもはガラガラですよ。ただ今日と明日は近くの自然公園で野外イベントがあるらしくて」

「イベント？」

　補足したのは最後列の高木だ。

「サベアロックフェス。名前だけは知っていたけど、さっき調べたらけっこう有名どころのバンドも参加するらしい。な、美冬《みふゆ》」

　話を振られ、隣の静原は小声ではい、と頷いた。高木は三回生くらいの貫禄がある。進藤と同学年だろうか。

「去年は確か日程が一週間ずれていたから被らなかったんだ」

　高木の発言におや、と思う。

　俺が聞くと、「まあね」とだけ返される。歓迎されていない感じがするのは気のせいだろうか。

「高木さんは去年も参加されてたんですか」

「僕と彼女だけだよ、二年連続の参加は」

　彼女の無愛想さをフォローするように進藤が言った。つまり去年の出来事を知っているとすればこの二人ということか。

「それからこれが合宿のしおりね」

　星川から平綴じにされた六ページほどの冊子が渡される。表紙には湖で遊ぶ動物のイラストが描かれている。芸術学部の誰かが手掛けたのだろう。

「手が込んでますね」

「ありがと。私が作ったの」と星川。

中を見ると二泊三日の行動予定の他に、宿泊するペンションでの部屋割りもすでに決められていた。ペンションの名前は紫湛荘《しじんそう》というらしい。現役生の参加者は映画研究部と演劇部、俺たち部外者組の総勢十名。それにしても部屋割りには空白が目立つ。客室は二、三階に合計で十六あるのだが、六つの部屋には名前が書かれていない。それを見て明智さんが口を開いた。

「思っていたより少ないな。部員の参加率はどれくらいのもんだい」

「半分もいないよ。合宿といっても動画の撮影はうまくいけば先輩の親御さんの制作会社に買ってもらう、小遣い稼ぎみたいなものだからね。参加の義務があるわけじゃないんだ。あとはペンションを提供してくれるOBの先輩が同期の友人を二人連れてくることになってる」

進藤の言葉は参加率の低さをはぐらかそうとしているようだった。

このやりとりの間も星川以外の女性陣はちっともはしゃいだ様子を見せず、行き場を失ったような男の声だけが車内を満たした。

やがて車内の会話は我がミステリ愛好会の話題へと移った。俺がぎこちない口調で好きな小説の話をすると、映画に詳しい彼らだけあってぽつぽつとミステリの名を挙げてくれる者もいた。

だが星川がいきなり地雷を踏んだ。

「さっき気づいたんですけど、ミス研じゃないんですね。勘違いしてました」

「ははは。認知度だけはあちらが上のようだ」と明智さん。

「ごめんなさい。でもどうして同じようなサークルが学内に二つ？」

やめてくれ。明智さんが泣くぞ。

顔は見えないが、ミステリ知識の薄弱なミス研と同等に扱われ、彼が口元を引きつらせているのが手に取るようにわかる。だというのに星川は立て続けに二発目の地雷を踏む。

「ミステリ愛好会って、普段どんな活動をしているんですか」

きらきらした目が今度はこちらに向けられた。聞かないでくれ。こうやって節操なく首を突っ込むのが常習的な活動なのだ。と、ここで意外な助けが入った。

「彼らは単なるミステリ愛好家ではなく、学内で起きた事件をいくつも解決しているんですよ」

隣に座る剣崎さんだ。

「神紅のホームズと呼ばれることもあるそうです」

それを聞いて車内の面々——星川と進藤、そして運転席の管野くらいだが——からは感心するような、あるいは疑わしげな声が漏れる。俺は内心で剣崎さんに頭を下げた。ナイスフォローです。

当の明智さんは喜ぶかと思いきや、こちらに背を向けたまま黙りこくっている。全国規模の活躍をしている彼女に塩を送られて、挑発された気分にでもなったのだろうか。ここは話題をそらした方がいいかもしれないと思ったところへ、続けて剣崎さんが発言した。

「それにしても皆さんは映画に小説と、素敵な趣味があっていいですね。私はそういったものにひどく疎《うと》いので」

「ミステリも読まないんですか」と、俺。

「子供の頃にホームズとかルパンは図書室で少し読んだけど、あまり覚えていないんだよ」

これには明智さんも驚いた様子で顔の半分をこちらに向けた。彼にとって実在の探偵とミステリは不可分の存在だったのだろう。

のろのろと車を走らせながら管野が楽しげに言った。

「だったらうちのペンションも気に入ってもらえるかもしれませんね」

「おっと、なにか曰くでもあるんですか」明智さんが声を弾ませる。

「いえいえ、そういうのは僕も知りませんがね。ただ館内にはオーナーの趣味で集めた外国の武器なんかがいっぱい飾られているんですよ。剣とか槍とか、ちょっと物々しいくらいにね」

「ああ、そうでしたね。中には昔本当に戦に使われて、人を殺《あや》めたものもあるって去年七宮《ななみや》さんに脅かされましたよ」進藤が同意する。七宮というのはOBの一人だろうか。

「ふうん、武器ねえ……」

正直ミステリ要素としては弱く、明智さんの反応も微妙だ。管野が言葉を続けた。

「でも夏とレジャーと若者といえば、僕はミステリよりパニックホラーを思い浮かべますけどね」

「パニックホラーって、ゾンビとかジェイソンとか、そういうのですか」

「そうそう。ああいう舞台ってたいていい夏じゃないですか。そして羽目を外しているメンバーが真っ先に餌食《えじき》になる」

「僕らはその餌食ってわけだ」

進藤が柄にもなくおどけ、最後列から高木の荒い鼻息が聞こえた。

五

渋滞した道をとろとろと進むうちに、車窓には海かと見紛うほど大きな湖が姿を現した。娑可安湖だ。広さは琵琶湖《びわこ》の五分の一程度らしいが目前にすると十分に壮大だ。前もって調べてきたところによると、湖は月に譬えるなら上を向いた三日月で、漫画の笑った口みたいな形状をしている。俺たちは今その上側の弧に沿って真ん中あたりから左の端へと移動中だ。

深い藍色の湖面は海と違い綺麗に凪《な》いでいる。畔《ほとり》に沿って片側一車線の道路が緩やかなカーブを繰り返し、北側にせまった山の斜面にはちらほらと別荘らしき建物の屋根が見えた。

車線を埋め尽くしていた車列は途中の道を山手へと曲がり、俺たちは渋滞から解放された。標識によると件のロックフェスが行われる自然公園は山の向こうにあるようだ。

車はそれからもしばらく湖沿いを走り、ぐっとせり出した山を迂回する。するとようやく運転席から声がした。

「あれですよ」

管野が指差した先に一瞬、ベランダに掛かる赤茶色の屋根らしきものが見えたが、すぐに生い茂る木々に飲み込まれてしまった。管野は右手の細道へとハンドルを切り、車は坂を登り始める。坂はすぐに終わり、木々が開けた場所に出ると、先ほど見た屋根のペンションが姿を現した。山の斜面にある階段状の平地に建てられた、白塗りの壁と所々にあしらわれた木骨造を模した飾りのコントラストが鮮やかな洋風建築だ。俺は思わず感嘆した。

「なんというか……ずいぶん立派な建物ですね。もっと小規模な建物を想像していたんですが」

田舎の小学校くらいの大きさはあるんじゃなかろうか。

上の平地にはペンションの本体が建てられ、下の平地は鉄骨とコンクリートでできた屋根付き駐車場と広場になっている。しおりによると今晩この広場でバーベキューをする予定のようだ。

駐車場にはすでに二台の車が停まっていた。おそらく一台は部員の先乗りの車で、もう一台はOBたちの乗ってきたものだろう。それを見た明智さんが呆れたように呟く。

「赤のGT－Rか。森の中ではなんとも場違いなマシンだな」

「兼光《かねみつ》さんの車ですよ。ここのオーナーの息子です」管野が苦笑する。「バブリーでしょ」

一千万はしようかという高級車を物珍しげに眺めていると、背後から悪態が聞こえてきた。

「はッ。去年はそこの坂で底を擦っただの騒いでいたくせに、懲りない奴だな」

振り向くと車内ではあまり口を利かなかった高木だ。去年も参加したという彼女はそのOBたちに対してあまりいい感情を持っていないらしい。

「――さ、行きましょうか」

管野に先導され、上の平地へと掛かる鉄製の階段を上ると、ペンションの玄関があった。

ペンションは洋風の三階建てなのだが、少々変わった形をしていた。しおりの部屋割りと照らし合わせてみると、雁行《がんこう》型の建物が横を向いた拳銃みたいで、その南側に部屋が並んでいる。

玄関を入ると床一面に臙脂《えんじ》色の絨毯《じゅうたん》が敷き詰められていた。正面にガラス窓のはまったフロント、奥には小さな庭に面したテラスが見えた。左手にはバレーボールのコートを引けそうなくらい広いロビーがあり、ガラス張りの大窓から太陽光が差し込んでいて照明なしでも十分明るい。

ロビーにはテーブルを挟んでソファが並び、そこに三人の先客が座っていた。するとそのうちの一人の男がこちらを向く。ギョロリとした目つきで、両目の間が広くモヒカンに近い髪型をしているせいで、魚類を彷彿《ほうふつ》とさせた。

男は口を開くなりねちっこい声を出した。

「おっせえよ〜。こっちは朝からずっと女の子を待ってんのにさぁ、先に到着したのはデブ男で吐きそうになったぜ」

いきなり不躾《ぶしつけ》な言葉を浴びせられ俺たちが面食らっている間に、進藤が前に出て頭を下げる。

「すいません、道が混んでて。あの、女の子も一人先に着いてませんか」

「知らねえよ。挨拶にも来ねえし」

ギョロ目の男はソファにふんぞり返ったままそう宣《のたま》った。ずいぶんと偉そうだ。彼がオーナーの一人息子だろうか。

「やめろ、出目《でめ》。俺たちが恥ずかしい」

それを諌《いさ》めたのはよく日焼けした男だった。オールバックの髪を後ろで結び、白シャツの胸元に銀のネックレスを下げた、ワイルドな二枚目だ。二十代半ばから後半といったところか。

「初めまして、神紅大学の諸君。俺たちは映研じゃないが神紅大学のOBで、ここに座っている七宮の友人だ。毎年夏はここで世話になっている。俺は立浪波流也《たつなみはるや》。そのうるさいのが出目飛雄《とびお》だ」

なんと、先ほどの出目という魚顔は俺たちと同じく招かれた側の人間だったらしい。おそらく進藤とは去年も顔を合わせていたのだろうが、よくもまあ他人のペンションであそこまで大きな態度をとれるものだ。

出目が拗《す》ねたように黙り込むと、七宮と呼ばれた小柄な男が立ち上がった。顔立ちは整っているのだが、肌が白く、目や口といったパーツの一つ一つが小さい上に髪を後ろに撫でつけているせいで仮面でも被っているかのような印象だ。彼は拳でコンコンとこめかみを叩きながら、

「最初に聞いていたより女子の数が減ったんじゃないか、進藤。要領の悪い奴だな」

とこれまた失礼な発言をした。

「いえ、その……やむを得ない事情で来られない部員がたまたま重なりまして」

俺たちの目の前で苦しい弁解をする進藤を無視して、七宮は管理人の管野に顎をしゃくった。

「とりあえず部屋に案内してやってくれ。進藤、この後は撮影だったか」

「はい」

「晩飯のバーベキューは六時だ。遅れるなよ」

それだけ確認すると年長組三人はペンションを出て、駐車場へ下りていった。すれ違いざまに投げられた、出目と七宮の女性陣を値踏みするような視線が不快だった。

「なにあの人たち。感じ悪い」

さっそく星川が全員の気持ちを代弁した。

この合宿にコンパの側面があることは承知していたが、初っ端からそれを前面に押し出してくる奴がいるとは思わなかった。女性陣をまるで接待係扱いではないか。明智さんが確認する。

「あの人がここのオーナーの息子だね」

「そう。三、四年前に卒業した映研ＯＢなんだ。今でも後輩たちを無料でペンションに泊まらせてくれるんだから、太っ腹だよな。出目さんもあんな調子だから誤解されがちだけど、悪い人じゃあない。気にしないでくれ」

進藤は額に脂汗を浮かべながら早口で釈明するが、女性陣はかなり引いてしまっている。

「ということは進藤さん」

一人平気そうな剣崎さんがしおりを眺めながら言った。

「部屋割りの、名前が空白の部屋のどこかにはすでに彼らが宿泊しているということですね」

俺たち十人の学生が泊まる部屋以外に、宿泊者の名前が空欄の部屋が六つある。このうち三部屋を彼らが使っているということだ。

「ああ」進藤がぎこちなく頷いた。

「ええっ、やだちょっと」

星川たちは慌てて部屋割りを確認する。

空欄の部屋は二階に四つ、三階に二つある。そのいずれかにOBが泊まっているなら、直接隣り合う可能性があるのは星川の二〇三号室、名張の二〇六号室、下松《くだまつ》の三〇二号室、静原の三〇七号室だ。剣崎さんの二〇一号室の隣が女子凸凹コンビの気が強そうな長身美人、高木だということを確認し、少し安堵する。

幸い俺の部屋は三階の端っこで、隣は凸凹コンビのもう片方、小柄で大人しげな静原なのでOBたちと隣り合う可能性はない。そこでなにやら気配を感じて振り向くと、高木が俺に向けて冷たい視線を飛ばしていた。静原の警護役でも買っているのか、手ぇ出したらタダじゃおかねえと言わんばかりの眼光だ。これは下手に親交を深めようなどと考えない方がいいかもしれない。

管野がフロントの鍵を開け、カードの束を持ち出してきた。

「じゃあお部屋のカードキーをお渡ししますね。部屋に入ってすぐ横の壁にホルダーがあって、そちらにカードを挿《さ》すと電気がつきます。オートロックなので、外出の際は室内に忘れないよう注意してください。フロントに預ける必要はありませんので。あ、それと」

管野が右手に視線を向ける。

「あちらのエレベーターはかなり狭くてせいぜい四人くらいしか乗れないんですよ。全員が一度に上がるのは無理なので、階段も使っていただければ」

エレベーターの左手に東へと続く廊下があり、その先に階段がある。遠回りだが俺の部屋は階段の方が近いので、階段を使うことにした。

「葉村君」明智さんが時計を見ながら言う。「この後、他のメンバーはさっそく撮影に行くそうだが、俺たちはどうする?」

少し考えて、撮影に同行させてもらうことにした。正直に言えばのんびりと娑可安湖の周りを散策などしたいのだが、合宿にお邪魔しているのに完全に別行動をするのも申し訳ない気がするし、心霊映像をどうやって撮るのか興味もある。

「剣崎さんはどうします？」

「えっ、一緒に行くでしょ？」

なんでそんなことを聞くの、と言わんばかりだ。彼女は基本的に俺たちと一緒に行動するつもりらしい。こちらはまだ彼女の目的すら聞かされていないのだが。

「それとね、葉村君」彼女が人差し指を立てた。「剣崎って呼ぶの、やめてくれるかな。凶暴そうだから好きじゃないんだ。比留子でいいよ」

「……わかりました、比留子さん」

「よしよし」

俺にはヒルという響きも凶暴そうに聞こえるのだが、とにかく下の名前で呼んでいいらしい。俺は案外この人に気に入られているかもしれない。

エレベーター組を残し、俺たちは東側の階段を上がった。剣崎――いや比留子さんは二〇一号室なので後で落ち合う約束をして二階で別れ、明智さんと三階に上がる。明智さんの部屋は三〇三号室で、エレベーターホールのすぐそばだ。

「ペンションと聞いてもう少し奇怪なロマン溢れる事件を期待していたんだが」

俺にあてがわれた三〇八号室の前で明智さんがぼやいた。

「どうも色々と面倒くさそうだ」

まったく同感だ。メンバーの態度がおかしいのもそうだが、俺は密かに女性陣があまりにも美人に偏りすぎているのが気になった。むしろ今日は美人としか会っていないような気さえする。

たまたまそうなのか、それとも今まで俺の周りにはブサイクばかりが引き寄せられていただけなのか。あの出目という男の言動からして、進藤がOBたちのために女性陣の選別を行っていた可能性もある。

「ともかく、探偵たるものいかなる事件に巻き込まれても動じるなかれ。では一旦解散し、しおりのとおり二時に下のロビーに集合だ」

腕時計を見る。時計の針はちょうど午後一時半を示していた。

## 六

部屋のカードキーは表に部屋番号、裏面には磁気ストライプが入っている。ドアに付いているスロットに挿し込むと、ピッと音が鳴って鍵が開いた。

「――お」

意外だったのはドアが外開き、つまり廊下側に開くということ。今まで泊まったことがあるビジネスホテルはほぼ内開きだった気がする。客室のドアが廊下を塞ぐと避難の妨げになるからと聞いたことがあるが、もしドアの内側で人が倒れた時は開閉ができなくなってしまうので外開きの方がいいという説もあるし、そう珍しいことでもないのかもしれない。

中に入ってドアを閉めると、自動的にガチャンと錠が下りる音がした。ドアにはドアガードが付いていて、掛けると十センチほどしか開かないようになるし、開けた隙間に挟めばストッパーとして半開きのまま保つこともできる。

カードキーを壁際のホルダーに挿し込めば室内の電気が使えるようになるのは、ビジネスホテルと同じだ。

部屋に入ってまず目に飛び込んできたのは大きな窓からの眺望。晴天の下、森の向こうに広大な娑可安湖がくっきりと広がり、まるで海のようだ。

部屋も想像よりも広めだった。十畳ほどの空間に廊下と同じ臙脂色の絨毯が敷き詰められ、セミダブルのベッドと電話機の載ったナイトテーブル、鏡付きのデスクなどが置かれていた。壁には珍しくデジタルの掛け時計が掛かっており、俺の腕時計と同じ時間を刻んでいる。電波受信の表示があるので電波時計のようだが、時分のみを表示するシンプルなものだ。

ベランダ戸は外向けの観音開きになっていて、外には戸がギリギリ開くくらいの狭いスペースがある。椅子を持ち出せるほどではないが、外の風を満喫するには十分だろう。

ベランダから外を覗くと、右手に各部屋が斜めにずれた雁行型の建物の形が見えた。

集合時間まではまだ余裕がある。俺はペンションの中を少し見て回ることにした。

廊下に出て左、エレベーターホールの方に向かう。隣の静原の部屋を通り過ぎてまず目についたのは、廊下からエレベーターホールへと抜ける地点に一枚の扉があることだ。木製だし、防火扉というわけでもなさそうだ。今は開け放たれているが、どうしてこんなところに扉があるのだろう。よく見てみると扉のどちらの面にも鍵穴が付いている。つまりどちらからでも鍵をかけられる造りなのだ。

しおりの平面図によると建物は扉によって東、中央、南の三エリアに分かれているようだ。この扉から手前、俺と静原の部屋があるのが東エリア、エレベーターホールがあるのが中央エリア、そこを進み、同じような扉を越えた先が南エリア。各エリアには二つから三つの部屋がある。

部屋割りでは三階中央エリアの三部屋には東側から進藤、重元《しげもと》、明智の名が書かれている。重元というメンバーにはまだ会っていないから、おそらく先乗り組の一人なのだろう。進藤の三〇五号室だけは部屋の並びが他と違い、窮屈そうな位置にドアがある。部屋によってドアが右開きだったり左開きだったりするのは、おそらく排水管やガス管の関係で室内のレイアウトが左右対称になっているためだろう。

エレベーターホールには客室以外にも二つの扉があった。扉のプレートには倉庫、リネン室と書かれている。

その時、南エリアの廊下から一人の女性が姿を現した。

彼女は俺を見ると、はて、といったふうに首を傾げ、

「誰？──あ、そうか。ひょっとしてミス研の部員さん？」

また間違えられた。明智さんのためにさっそく訂正しておく。

「研究会ではなくミステリ愛好会です。一回生の葉村といいます」

「へえ、それじゃ探偵さんの卵なわけだ。あたしは社会学部三回生の下松孝子《たかこ》。よろしくぅ」

そう名乗って自衛官のように額に手を当てた。久しぶりに明るい人に会った気がする。

下松もまた美人だったが、これまでのメンバーとは少し雰囲気が違う。ふわふわのパーマをかけた金髪をポニーテールにし、きっちりメイクを施したその風貌はどちらかというとギャル寄り、今時の街の女の子といったイメージだ。襟の大きく開いたTシャツから胸元が見えそうでこっちがハラハラする。

「君たち、わざわざ参加を志願したって？　誰か狙ってる女子でもいるん？　だとしたらけっこー大変よ、今回ガード固めの子が多いから」

高木や静原とは打って変わって、下松のテンションはすこぶる高い。ひょっとして脅迫状や去

年の噂を知らないのか、はたまたそういうことを気にしない図太い性格をしているのだろうか。

「いやいや」俺が首を振って女目当てを否定すると、

「あれ違うの。やだひょっとして君もライバルなわけじゃないよねぇ」

なんだか気になることを口走った。

「ライバルって、なんなんですか」

「あ、やっぱ知らないか。あんまし大きな声じゃ言えないんだけどぉ」

その割にはあまり隠す気もなさそうな感じで下松は周りを窺った。

「ここを提供してくれてる、七宮さんって先輩知ってる？」

「ああ、さっき会いました」

「あの人のおウチって、有名な映像制作会社やってんのよ。それでさ、彼にうまく気に入られたら就職を口利きしてもらえることがあるんだって」

コネで就職口を得るつもりか。言うのは簡単だが、本当にそんな権力が彼にあるのだろうか。

「下松さんはそれを本気にして合宿に参加したんですか」

「そりゃそうよぉ。あたしの成績じゃ普通に就職活動したってロクなところに受かる自信ないし、何十社も試験受けるなんてウンザリでしょ。じゃなかったら誰がこんなボンボンの道楽に――おっとぉ、いけない」

わざとらしく口を押さえて人の耳がないかもう一度確かめてから、彼女は重ねた。

「あながちデマってわけでもないのよ。実際その会社には去年も就職した人がいるの。こんなふうにペンションを息子の好きに使わせるくらいだからさ、親も相当な甘ちゃんなんじゃない？」

なるほど。彼女は彼女なりの打算があってこの集まりに参加してきたということか。そのためには多少ＯＢたちのご機嫌を伺うことも計算のうち、か。

聞けばなんでも教えてくれそうな感じだったので、さっき引っかかったことを聞いてみる。

「さっき、君もライバルって言ってましたよね。他にも就職のコネが目的の人がいるんですね」

すると下松は、ああ、と小馬鹿にするような視線をホールの隅に向け、

「あいつよあいつ。ぶ、ちょ、う」

タコのように唇を尖らせながら、一つのドアを指差した。進藤の部屋だ。

「あの人が？」

「そうよ。よくわかっていない子がいるけど、アイツそんなに頭よくないからね。そういううまみでもなけりゃ彼女連れでこんな合宿に参加しないでしょ。だから先輩の機嫌を取ろうと必死なのよ。まあ所詮男だし、アドバンテージはこっちにあるけど」

ほほほ、と豊かな胸を反らして笑う。確かにあの先輩連中相手なら彼女の方が有利そうだ。

それにしても意外だ。進藤はもう少し生真面目な性格だと思っていたが、彼もまた腹に一物を抱えているのか。脅迫状や去年の出来事を隠そうとしたり、見た目の割に爽やかな話題がない。

「っと、撮影の準備があるんだった。君たちも同行するの」

「はい。もし何かお手伝いできれば」

「オッケー。じゃまた後でね～」

下松は軽やかに手を振りエレベーターで下りていった。

俺はそのままエリア間の扉を開けて南エリアへ向かう。

南エリアには二つの部屋が並んでいた。手前の三〇二号室が先ほどの下松の部屋、そして一番奥が空白になっている。ＯＢ連中の誰かが泊まっているのだろう。奥へ進むと非常階段へと出る

扉に行き当たる。

　俺は中央エリアまで引き返し、二階に下りることにした。エレベーターは管野が言っていたとおり、かなり手狭だった。定員は四人となっているが、こういう場合は一人当たり六十五キロの計算だと聞いたことがある。つまり合計二百六十キロ。大人の男が荷物を持って乗れば三人でもギリギリではないだろうか。

　二階に着くと、目を見張る光景が現れた。三階とは違い、広々としたラウンジがあったのだ。高級住宅の居間をそのまま移し替えたような、六十インチはあろうかという大型テレビが隅にあり、その前に贅沢なソファセットが並んでいる。壁際には部屋と同じ電話機。ウォーターサーバーやコーヒーメーカーまで用意されていたが、一番目を引いたものは別にあった。

「すごいな……」

　重厚な造りをした武具のレプリカがラウンジの壁一面に飾られていたのだ。管野が話していた、オーナーの収集品だろう。

　見る限りでは日本刀はなく、西洋の剣や槍、ハンマーなどが鈍色の光を放っている。ファンタジーもののゲームやアニメではお馴染みの装備だが、実物を目にするのは初めてだ。そういえば昔、ゲーム好きの妹から『武器事典』という書物を借りて読んだことがあった。俺は記憶を掘り起こしながら武器の名前を挙げていく。まず目についたのは様々な剣。片手、両手持ちの両用可能なバスタードソード、美しい曲線を描くシャムシール、それに細長いのはレイピア――いや、直線的でシンプルな鍔《つば》からしてエストックだろうか。槍はほとんどがショートスピアーだろうが、それでも二メートル近くある。短剣ではダガーにククリ、さらにはボウガン、珍しく鎚矛《メイス》もあるではないか。そして壁際には横長のアクリルのケースが並び、中に中世の戦の様子を再現したミニチュアが組まれていた。

「すごいでしょう」

振り返ると緑のエプロンをつけた管野が立っていた。東の階段を上ってきたようだ。手にはコーヒーフレッシュと紙コップの袋を持っている。補充に訪れたのだろう。

「僕も初めて見た時はびっくりしました。価値はよくわかりませんけど、オーナーはよっぽど中世の戦《いくさ》が好きらしくて」

確かにこれらを並べて飾るのは、装飾というよりも個人的な趣味としての側面が強く表れているような気がする。

「作り物ですよね」

「刃は潰しているみたいですが、素材は本物と一緒だって聞きました。今でも月に一度は埃《ほこり》を払って手入れをするように指示されているんですよ」

「――あれは？」

テレビ台の脇を固めるように、左に四体、右に五体、俺の腰くらいの高さ、一メートルほどの全身像が並んでいる。青みがかった鈍色をしているところを見ると、銅像だろうか。

「西洋で有名な、なんでしたっけ――そう、九偉人のブロンズ像らしいですよ。そんなことも知らんのか、ってオーナーに怒られちゃいました。アーサー王と、ダビデと、カエサルと……ああ、また忘れた」

九偉人か。名前くらいは聞いたことがある。確か中世ヨーロッパで騎士道を体現するとされた英雄だ。記憶にあるのはアレキサンダーとヘクトールくらいか。それにしても武器に英雄にと、オーナーのコレクションはずいぶんと趣味が偏っている。一通り見回し、俺は言う。

「まあでも、猟銃がないので安心しました」

ミステリでは猟銃のあるペンションや屋敷では確実に死人が出るからだ。

「数年前まではあったらしいですよ」

「えっ」

「兼光さんが内緒で持ち出して撃ったことがあって、それ以来置かないようにしたんだとか」

ホントろくでもないな、あのボンボンは。

俺は気になっていたことを聞いてみた。

「そういえば管野さん。この紫湛荘はペンションにしては少し変わってますよね。用途不明な扉があったり、部屋が広い割に全室シングルだったり。従業員も管野さんだけですし」

すると管野は笑顔で頷いた。

「この建物は昔オーナーが別荘として使っていたものを会社の研修施設兼保養所として増改築したもので、廊下の扉はその名残りなんですよ。ペンションと呼んでいますが利用者は社員とその家族だけなので、普段は暇なんです。パートのお手伝いさんがいる時もありますし」

その時だった。

『歩、心配ないって言ってたよね。あれで心配ないって本気で思うわけ？』

『だか――、――もそうだし。ちゃんと――から』

後ろの方からドア越しのくぐもった声のやりとりが聞こえ、俺たちは思わず口を閉じた。

『そういう問題じゃないでしょ！　あの時どうして強く言ってくれなかったの』

『そん――っても、こ――から』

片方はおそらく星川だろう。相手は男のようだが声が小さくてよく聞こえない。ただ声が漏れてくるのは中央エリアの端の部屋、二〇三号室は部屋割りによると星川自身の部屋のようだから、十中八九相手は進藤で間違いないだろう。歩というのは彼の名だったはず。

『あんな感じの悪い人たちと三日も過ごさなきゃいけないわけ？　なにかあったら歩の責任よ』

車内での様子とは違い、星川はずいぶんとご立腹のようだ。感じの悪い人たちというのがＯＢ一行のことだとすれば、やはり先ほどの遭遇は女性陣にとってかなり印象が悪いものだったらしい。一方の進藤は相変わらずもごもごと聞き取りにくい言葉を発している。男としては聞いているだけで胃の痛くなるやりとりだった。

「大変ですね。喧嘩と告白は旅行初日が一番危ない」

隣で管野がぼそりと言う。やめてくれ。あの二人がうまくいかなくなったらここのメンバーは空中分解するぞ。言い争いはまだ続いていたが、そろそろ約束の時間になりそうだったので一人で一階に下りることにした。

ロビーにはすでに比留子さんがいた。ラウンジの武具などについて意見を交わしていると、約束の二分前になって現れた明智さんはスマホの受信感度が悪いのかあちこちに向けながら、

「明日は雨になるらしい」

と言った。あまり残念そうではない。

「クローズドサークルですか」

「クローズドサークル？」と首を傾げたのは比留子さん。「閉じ込められるってこと？」

「天候や道路の遮断で事件現場から出られなくなるのは、ミステリでよくある展開なんですよ」

俺が説明してあげた。

「そうなると警察の手が及ばず、捜査の手がかりが圧倒的に少なくなりますからね。論理的な推

理に頼る場面が増えるってわけです」

「別に嵐が来るわけでもないし、道が一本しかないわけでもない。残念ながら現実的にここがクローズドサークルになることなどありえないだろうな」

そんなことを話していると、映研の面々が集合してきた。ほとんどのメンバーはすでに顔を合わせているが、一人だけ初見の男がいる。Ｔシャツにチェックの上着を羽織り、縁の太い眼鏡をかけた肥満気味の男。彼が重元だろう。

進藤に明智さんが訊ねる。

「このあたりで撮影するのかい」

「いや、車で少し行ったところに潰れたホテル跡がある。そこが撮影場所だ」

そう言って進藤は比留子さんの足元に視線を向けた。

「ほとんど廃墟だから、素足にサンダルだと危ないかもしれませんよ」

「しまった。廃墟に行くとは知らなかったもんだから、迂闊《うかつ》でしたね」

「まあ、気をつければ大丈夫でしょうが」

進藤は剣崎さんに対しては相変わらず敬語だ。

「それなら、向こうに着いたら私の靴を使えばいいわよ」

親切な提案をしたのは星川だ。さっきの部屋での剣幕をちっとも感じさせないのはさすが演劇部としかいいようがない。そんな彼女が履いている白いパンプスを見て進藤は首を傾げる。

「君だって替えの靴なんて持ってきてないだろう？」

「そうだけど、幽霊を演じる時には脱がなくちゃいけないんだもの」

進藤はうっかりしていたというように頭を掻いた。

「そうか、幽霊役は裸足だったな。じゃあどちらにせよ怪我をしないように撮影場所だけは掃除をしなきゃいけないわけだ」

その時、先ほど顔を合わせたギャル風の下松が明るい声をかけてきた。

「でもぶちょー、探偵さんたちも一緒に行くんなら一台じゃ無理だよ。撮影道具もあるし」

彼女は進藤のことを部長と呼んだ。先ほどの会話からして、からかいの気持ちが混じっているに違いない。

「いいよ。管野さんにワゴンを借りて二台で行こう」

「僕、場所を知りませんよ。そっちが先導してくれないと」重元が口を尖らせる。

「わかってる。でもあの大きさのワゴン車の運転は、ちょっと自信がないな」

進藤は運転が苦手らしい。かといって撮影にまで管野を付き合わせるのは申し訳ないし、彼にもバーベキューの準備など仕事があるだろう。すると明智さんが手を挙げた。

「それなら俺が運転しよう。なにかあった時のために大型免許も持っているから任せてくれ」

# 第三章　記載なきイベント

## 一

ド派手なスモークと空を割る大音響に、大地を埋め尽くした観客が沸き立つ。

広大な敷地の中、鋼鉄の骨組みで造られたライブ会場で宴が始まった。

今しがたその人混みを抜け出した浜坂が汗を垂らしながら車まで駆け戻ってくると、駐車場にはすでに半分以上の仲間が戻っていた。見たところ、しくじった者はいないようだ。

「やったか」

「ああ。他の奴らから連絡は」

「問題はない。後は最終段階に進むだけだ」

その言葉に、静かな緊張が走った。

自然公園に設営されたライブエリアは三つ。彼らは先ほどまで手分けして各エリアの観客の中に紛れ込み、何十人もの体に『あれ』を付着させた微細な針を突き刺してきた。わずかな痛みを感じた者もいるかもしれないが、興奮状態にある人々のほとんどは気づいていないはずだ。体内に入った量はごくわずか。おそらく発症までに四時間はかかるだろう。だがその頃にはステージは熱狂の渦と化し、観客は逃げるに逃げられない状態に陥っているはずだ。

「さあ、最後の任務だ」

　全員が集まると浜坂たちは車に乗り込む。太陽に熱せられた車内は砂漠のように暑かった。クーラーボックスからジュラルミン製の鞄を取り出す。車内で顔を突き合わせた彼らに一本ずつ、液体を吸引した注射器が行き渡った。

　もう後戻りはできない。これが彼らの革命の始まりであり——人生の終わりだ。誰一人として革命の結果を目にすることはできないだろうし、仮にそれが叶ったとしてもその時の彼らは意味を理解できはしまい。男たちが合図を待つように顔を見合わせる。

　浜坂は息を細く吐き出し、針を己の腕に刺した。

「行くぞ」

「おお！」「マダラメ、万歳！」

　浜坂のわざとらしい掛け声に男たちは喜々として反応し、次々と肌にプランジャを押し込んだ。

　彼の生涯をその研究に捧げた『あれ』が体内へと注入されていくのを見守りながら、浜坂はまもなく世界を震え上がらせるであろう惨劇を想像して胸を躍らせ、また最後まで自分が英雄ではなく働きアリだと気づかなかった男たちに憐憫を抱いた。

　だがもういい。すべては遅い。

　仲間に内緒で廃ホテルに残してきた一冊の手帳に思いを馳せる。無能な学者どもの資料にされるのは業腹だが、せめてあれを解読する程度の好奇心を持つ人間に見つけてほしいものだ。おかしいだろうか。約二十年にわたり徹底して世間の目を避け準備を進めてきたというのに、土壇場になって研究に費やした情熱と歳月を誰かに伝えたいと願ってしまったなんて。

　すべての仲間が注入を終えた。

62

「――さあ、後は残された時間を楽しもうじゃないか」

スライドドアを開け、保菌者《キャリアー》となった男たちが外へと踏み出した。

二

男四人と女六人の合計十人が二台の車に分乗してやってきたのは、山を分け入って十分ほどの場所に建つ廃ホテルだった。紫湛荘よりも高所にあり、かつてはさぞ眺望を誇っていたのだろうが、今は伸びた草木が視界を遮り、森の中にぽつんと飲み込まれている。

荷物を降ろした俺たちは幽霊役を演じる演劇部の星川と名張が車の中で着替えるのを待ち、中に入った。電気も通っていないコンクリート造りの建物内は昼間だというのに薄暗く、空気が滞り陰鬱《いんうつ》な感じがした。

「足元に気をつけて」

進藤を先頭に瓦礫の散らばった廊下を進み、ロビーらしき空間に着いたところで荷物を降ろして準備を始める。

高木と静原は幽霊役の二人の衣装やメイクのチェックに付きっきりで、進藤と下松は演技の段取りを確認。重元は機材のチェックをしている。俺たちは裸足の役者が怪我しないように辺りのゴミを拾いながら、邪魔にならないよう部屋の隅で大人しくしていることにする。

よく見てみると、ロビーの片隅には所々に落書きがあり、煙草《たばこ》の吸殻《すいがら》、コンビニパンの包装などが捨てられている。そして、他の部屋や廊下では散らばっている瓦礫が、スペースを確保するためか明らかに端に寄せられているのだ。まるでここで誰かが生活していたようだ。

――まさかな。

メンバーが撮影の流れを確認し合うのを聞く限り、撮影の流れは大まかに次のようなものだ。

進藤と下松の二人が肝試しで廃ホテルに立ち入った体《てい》で、進藤がビデオを回しながら中を散策する。廊下の端から一つ一つの部屋を覗きながら進み、ある部屋の洗面台に掛かっている鏡にビデオを向けると背後に女の幽霊が映り込む。慌てて逃げ出した二人は外の非常階段まで走ったところで振り返り、幽霊が追ってきていないことを確かめるが、ふと進藤がカメラを下松の方に向けると先ほどの幽霊が彼女の背後に立っている。

つまり女の幽霊を背格好の似ている星川と名張の二人一役で演じるのだが、大変なのは進藤がビデオを回しっぱなしのため、シーンごとに撮り分けられないことだ。幽霊が出てくるタイミングで失敗すると最初からやり直しになってしまうので、そのシーンだけはあらかじめ何度も練習していた。練習のたびに撮った映像をノートパソコンに取り込むのは数少ない男性スタッフである重元の仕事で、職人のように黙々と役割に徹している。静原は二人の幽霊役が別人とバレないよう入念に髪型やメイクをチェックしていた。

廊下から部屋、部屋から階段へと連れ立って行き来する一同を腕組みして眺めているのは高木だ。おそらくちゃんとした映画の撮影ならもっと仕事があるのだろうが、今回はホームビデオ形式なので裏方の出番が少ないのだろう。そんな高木に、さりげなく明智さんが近寄っていった。

「去年撮影した作品に人の顔が写っていたというのは本当なのかい」

明智さんは去年自殺者が出たり退部者が続出したりした原因がやはり合宿にあると睨《にら》んでいるらしい。しかし、高木は面白くなさそうにその質問を一蹴した。

「そんなわけないだろう。たまたま瓦礫の影が顔の陰影に似ていただけ。シミュラクラ現象だ」

シミュラクラ現象とは、点や線が逆三角形に配置されているものを見ると、脳がそれを人の顔と認識してしまう現象で、心霊写真や体験の最も大きな原因といわれている。

「去年の合宿では、問題にならなかったと？」

「オカルト雑誌に投稿するにはちょうどいいって話にはなったけどな。あれで大騒ぎするようなら映研には向いてないよ」

つまり去年の作品と自殺は無関係ということだ。では単に参加を辞退した部員たちが騒いでいただけなのか。それとも他に自殺の原因となるような出来事があったとでもいうのだろうか？

その時だった。

廃墟に女性の悲鳴が響き渡った。

撮影隊がいる部屋からだ。駆けつけてみると、名張が自分より小柄な静原の後ろに回り込んで身を縮めていた。なにかに怯えているようだが、彼女自身が血糊を付けた幽霊の姿なのでひどくシュールな光景だ。

「蜥蜴《とかげ》、蜥蜴がいたの。追い払って！」

壁の一部が剝がれ落ち瓦礫になって重なった一角を指差し、名張がヒステリックに訴える。しぶしぶ進藤が進み出て靴で瓦礫をかき分けたが、

「なにもいないよ」

「ちゃんと探して」

名張がキンキン響く声で言う。

「もう逃げたんだろう」

「だからもっとちゃんと確認してちょうだいよ。私はあなたたちが来るまでここで待機しなきゃ

いけないのよ。蜥蜴と一緒に閉じ込められるなんて冗談じゃないわ」

車酔いの件の時にも思ったことだが、やはりこの人には繊細すぎる部分があるようだ。さすがに進藤もムッとしたらしくなにか言い返そうとしたところで、

「では我々に任せてもらおうか。動物探しは探偵の基本だからね」

これまで出番のなかった明智さんが腕の見せ所とばかりに間に入った。

「明智君」進藤が振り向く。

「いいからいいから。ほら葉村君も手伝いたまえ」

「了解です。あ、比留子さんは危ないからそこにいてください」

それから俺たちは名張が納得するよう瓦礫をひっくり返し、蜥蜴の姿を探し始めた。

目的の蜥蜴はなかなか見つからなかったが、途中で部屋の隅に変わった形のゴミが落ちているのに気がついた。近づいて拾い上げると、小さな注射器だった。

「肝試しに来た若者が残していったものですかね」

「麻薬か、それとも覚醒剤かもな。わざわざこんな山の中まで来るとは——おや」

そこで明智さんがさらになにかを見つけた。近くの瓦礫がいかにも意味ありげに柱状に積み上げられていたのだ。

瓦礫を崩してみると、中から黒い革張りの手帳が現れた。さっとページを繰ると、ほぼすべてのページにぎっしりと文字が書き込まれている。日記ではなく、膨大なメモといった感じだ。

「それ、なに」

俺たちの様子に気づいた重元が肩ごしに覗き込んできた。建物内はさほど暑くもないというのに彼のシャツは汗で肥満体に張りついている。俺は思わず体を横に逃がす。

「瓦礫に埋まってたんですよ」

なにか思うところがあったのか、重元は汗でぬめついた指でページをめくっていたが、しばらくしてぱたんと閉じるとなに食わぬ顔で手帳を自分の鞄に放り込んだ。

「持って帰るんですか」

「別にいいだろう、持ち主もいないんだし」

「駄目ですよ」

思わず大きくなった声に、周りにいた高木たちがこちらを向く。だが重元はそれを無視して立ち去ろうとしたので彼の鞄を摑んだ。瓦礫の中に手帳を隠したのが持ち主本人とは限らない。もしかするとこの手帳を探しているかもしれないし、中には個人情報などが記されている可能性もある。それを勝手に持ち去るのは許されざる行為だ。

「元に戻してください」

「なんでだ。君のものでもあるまいし」

重元が鬱陶《うっとう》しそうに俺の手を振り払う。揉み合いになりそうなところで明智さんが割って入る。

「葉村君。やめておけ」

「でも」

「わかる。だがやめておくんだ」

明智さんに真顔で頷かれ、俺は大きく深呼吸し「——すみません」と謝った。

重元はすでに鞄のファスナーを閉め、こちらに背を向けたところだった。

するとと名張は俺たちの間に変な空気が流れ始めたことに責任の一端を感じたのか、

「いいわ。もう大丈夫」

と落ち着きを取り戻し、ようやく撮影の本番に取りかかることができた。

撮影は合計三回行われた。撮り終わった映像をパソコンで確認し、「今日はこれでいいだろう」という進藤の一言でようやくこの日の撮影が終わりを告げる。時刻は午後四時半だった。

後片付けを終えた俺たちは進藤の「さあ、帰ろう」という声に従い、荷物を持って廃墟を出た。外は相変わらず日差しが強かったが、風があるだけで生き返る心地がする。誰からともなく安堵《あんど》の声が漏れた。

その時、森の向こうから救急車のサイレンが風に乗って聞こえてきた。複数台らしく輪唱のように重複している。例のロックフェス会場で熱中症か事故でも起きたのだろう。

三

午後六時。紫湛荘前の広場でバーベキューが始まった。駐車場から二十メートルほど離れた広場の真ん中に二台のバーベキューコンロが置かれ、中で勢いよく炎が爆《は》ぜる。まだ空は明るい。

一つ不安なのは、ここで初めてあの三人のOBたちを含めた全員が顔を揃えるということだった。バーベキューの道具や食材もOBが用意してくれたものだそうで、俺たちとしては文句を言えない。彼らの不躾な言動で、女性陣が昼間以上に気を損ねることにならなければよいのだが。早くも胃もたれがする。

だがその心配に反して、七宮たちOBは昼間のうちに反省会でもしたのか、まずは先輩らしい物腰で場を仕切った。

「我が母校である神紅大学から今年も後輩たちが遊びに来てくれてなによりだ。どうか皆の親睦を深め、いい思い出を作ってほしい。飲み物は持ったな？――乾杯」

気取った七宮の言葉で晩餐《ばんさん》が始まった。

今やほとんど見かけない、古めかしい大ぶりのラジカセが広場の真ん中にでんと置かれ、先ほどから夏の定番曲を大音量で垂れ流している。ああ、サークル活動っぽい。

「さて、そろそろ聞き込み開始といくか」

まだ肉も焼けないうちに明智さんが紙皿と缶ビールを手にあたりを見回す。

「聞き込み？」

「おいおい、我々はただ遊びに来たわけじゃないぞ。例の脅迫状は誰がなんの目的で書いたのか調べなくちゃならんし、去年の自殺が関わっているのかも気になる。ぼやぼやしていると二泊三日なんぞすぐに過ぎてしまう」

そう言って下松や重元のいる方へと歩いていった。

だが俺は正直なところ気が進まなかった。美人ばかりが選ばれた合宿、なにかを隠していそうな部長、癖のあるOBたち。少しつつけばすぐに虚飾がボロボロと剝がれ落ちて、知りたくもなかった事実が曝《さら》け出されそうな気がする。掘り返すにしても謎と醜聞じゃ気分が違う。

明智さんには申し訳ないが、今日のところは大人しく雑用に回ることにした。

俺を除いて唯一の一回生である静原も、すでにトングを握って鉄網の上の食材を黙々とひっくり返している。そういえばまだ彼女とは言葉を交わしていない。少々興味もあったが、今日の様子を見る限り彼女は他人との接触を好んでいないようだ。たぶん元来こんな賑やかなイベントは苦手な性格なのだろう。俺も大人しくもう片方のコンロで食材の面倒を見ることにしよう。だがやるからには鉄網の番人として、一つの肉片も焦げさせはしない。周囲の食べるペースと火加減、肉の種類を考慮し、最適な焼き加減を計算してトングを振るう。

　途中、腕時計が煙をかぶるのが嫌で外したのだが、動く度にポケットでじゃらじゃら鳴るのが気になり、駐車場の壁際、電灯の真下の地面にハンカチで包み置いておいた。

　ひたすら食材を相手にしている俺に、わざわざ声をかけてくれたのは星川や下松だった。下松は「葉村君、男の子なんだからしっかり食べなよー」と俺の皿にぽいぽいと肉を放り込んでくれた。隅々まで目が行き届く性格にまったく頭が下がる。

　そういえば、管理人の管野はどうしているのだろう。今は俺たちの貸切で他の客はいないはずだが、一人で食事をとっているのだろうか。そう思って広場の上の平地に建つ紫湛荘を見上げたが、どの窓にも人の姿は見当たらなかった。

「ご苦労さん。君たちが今年の新入生か」

　振り返ると、日焼けした長身の男が立っていた。ボンボンの友人、立浪といったか。

「ずっと小間使いじゃつまらないだろ。遠慮なく食えよ」

　低く張りのある声で笑う。いかにも兄貴肌といった感じだ。いや、こういったイベントに慣れているといった方が正しいのかもしれない。もし俺たちが先にトングをキープしていなかったら彼が手際よくコンロの面倒を見ていただろう。そんな光景が目に浮かぶようだ。

　映研の新入部員と思われていそうなので、一応自己紹介しておく。

「すいません。俺は映研でも演劇部でもないんです。たまたま人数が足りなくなったところに飛び入りをした者で」

「飛び入り？　どういうことだ」立浪が初耳だというように聞き返した。

「脅迫状が届いたんだってよ」

背後から告げたのはボンボン――七宮だった。広場の周囲にはまばらに外灯が立っているがここからは遠く、炎によって白く浮かび上がった面容はますます仮面のように見える。

「脅迫状？　誰宛に？」

「さあな。進藤はただの悪戯《いたずら》だと言い張っていたけどな。――どうだか」

言いながらずっと、皿を持っていない方の手で側頭部を小突いている。昼間もそうだったが、癖なのだろうか？

立浪は少し考えるように一拍の間を置いた後、

「ふうん。それでどうして君が来ることに？」とこちらを覗き込む。

難しい問いだ。特に俺にとっては。すると聞き慣れた声がした。

「我々はおまけですよ」

明智さんだった。他のメンバーのところに聞き込みに行っていたはずだが、いったいどのあたりから話を聞いていたのか、これ以上ないタイミングで話に割って入り、比留子さんと一緒という条件付きで参加することになった経緯を二人に説明した。

「なるほど。お姫様のエスコートをしてくれたわけだ。これは礼を言っておかないとな」

完全に納得した訳ではなさそうだが、立浪は破顔して真新しい缶ビールを俺に差し出した。こちとら未成年だが、ここは断るまい。頭を下げて乾杯する。

明智さんが先ほどの話題に引き戻した。

「まあしかし、脅迫状一つで辞退者が続出するとは些《いささ》か過剰反応のような気もしますね。噂ではその文面も変わったものだったそうですし」

「へえ、どんな」七宮が一応聞いてやる、といった感じで返す。

「『今年の生贄は誰だ』というたった一言の文面だったようです。脅迫文としては珍しいですよねえ。普通は殺すだとか呪うだとか無事は保証しないとか、読む者の危機感を煽る文句を書くはずだ。でもこれでは脅迫にもなっちゃいない。どう思います？」

「進藤の言うとおり、悪戯だったということだろう」

するとと明智さんはわざとらしく考え込む仕草を見せた。

「ですが、こうも考えられませんか。脅迫状は大勢の部員にではなく、ごく限られた人に向けて書かれたものだと。差出人は、その相手にはこの表現で十分に効果があるとわかっていた。『生贄』という言葉が指すなにか不都合な事実を公にするぞ、という脅しなんじゃないですか」

それを聞いていた立浪が口を挟んだ。

「合宿の手筈を整えていたのは進藤だ。つまり、少なくとも進藤にはその意味が伝わるだろうと考えていたということになるな」

「それだけではありません。去年の合宿で起きたことであるのなら、他にも意味がわかる人がいるかもしれません――どうでしょう？」

ハラハラしながら三人の様子を見守った。明智さんなりに考えているのだろうが、質問の仕方がストレートすぎやしないだろうか。これでは「去年の合宿であんたたちがなにかしたんだろう」と言っているも同然だ。明智さんは真実を知りたいという欲求が強すぎて、こういうやりとりを急いてしまうきらいがある。

「――言っている意味がわからんな」七宮は首を振った。

「心当たりもありませんか」

「明智君といったな」再び立浪が割って入る。「君の言うことは少し矛盾《むじゅん》しているように思うが。

脅迫状の目的が合宿の中止だとすれば、曖昧《あいまい》な表現などせずに真実を明かしてしまえばいい。そうすれば辞退者は今よりも増えていたかもしれない。なのにどうして犯人はそうせずに中途半端な脅しに止《とど》めたんだ？」

うまい返しだ。『生贄』という表現は色んな解釈をすることが可能だ。そんな曖昧な言葉を使わざるを得ないのは、脅迫自体が出まかせなのではないかということだ。

「ようするに根も葉もない噂を聞きつけた犯人の悪戯という線が濃厚だと俺は思うが、どうかな」

見事に防御壁を築いた立浪に、明智さんは笑顔を取り繕《つくろ》い、「なるほど、そうかもしれませんね」と応じるしかなかった。俺は場を取りなすように三人に焼けた肉を勧めたが、七宮だけは、

「埃をかぶった肉なんて食いたくない」

と受け取らなかった。オーナーの息子とはいえ、あまりに尊大な言動に俺が固まっていると、

「気にするな。こいつはいつもそうだ。潔癖性なのさ」立浪がそう耳打ちしてきた。

その後は、これといったいざこざが起きることもなく宴会は進んだ。

途中、下松から、

「あっれー、ここ、携帯の電波が通じないんだけど」

と不満の声が上がった。自分のスマホを確認すると確かに圏外の表示が出ている。おかしい。紫湛荘の中では使えたのだが。

「ふうん。少し待ってからまた試してみれば」

という進藤の返事に、俺もそれ以上そのことを気にすることはなかった。

——後から考えれば、この時、すでに異変は取り返しのつかないところまで進行していたのだ。

# 四

ババババ――。

一通り腹が膨れ遠くの景色に意識を傾けていると、不意にラジカセの音楽に隠れて重低音の振動が森を揺らした。なにかと思っていると、まるで湖の色を写し取ったかのような空を、東から現れた三機のヘリコプターが編隊を組んで横切っていく。しかもそれが災害派遣などに使われる自衛隊機らしいものだったため、この近辺に駐屯地などあっただろうかと思った。そして――三機は例のロックフェス会場のある山の向こう側へと高度を下げていったように思われた。

「なにを浸っているんだい」

思考を断ち切ったのは比留子さんだった。さっきまで立浪たちに囲まれて酒を飲まされていたようだったが、その顔色にまったく変わりがない。

「ただの食休みですよ」

「じゃあ私もご一緒させてもらっていいかな」

比留子さんはいきなりワンピースの胸元に手を突っ込んだ。こちらがぎょっと目を見張ると、服の下から白いプリントが現れる。合宿のしおりだった。

「な、なんでそんなとこに入れてるんですか」

一瞬、なんのサービスが始まるのかと思ってしまった。

「いつ必要になるかわからないもの。それに急にナイフで刺されても盾になるし」

どこまでが本気なのだろう。

「それにしても参加者は興味深い人ばかりだね。葉村君はもう全員の名前を覚えた？」

「たぶん。名字だけなら」

自信はあまりない。一日で十一人という数は俺にとって多すぎる。ミステリを読む時も登場人物の名を忘れ、しょっちゅう冒頭の人物名一覧を確認する羽目になる。

「そう？　私は覚えやすい名前が集まったと思ったけど」

比留子さんは一人ずつ名前とその外見や特徴を列挙し始めた。

「まずは部長の進藤歩。進むと歩むだから覚えやすいよね。真面目そうだしさ、几帳面《きちょうめん》っぽいところが表れている名前だね」

名前は確かにそういう印象だが、下松が彼のことを頭がよくないと評したのを思い出した。けど今は黙っておくことにしよう。

「次に演劇部で彼の恋人の星川麗花。星と川と麗しい花だよ。まったく美人のためにあるような名前だね。進藤さんにはちょっと高嶺《たかね》の花のような気もするけど」

鋭い。比留子さんは二人が部屋で口論をしていたことを知らないはずだが、その懸念は的を射ているように思う。進藤は悪い男ではないかもしれないが、都合の悪い情報をわざと伏せたり先輩にへつらったりするような、我が身可愛さの行動が目立つ気がする。

「もう一人の演劇部員、名張さんはどうです。俺は下の名前を忘れてしまったんですが」

「名張純江だね。乗り物酔いと、蜥蜴騒動の彼女だ」

「よく覚えてましたね」

「だっていかにも神経質そうじゃない。名張と純江を縮めてナーバス、なんちゃって」

けらけらと笑う。まさかダジャレを絡めてくるとは。

「次に高木凛《りん》。背も高いし、ボーイッシュで凛とした雰囲気だからぴったりだ。それから静原美冬。彼女は物静かだし、大人しい感じが冬という言葉でうまく表現されているね」

比留子さんの姓名診断は続く。

「先乗り組の二人とはさっき喋ってきたんだけどね。機器類を担当していた彼は重元充《みつる》、理学部二回生だそうだ」

手帳の件で揉めたオタクっぽい男だ。

「小太りの外見が、重くて充ちるという漢字にぴったり。それとももう一人は下松孝子さんだったかな。彼女はなかなか強《したた》かな女性だよね」

ギャルっぽい彼女は就活目的でこの合宿に参加している。

「どうこじつけますか」

「いいんじゃない。強かってことで」

言葉の意味を摑みそこねて固まっていると、

「下松孝子の頭字を取って、下と孝。した、たか。したたか」

まさかのダジャレ第二弾だった。

「あとは適当。管理人の管野唯人さんはまんまだし。七宮兼光は親の七光り、立浪波流也は外見も名前もサーファーっぽいし、出目飛雄はぎょろっと目が飛び出している。以上」

ちょっと感動した。名探偵とは人の顔と名前を覚える能力も必要なのだろうか。

そこで比留子さんは少し真面目な調子に戻った。

「――で、このしおり、ちょっと気づくことはないかい」

彼女は部屋割りのページを開いた。管野から聞き出したのか、空白だった部屋にOB三人組の名前も書き加えられていたが、それ以外に変わった点は見当たらない。一見、年齢や性別に関係なくランダムに、そして進藤も恋人の星川と離れて部屋をとっている。

「特におかしなところはないと思いますが」

「しおりだけじゃなく、周りをよく見回してごらん」

比留子さんの言葉に従って周囲の面々を確認し、俺は思わず「ん？」と部屋割りを二度見した。

参加者たちは散らばって歓談しているが、俺が注目したのはＯＢの三人組だ。今、立浪は缶ビール片手に星川と親しげに話し、七宮は火を落としたバーベキューセットのそばの椅子に下松と揃って腰掛けている。出目はというと、くたびれた表情で駐車場の壁にもたれている名張にしつこく絡んでいる。彼女は苛立っているようにも見えた。

部屋割りを見直すと、立浪の二〇四号室の隣に星川、七宮の三〇一号室の隣に下松、出目の二〇七号室の隣に名張の部屋がある。しかも建物の三つのエリアに分かれてそれぞれの部屋が配置されているのだ。偶然にしては出来すぎだ。もしかすると部屋割りにまでＯＢたちの意向が反映されているのではないか。

そういえば、今日何度か高木に鋭い視線を向けられた。去年もこの合宿に参加したという彼女はそういった事情を承知していて男性すべてを警戒しているのかもしれない。

そんなことを話していると、星川がやってきた。

「そろそろお開きにしようか」

それを合図に後片付けが始まり、俺は洗い物を引き受けることにした。洗い場は広場の階段を上った紫湛荘の横手にある。たった一つ備えつけられた電灯を頼りに鉄網や鉄板を洗っていると、背後に誰かの足音がした。比留子さんか明智さんだろうと思っていると、

「お前、ちゃんと楽しめたか？」

驚いて振り向くと、高木だった。なぜここに？

彼女の目的がよくわからないまま頷く。

「はあ。焼きながら好きなだけ食わせてもらったんで」

するとなぜか高木は大きなため息をついた。そして俺の隣に移動すると汚れた鉄網を一つひっくり、タワシで汚れを落とし始める。流水の音に紛れて声が聞こえた。

「なあ。ほんとのところ、どうしてお前や明智はこの合宿に参加したんだ」

たぶん、廃ホテルで明智さんに質問され疑念を持ったんだろう。ここで隠し事をしてしまえば、比留子さんも含めて俺たちは彼女の信用を完全に失いかねない。俺は正直に話すことにした。

「脅迫状のことは聞いていますか」

「ああ、生贄だの書いてたやつだろ」

ペンションでの合宿というミステリ要素の強い催しに明智さんが興味を持ったこと、脅迫状や去年起きた自殺のことを聞き知ったこと、比留子さんとセットで参加させてもらったことを説明する。

「そういうことか。いや、明智の考えはまったく理解できないけど」嘆息の後、彼女は詫びた。「悪かったな、きつく当たっちまって」

なんというか、律儀な人だ。彼女は俺たちが女性目当てでこの合宿に参加したと思い込み、警戒していたのだろう。まあ肝心のOBたちがあの調子ならそれも仕方がないが。

「ただ、剣崎って子には気を配っといてやれよ」

「あー、やっぱりこの面子《メンツ》が集められたのって、意図的なものですか」

「おそらくな。七宮が進藤に圧力をかけて集めさせたんだろう。だから女子は綺麗どころ、男子は重元みたいな戦力外ばかり。まあ下松は就職のチャンスだとか騒いでいたけど」

戦力外とはずいぶん辛辣《しんらつ》だ。

「それがわかっていて、どうして高木さんは参加したんですか」

水しぶきを飛ばしながら彼女は吐き捨てる。

「こんなくだらないイベントに後輩が巻き込まれてんだ。ほっとけないだろ」

「それって、静原さん？」

小さく頷きが返ってきた。

「汚い奴だよ、進藤は。あいつも就職のクチを狙ってるのか知らないけど、とにかくあの三人、特に七宮に頭が上がらない。脅迫状のせいで皆参加を取りやめちまって焦ったんだろうな。その穴を埋めるために、最初に自分の彼女を巻き込みやがった」

正直、聞きたくない事実だった。進藤、せめて頼りない部長という認識だけでいたかったのに。

「けどさすがに彼女に手を出されるのは避けたかったんだろうな。躍起になって他の女子部員を参加させようとした。そこで目をつけられたのが美冬だ。進藤は美冬が先輩からの頼みを断れない性格なのをわかっていて言い寄ったんだ。あたしが気づいた時にはもう参加が決められていて。あたしだって二度とここに来る気なんてなかったけど、あの子を見捨てられないじゃないか」

ということは、高木も直前になって参加を決めたということか。

去年の自殺についても情報が欲しいところだが、いきなり繊細な話題をつついては高木の機嫌を損ねると思い、別のことを訊ねた。

「じゃあやっぱりあの部屋割りも」

「そういうこと。まあお前が隣っていうのが美冬にとっちゃ幸いだが」

信用してもらえるのは嬉しい。

が、ちょっと聞いてみたくなった。俺が今後静原に好意を寄せることがないとは限らない。

「もし俺が気の迷いを起こしたらどうなるんですか」

「蹴り潰す」

高木がにやりと笑った。どこを、なにをとは言ってくれなかった。

五

空はとっくに闇に落ち、分厚い雲が星の光を覆い隠している。

洗った鉄板と鉄網を高木と手分けして持ち、紫湛荘の玄関前を通り過ぎると、奥のエレベーターに乗り込む誰かの後ろ姿が見えた。一瞬のことだったが、ＯＢの出目のようだった。

「もう解散したんですかね」

「さあ……」

広場に戻ると、片付けを終えて駐車場のそばに集まった皆の間に白々とした空気が漂っているのに気づいた。先ほどまでの和やかな雰囲気が鳴りを潜め、互いに腫れものに触れるように顔を窺い合っている。

見回すと、やはり出目の姿が見当たらない。それと星川が名張のそばに寄り添い、慰めるように何事か言葉をかけているのが気になった。

「なにかあったんですか」

近くに突っ立っていた明智さんに伺うと、

「よくわからんが、名張嬢が出目氏の熱烈なお誘いをお撥ねつけになったらしい」

そう言って肩をすくめる。横で高木が舌打ちした。心配したそばからこれだ。あの出目という男、一晩も欲望を抑えられないのだろうか。

微妙な空気のフォローに回ったのは立浪だった。

「皆、すまなかったな。あいつは昔から酒を飲むと気が大きくなって、女と手の癖が悪くなるんだ。女性に振られるのもしょっちゅうでね」

そんな奴に酒を飲ませるな。

「後で頭を冷やすように言っておこう。ちょうどいい。あいつは罰《ペナルティ》ってことで、この後の肝試しでは脅かし役に回ってもらうことにするか。いいよな、七宮」

「ああ。自業自得だ」

どうやら三人の力関係は対等というわけではなく、七宮と立浪が実権を握り、出目は道化役のようだ。出目が他の者に対して高圧的なのはその不満のせいなのかもしれない。

すると高木がイベントの続行に抗議した。

「肝試しは明日に回してもいいんじゃないですか。疲れてる奴も多いだろうし」

嫌な思いをした名張を始め、星川たちもうんざりした様子なのを理解しての意見だったが、一人元気なのはしたたか——いや、下松だった。高木の抗議を受け流し、すり寄らんばかりの調子で七宮に聞く。

「肝試しって、どこに行くんですかぁ？　さっきの廃ホテル？」

「いや、それとは逆方向だ。十五分ほど歩いたところに古い神社があるのさ。そこから二人一組で、札を取ってきてもらう」

　彼らはどうしても予定を変える気はないらしい。こういう時に泊めてもらっている立場は弱い。七宮たちは準備をしてくるから一旦部屋に戻るようにと言い残し、広場を後にした。仕方なく俺たちも階段に向かう。

「なによ、もう。自分たちの遊びに付き合わせたいだけじゃない」

「まあまあ……。腹ごなしの散歩と思えばいいじゃないか」

　星川の機嫌はまたも下り坂にさしかかり、進藤は彼女をなだめるのに必死だった。

　その時、空を眺めていた明智さんが呟いた。

「おや、あれはなんだろう」

　見ると、東側の山の輪郭がうっすらと光っている。まるで後光のようだ。

「きっとあれですよ、サベアロックフェス。山の向こうの自然公園で野外ライブをしてるんです。きっとそのステージの明かりでしょう」

　昼間は明るくて気づかなかった。今頃こちらの静けさとは対照的に興奮と賑やかさに溢れているのだろう。

「あれっ」

　鼻が詰まったような声に振り向くと、しばらく存在感がなかった重元だった。バーベキュー中は高木の言ったとおり、戦力外と化していたようだ。彼は手元のスマートフォンを覗きながら忙しなく指を動かしていたが、なかなか続きを言わない。

「なんだよ」進藤が辛抱できずに聞いた。

「ネットが繋がらないんです。ロックフェスのことを調べようとしたんですけど」

「ああ、それならさっきからよ。ここ、電波が入らないんじゃない」と下松。

「バーベキューの前までは通じてました。確かです」

するとと他のメンバーも自分の携帯を取り出し、口々に戸惑いの声を上げた。

「ホントだ。全然通じない」

「えー、ちょっと困るんだけど」

それぞれが持っている携帯は機種も契約会社も違う。ただの接続障害だとは考えられない。

「もしなにかの障害だとしても紫湛荘には電話があるし、車を使えば町まで出られるんだ。大したことじゃないさ」

進藤の言うとおりだ。それなのに俺はいいようのない不安を抑えることができなかった。明智さんを見ると、いつもなら楽しげな彼の表情もどこか冴えない。

「外部との連絡の遮断、か。これもまた現代版クローズドサークルといえるのかもしれんな」

「でもその気になればすぐ町に行くことができますよ」

「そうだな。いつでも可能だ。だからこそ、俺たちは今それをしようとは思わない。そうしているうちに逃げ道がなくなっていくもんなんだ」

その言葉に余計不安を煽られ、俺はいつもの癖で時間を確認しようと左手を持ち上げた。そこでむき出しの手首を見て、時計をバーベキューの時に外したことを思い出した。

皆の輪から離れ、時計を置いた駐車場の電灯の下へと向かう。俺は呆然と呟いた。

「ない」

そこには時計を包んでおいたハンカチだけがはだけた状態で残されていて、時計そのものはどこにも見当たらなかった。風で飛ばされたとは絶対に考えられない。時計よりも軽いハンカチがこうして残されているのだから。誰かが気づかずに蹴飛ばした？　それとも――。

「どうしたの」

俺の様子を気にした比留子さんが輪の中から声を飛ばした。

「ここに置いてあった時計が見当たらなくて」

それを聞いた名張が声を上げた。

「私がさっき見た時、時計は確かにあったわ。そんなところにハンカチが置いてあったから気になって、中をめくって確かめたの」

皆の元に戻り、詳細を訊ねる。

「いつ頃のことですか」

「バーベキューの終わり頃かしら。出目っていう人が絡んでくる直前よ」

広場のバーベキューをしていた場所から駐車場までは約二十メートルほど離れている。そういえば比留子さんとしおりの部屋割りを確認していた時、名張は出目と駐車場の壁際にいた。その時にはちゃんと時計があったのだとすると？

事件の匂いを嗅ぎとったのか、明智さんが名張に質問を重ねた。

「途中、時計に近づいた人はいましたか」

「いなかったわ。どうにかしてあの人との話を打ちきれないかきっかけを探していたから、誰かが近づいてきたら絶対に気づいたはずよ」

どんな内容の話だったか知らないが、出目はずいぶんと嫌われてしまったらしい。

「そうしているうちに片付けが始まったの。チャンスだと思って離れようとしたら彼が親しげに肩に手を回してきたから、声を上げて振り払ったの。そして私は近くにいた星川さんに駆け寄って、そのまま」

　俺が高木と洗い場にいる間にそんなことがあったとは。

　明智さんが一人一人に確認するような口調で話した。

「名張さんが声を上げてからは、出目さんだけが時計が置いてある壁際に立っていた。それ以前にこの壁際、または駐車場に近づいた人はいますか。もしくは誰かを目撃したという話でも構いません」

　すると数人が手を挙げ、バーベキューの準備の際に駐車場の倉庫にしまわれていた器具を運び出すため近づいたと話した。だがいずれも俺が時計を置く前の話で参考にはならない。すると、静原が恐る恐るといった感じで手を挙げた。

「あの、名張さんと出目さんが来られてから、私はずっとその様子を見ていたんです。出目さんがなんだか強引そうでしたから、名張さんが心配で……。だから、お二人が来られてからは誰もその場に近づいていないと断言できます」

　名張も同意し、それ以外の証言をする人もいなかった。以上を踏まえて明智さんは言う。

「――ということは。我々の目が名張さんに向いている隙に出目さんが時計を拾い、そのまま持ち帰ったと考えるのが自然だ」

「そういえば」

　高木が硬い声を出した。

「去年も同じようなことがあった。確か江端《えばた》さんが酔い潰れている隙に財布から万札が抜かれていたんじゃなかったっけ。なあ進藤」

　彼女が言う江端さんとはおそらく映研の先輩だろう。

「……そうだったかな」

「そうだとも。——そう、思い出した。あの時江端さんを酔い潰したのも確か出目だったはずだ。けど結局彼は知らないの一点張りだった」

もしや、先ほど立浪が言っていた手の癖が悪くなるとはつまり、出目には盗癖があるという意味だったのか。

話を聞いた他のメンバーからも出目に対する不信の声がちらほらと上がり始め、高木の中で犯人は出目だと確定したようだ。

「葉村、取り返しに行こう。あたしも一緒に行ってやる」

「ちょっと待った。出目さんが犯人と決まったわけじゃないだろう」

進藤が慌てる。ここで騒ぎを起こすのはまずいと顔に書いてある。だが高木も退《ひ》かない。

「犯人かどうかは直接確かめればいい。それとも他に怪しい奴がいるか、進藤?」

彼は一瞬口ごもったが、すぐさま言い返した。

「それは……そうだ、その推理が成り立つのは名張さんの証言があるからだ。けど彼女の証言が間違っている可能性もある」

「名張が嘘をついているって?」

高木が反駁《はんばく》し、たちまち名張の目が吊り上がる。進藤が慌てた。

「そういうわけじゃないが、彼女が勘違いしている可能性もゼロじゃない。なあ明智君」

話を振られた神紅のホームズは表情を硬くしながら、首を縦に振った。

「ロジカルに考えれば。彼女が来る以前に時計が持ち去られていたなら、全員が容疑者となる。——だが、彼女が時計を見たというのは紛れもない真実だろう」

「どうしてそう言いきれる？」

「今はハンカチだけが残されている。そして葉村君はさっきこう言った。『ここに置いてあった時計が見当たらない』と。だが直後に名張さんは『中をめくって確かめた』と証言した。ハンカチで時計を包んでいたなんて葉村君は言っていないのに。普通は単にハンカチを下に敷いていたと考える方が自然だ。『めくって』と言いきったのは、彼女が時計の実物を目にしたからだ」

そのとおりだ。ということはやはり、名張が来るまで確かに時計はここにあった。

「ほらね。ということは時計を盗んだのは私か出目さんか。どうぞ好きに調べてちょうだい」

名張が胸を張り、明智さんが補足した。

「さらに言えば、名張さんが時計を盗み、星川さんに駆け寄った時に渡した、という可能性も無きにしも非ずだ。ロジカルに考えれば、だが」

出目との騒動の後、名張と接触したのは星川だけらしい。

「いいわ。じゃあ私のことも調べるといいわよ」

星川もそう言って出目をかばおうとする進藤に見せつけるように両腕を広げる。

調べるまでもない。夏の薄着のどこかに男物の時計を隠せば不自然な形として浮き出てしまうし、ベルトも金属製なので動けば音が鳴る。二人が持っていないことは明らかだった。それでも一応比留子さんが手早くボディチェックを施し、「ありませんね」と証言した。

いかにロジックを弄《ろう》そうが、実際に持っていなければ犯人じゃない。そしてこの二人が持っていないとわかれば、犯人は出目の線が濃厚となる。これには進藤も反論できなかった。

皆が一旦部屋に戻る中、俺は事情を聞くために出目の部屋に向かうことにした。ありがたいことに、心配した明智さんと高木がついてきてくれるという。だが残念なことに訪問は空振りに終わった。出目の部屋にいくら声をかけても応答がなかったのだ。

「あの三人なら、さっきエレベーターで下りてきて外に出ていきましたよ」

フロントにいた管野に聞くと、そう答えがあった。俺たちが東階段を使ったのですれ違ってしまったらしい。きっと肝試しの下準備に行ってしまったのだろう。

「出遅れたな。どうする」

「今日のところは諦めますよ」

高木は不満そうな顔で「いいのか？」と聞いてきたが、俺は頷く。

「出目って人、さっき皆の面前で名張さんに振られたんでしょう。その八つ当たりで時計を盗ったのかもしれないし、この後肝試しもあるんだから変に刺激するのはまずいですよ」

「確かに理詰めで論破したところで反省するどころか逆ギレしそうなタイプだよなあ。他の子に被害が及んでも困る」

明智さんはため息混じりに同意する。

「高価なものだったのか」

「いえ、値段自体は大したことはないんですが、妹が高校の入学祝いにくれた時計なんで」

しかも震災から間もない時期で皆がてんやわんやしていた中、苦労して買い求めてくれたものだ。俺にとって金銭には換えられない価値がある。タイミングを見て取り戻さねばならない。

六

肝試しの準備ができたとお呼びがかかり、俺たちは再び広場に集った。出目の姿はない。おそらく脅かし役としてどこかに潜んでいるのだろう。サーファー風の立浪が紙袋を差し出して言う。

「それじゃあクジでペアを決めよう。女の子が引いてくれ」

　このクジにもまた仕掛けがあるのではと勘繰ったが、結果的には意外とうまく混ぜ合わされたペアができた。ただ俺の相手は偶然か必然か、比留子さんだった。

「これは嬉しいな。運命というべきだろうか」

　運命ときたか。できた組み合わせは六組。俺たちのスタートは四番目ということになった。ちなみに他のペアは七宮・下松組、進藤・星川組、明智・静原組、重元・高木組、立浪・名張組だ。

　目的地となる神社は湖沿いを東に進み、途中で合流する山からの道を登った先にあるという。そのお堂にある札を取ってくればクリアだ。

　午後九時。まず一組目の七宮・下松組が出発する。下松は俺と目が合うと、七宮には見えないように「ラッキー」と口を動かして見せた。彼女は部屋割りといいバーベキューの時の話し相手といい、ボンボンに気に入られている節がある。互いに下心があるという意味では最もウィンウィンの関係なのかもしれない。

「少し寒くなってきたね」

　ワンピース姿のままの比留子さんが腕をさすりながら呟いた。湖が近いせいか、昼間の暑さがまるで嘘のように冷えた風が吹き上がってくる。ここで上着でも貸してやれば格好がつくのだろうが、残念ながらこちらもTシャツ一枚しか着ていない。

「さくっと行って戻ってきましょうよ。怖いのは平気ですか」

「普通に怖いし、普通程度には我慢できるよ」

　それなら結構だ。悲鳴を上げるのは二人同時がいい。

五分ほどの間隔をおいて二組目、三組目がスタートする。俺たちの順番が回ってきた。

「行きましょうか」

肝試しにはベタにペアで手を握るというルールが設けられた。比留子さんの手は一回り小さく、壊れ物のようだった。力加減がわからず互いに探り合うように力を加えた後、卵を割らない程度の強さに落ち着いた。

しばらく湖沿いの道路を進む。外灯は少なく歩道もないため、車に引っ掛けられないように端っこの方を歩いた。

考えてみればおかしなことだ。まだ数えるほどしか顔を合わせていない女性の先輩とこうして手を繋いで歩いている。昨日までの俺では想像もできないことだった。

隣を窺うと、顔を湖に向けた比留子さんが俺の手の導くままに歩いている。頭一つ分身長が低いせいで、彼女の胸元を少し覗く形になってしまった。比留子さん、意外とグラマラスだ。

「ねえ、葉村君」

「なんですか」少しギクリとする。

「実は君に話しておきたいことがあるんだ」

俺に。明智さんではなく?

「なんのことですか」

「君たちをこの合宿に誘った目的について」

それは追求しないという取引ではなかったか。振り返ると大きな瞳がこちらを向いていた。

「葉村君。私は君を口説きたくてこの合宿に誘ったんだよ」

「——は?」

予想外の答えにフリーズする。私は宇宙人なんだよ、と言われた方がまだ現実味があったのに。

「それは、どういう意味で」

「君もいくらかは聞き知っているかもしれないけど、私はこれまで何度か難解な事件に関わってきた。そしてこれからもいくつもの事件に携わることになると思う。そこで」

彼女は握っていた手をぐいと引っ張り、両手で包み込んだ。

「単刀直入に言おう。私の助手になってよ。私には君が必要だ」

——これはどう受け取ればいいのだ？

言葉どおり、探偵稼業に手を貸せということか。それとも彼女なりの告白なのだろうか。

「いやいやいや」

いくらなんでも唐突すぎる。助手とは明智さんが勝手に呼んでいるだけで、別に俺は彼のスケジュール管理や窓口係をしているわけじゃない。

「俺はただの読書好きですよ。専門的な知識もないし、天才的に閃くこともない」

「そんなのワトソンだってそうじゃないか。ごく一般的な意見を横から挟むに過ぎない。けれどそれで事件が解決するなら万々歳だ。すぐに返事をくれとは言わないよ。合宿が終わるまでに考えておいてほしい」

ふざけている響きはない。この人は本当に探偵の助手を欲している。

「なんで俺なんです？」

「……それは内緒」

俺はため息をつき、それ以上の追求を諦めた。

「……明智さんには話してもいいんですか」

「少し待ってて。ある意味彼とのコンビを解消させるようなものだ。君はきっと彼にも必要不可欠な存在だろうし、そのうち私から明智さんに話をさせてもらうよ」

話はそこで途切れた。正直、今ほどお化けに出てきてほしいと思ったことはない。なぜ出てこないのかという理不尽な怒りすら覚えた。

比留子さんはミステリの主人公ばりに様々な事件に関わっているのだという。ミステリ好きとしてそんな生き方に興味がないといえば完全な嘘だ。できるなら俺も関わってみたいし、そばで見守るだけでもいい。けれどそのために明智さん以外の人とコンビを名乗るというのは、俺には重すぎる決断だった。

俺が明智さんにとってのブレーキ役であるのと同じように、彼は俺にとってアクセルなのだ。彼が誘ってくれなければ俺は今も話の嚙み合わないミス研の中で時間を浪費していたはずだ。彼がアクセルを踏むからこそブレーキに意味が生まれる。比留子さんとも知り合えた。この合宿にも関わることができたのだ。

左手にあった雑木林が開けて、山側から下りてくる細道が見えてきた。確かここを登っていく順路だったはず。その時だった。

七

うわあああぁぁーーーーっ！

悲鳴が遠くの方から聞こえ、俺は思わず肩を震わせた。

悲鳴はその後も二、三度響き渡り、静かになった。

「……びっくりした」

「ずいぶん真に迫った声だったね」

比留子さんの声にも緊張がにじんでいる。それにしても、たかが肝試しとは思えないくらい恐ろしげな悲鳴だった。男のようだが誰の声かまではわからない。明智さんがあんな声を上げるのは想像できないが、そこまで手の込んだ仕掛けが待っているのだろうか。

目を凝らすと、山の方からいくつかの人影が下ってくるのが見えた。先に出発したペアが戻ってきたのだろうと思い、声をかけようとしたのだが。

おかしい。人影が三つある。地元の人だろうか。

「なんだか具合が悪そうに見えない？」

比留子さんの言うとおり、三つの人影はいずれも酔っぱらいのように左右に体を揺すっている。こちらを脅かそうとしているのだろうか。しかし仕掛け人は出目一人だったはず。エキストラでも雇ったのか？　ボンボンの道楽だとしても、まさか。

続けてさらに信じられない光景が目に飛び込んできた。

「比留子さん、あれ！」

山道とは別方向。三百メートルは距離があるだろうか、右手の湖へと大きくせり出した陸の先端へとカーブを描く県道を、まばらに設置された道路灯に照らされながらこちらへ向かってゆらゆらと近づいてくる十以上の人影が浮かび上がっていたのだ。人影はそこが自動車道であることをまるで気に留めない様子で、道路いっぱいに広がって歩いてくる。

「葉村君」

山から下りてきた人影は走れば五秒とかからない距離まで近づいている。足を引きずりながら低い呻《うめ》き声を漏らす何者か。納得できる説明を用意しようとする理性と、とにかく動けと命令する本能が頭の中でぶつかる。もうあと数歩。

「葉村君！」

手を引かれると同時に、目の前の影が声を上げた。

「おおお、ぁあぁーーー」

道路灯に顔が照らし出される。焦点を失った目。だらしなく開けたまま意味のない呻き声を漏らす口。赤黒い血を顔と衣服にべったりと塗りつけている。中には服が裂け、裸身を晒《さら》している者もいた。

なによりその臭い！　鼻にベタつくような、血と脂となにかの強い腐臭が押し寄せる。

その瞬間、本能が勝った。「走って！」比留子さんの手を引っ張り返し、今来た道を引き返す。彼らが怪我人や病人かもしれないという発想など、一片も浮かばなかった。途中で後ろを振り向くと、山から下りてくる人影はますます数を増やしていた。

「あっ」

引き返す先に人影を見つけた。一瞬立ち止まりかけたが、シルエットから俺たちの後にスタートした重元・高木ペアだと気づく。

「こっちに来ちゃ駄目だ！　戻れ！」

俺たちの呼びかけに二人は面食らった顔で立ち止まる。

「なんだよ。二人とも落ち着け」

「駄目だ。戻れ。変な奴らが来る」

「変って――」

「わからない。でもマトモじゃない」

「来た！」

比留子さんが叫ぶ。不気味な呻きとともに橙色の道路灯に浮かび上がる無数の人影を見て高木が「いやっ、なに？」と後ずさった。

「演技でしょ」重元が震え声で呟く。「仕込みすぎだろ、あの人たち。おいおいおい」

俺は咄嗟《とっさ》に転がっていた石を摑み、人だかりに向かって思いっきり投げた。石は集団の一人に確かに当たった。それなのに悲鳴一つ、文句一つ上げることなく近づいてくる。

「マジかよ」

「見たろ、逃げよう！」

俺たちは必死に紫湛荘への道を駆け戻った。最後まで広場に残っていた立浪と名張は、出発したばかりの俺たちが必死の形相で戻ってきたので目を丸くしている。

「どうした、怪我でもしたか」

ああ、なんと説明すればいいのか。俺たちは口々にあのおぞましい人影について喚《わめ》きたてたが、立浪たちは困惑するばかりだ。

「とにかく外にいちゃいけない。ペンションに戻って、戸締りを」「いや、逃げた方がいい」「でもまだ皆戻ってきてないですよ」「奴らもここまで来るかもしれない。武器がいる」「とにかく管野さんに言って武器になりそうなものを探して」

俺たちは広場の階段を上がった。ここなら幅が狭く、一度に奴らが上がってくることはない。

「いったいなんだってんだ」

名張が管野を呼びに走り、立浪だけがまだ腑に落ちない顔でそう呟いた時だった。不意に紫湛荘の裏手の藪《やぶ》をかき分けて誰かが現れた。一同がぎょっとして固まると、肩で荒い息をつく七宮だった。

「七宮さん、いったいどこから」

「神社から藪の中を突っ切ってきたんだろう。道もないのに無茶をするもんだ」

かなりキツいはずだぞ、と立浪が解説した。彼の言うとおり七宮の服はあちこちに枝が突き刺さり、破れている部分もある。潔癖性の彼にここまでさせた理由は一つしかない。

「帰る途中で、訳のわかんねえ、奴らに襲われて」

そこで俺は七宮のパートナーがいないことに気づく。

「下松さんは？」

その問いに真っ白な顔がこちらを向いた。

「無理だ。あいつらに捕まった。今頃はもう」

それに激高したのは高木だ。

「あんた、見捨てて来たのか！」

「どうにもならねえよ！　見たかあいつら。い、い、い、人を喰うんだぞ！　下松を捕まえるなり一斉に襲いかかったんだ！　俺まで喰われろってのか！」

「ゾンビだ」あの姿を目撃している重元が呟いた。「実在したんだ。でもどうして」

その時、名張とともに管野が玄関から出てきた。手には一本の槍。おそらく二階のラウンジに展示されていたものだ。

「どうしたっていうんです。不審者でも——」

「来た！」

ぞろぞろと下の広場へ侵入してきた集団に懐中電灯を向ける。その醜悪な姿を見て、名張の口から絹を裂くような悲鳴が上がった。

明かりに照らし出されたソレらは人の形でありながら、体の至るところを喰いちぎられたため欠損しており、ボロ雑巾のような有様だ。全身を血に染めながら大口を開け、理性を失ったとしか思えない咆哮《ほうこう》を上げ続ける化物。重元の言うとおり、映画やゲームで目にするゾンビそのものだった。

だが今来たばかりの管野は愚かにも「いけない、早く病院へ」と叫びながら階段を下り、先頭の一人に歩み寄る。その瞬間、若者の姿をしたソレは倒れ込むように管野に襲いかかった。

「どけ！」

管野の命を救ったのは彼を止めようと後を追った立浪だった。長い脚を活かして咄嗟に放った前蹴りがソレの胸元にヒットし転倒させる。だが次から次へと二人に向かって手が伸びる。

「逃げるぞ！」

二人は命からがら階段を上がる。

「殺さなきゃ駄目だ！」重元が叫ぶ。「ゾンビに嚙まれたらもう助からない！　そいつらは人間じゃない。殺すしかないんだ！　でなきゃ全員殺《や》られるぞ！」

おぞましいゾンビの群れは、広場からの階段を上ってこようとする。だが段差を上がる動作すら満足にできないのか、途中で足を滑らせたりバランスを崩して転げ落ちたりしながら、実にゆっくりしたスピードで進んでくる。これなら先頭の一人を始末すれば時間が稼げそうだ。

だが人の姿をした彼らを攻撃することに躊躇《ちゅうちょ》したのか、管野は動けない。

「何をしている。寄越せ！」

その手から立浪が槍を奪い取り、血を吐くような雄叫びとともに、階段から顔を出した一人に向けて突き出す。刃を潰しているとはいえ、大人の男が渾身の力で放った攻撃は胸板をあっさり貫通した。だが血は噴き出さず、しかも槍を突き刺されたままゾンビはまだ動いている。

「くそっ、くそっ」

二度、三度と刃を突き立てるがなかなか果てない。重元が再び叫んだ。

「心臓を潰しても無駄です。脳を破壊しなきゃ」

「そんなもんどうやるんだよォッ」

人間の頭蓋骨は頑強だ。切れ味を潰された槍で簡単に突き刺せるものではない。

「目から」比留子さんが叫んだ。「目から脳まで突き通すんです!」

その声に従い、立浪が狙いを定めて何度も眼窩《がんか》に槍を突き刺すと、ようやくそいつは動きを止め、後ろに続いていたゾンビたちを巻き込みながら階段を転げ落ちていった。

「お、えええ」

槍先にこびりついた肉片を見て立浪が嘔吐《おうと》した。だが奴らは次から次へと上がってくる。比留子さんが声を上げた。

「キリがない。紫湛荘に立てこもりましょう」

「それよりも裏から逃げるべきじゃないのか」

立浪の提案を聞いて、七宮が血相を変える。

「駄目だ! 俺は山の中でも追いかけられた。というよりあいつらは山を越えて来やがったんだ」

明智さんはどうした。まさに今、ゾンビどもに襲われているんじゃないか。助けに行かないと。

そう思う一方で、俺の中にはひどく醒《さ》めた考えが頭をもたげ始めていた。もう間に合わない。

このゾンビの群れを突破して救いに行くなど、自殺行為だと。その時だった。

「うああああっ」

紫湛荘の裏手から悲鳴を上げながら進藤が姿を現した。おそらく彼も七宮と同じく、藪を突っ切って逃げてきたのだろう。だが隣にパートナーだったはずの星川の姿がない。進藤は俺たちを見回すなり悲痛な声で訊ねた。

「麗花はどこだ。先に戻ってきているはずだ!」

「星川とはぐれたのか」立浪が口元をぬぐう。

「僕が化物の気を引いている隙に逃がしたんだ! まだ着いていないのか?」

だが全員が見ていないと首を振る。ここは玄関の正面。もし戻ってきた仲間がいたら絶対に気づいたはずだ。一同の表情から困惑の色を読み取ったのか、進藤は「嘘だ!」と叫ぶなり半狂乱の勢いで紫湛荘に駆け込んでいった。

「麗花! いるんだろ、麗花ぁーー!」

もはや彼の頭には周囲に押し寄せるゾンビの群れよりも恋人の安否しかないらしい。

「俺たちも中に入ろう。ペンションに籠城《ろうじょう》するしかない」立浪が指示を出す。

「けど、美冬たちがまだ」高木が訴える。

「どこか安全な場所に避難しているかもしれないだろう。このままじゃ俺たちが危ない」

ゾンビどもが玄関までたどり着くのも時間の問題だ。高木も悔しそうに顔を歪めていたが、一人で仲間を助けに行くなどとは言いださなかった。全員が建物内に入り、管野の指示でガラス扉の外のシャッターを閉めようとした。すると重元が外を指差して悲痛な声を上げた。

「おい、あれ!」

広場の階段を上りきろうとしていたゾンビが、後ろへと引きずり降ろされる。現れたのは見覚えのあるアロハシャツを着た眼鏡の男性。

「明智さん！」「美冬！」

明智さんは背後にかばっていた女性――静原を引き上げると、先にこちらに向かって押し出し、自らは下から迫り来る追っ手を蹴飛ばした。恐怖と息切れで真っ青になった静原が玄関に転がり込んでくる。「あああ、うぁぁぁあ」途端にへたり込み、言葉にならない嗚咽《おえつ》を漏らす。幸い怪我はしていないようだ。

「明智さんも、早く！」俺は喉が張り裂けんばかりに叫んだ。

その声が聞こえたのか、こちらを振り向き、駆け出そうとして――下から伸びてきた手が、明智さんの足首を摑んだ。

危ない、と声を上げる暇もなかった。痩せた女のゾンビが無情にもふくらはぎに喰いつく。

「ああっ――」

長身がよろめき、後ろへ倒れる。その瞬間目が合い、明智さんの口が動いた。


――うまくいかないもんだな。


呆然としたような、泣き笑いのような、なんともいえない表情が俺の脳に焼きつき、それを最後に明智さんはわずか数メートル先の地獄へと続く階段を転がり堕ち、俺たちの前から消えた。

「ああ――」誰とも知れず、絶望の息が漏れた。

そう、絶望。

俺は悲鳴を飲み込むように深呼吸した。もう間に合わない。

「シャッターを閉めましょう」俺は言った。「あいつらが上がってくる」

こうして、俺は呆気なく俺のホームズを失った。

八

玄関は封じたもののペンションの守りは頼りない。一階の正面壁はガラスのカーテンウォールでいかにも脆弱《ぜいじゃく》だし、屋内へ侵入されるのは時間の問題といえる。

「ここは駄目だ」

「二階に上がれ！　それから階段をすべて塞ぐんだ」

東側の階段から全員が二階へと避難したところで、階下から早くもガラスの砕ける音が響いた。

奴らが建物内に入ってきた！

俺たちは大急ぎで二階ラウンジにあった棚やソファなどなるべく大きな家具を手分けして運び、一、二階の中間にある踊り場と二階の踊り場に二段構えのバリケードを築き始めた。ゾンビどもの動きを見る限り、奴らは普通の階段でさえ上るのに苦労している。ここで食い止めるのは十分に可能なはずだ。するとその物音を聞きつけたのか、三階から進藤が下りてきた。哀れなことにまだ星川の姿を求めて建物中を探し回っていたらしい。

「いない……。麗花がどこにもいないんだ。どこに行っちゃったんだよ、麗花」

うわ言のように呟き、進藤はこともあろうに、中間の踊り場に積み上げたばかりの家具をどかそうとする。

「おい、なにをやってる！」立浪が慌てて肩を摑んだ。

「離してください。麗花を探しに行ってきます」

「現実を見ろ。どうせもう死んじまってる」

「違う！」進藤が叫んだ。「きっとまだ生きてる！　探しに行くんだ、行かせてくれ！」

「この野郎！」その瞬間立浪に殴り飛ばされ、進藤は床に這いつくばって嗚咽を漏らし始めた。

明智さんの死で麻痺《まひ》してしまったのか、俺は冷めた目で彼を見やった。

そりゃあ俺たちだって星川がまだ生きていると信じたい。だが今優先すべきはゾンビの侵入を防ぐことだ。彼に構ってはいられない。

バリケード造りを主導したのは、意外にも重元だった。

「障壁で防ぐだけじゃなくて、階段そのものを上りにくくするんだ。坂道みたいに。それだけであいつらは足を滑らせるはず」

その言葉に従い、管野が重元とともにマスターキーで空き部屋である二〇八号室に入り、ベッドの床板を引き剝がしてスノコ状の大きな板を二枚手に入れ、階段に滑らせた。さらにリネン室からありったけのシーツを持ってきてばらまく。階段を上りきったところにはラウンジにあった自動販売機を六人がかりで左右交互に歩かせるようにして移動させ、棚と組み合わせて壁を造った。やがてバリケードが完成すると、七宮が指摘した。

「確か反対側にも非常階段があったろう。そっちは塞がなくていいのか」

「非常階段から館内に入るドアは鉄製で、防犯上内側からしか開けられないんです。外開きですし、体当たりでは打ち破りにくいはずです」と管野。

「しまった」比留子さんが呆然として言った。「エレベーターがある！」

そうだった！　万が一エレベーターに乗り込まれると、なにかの偶然で上の階まで簡単に侵入されてしまうかもしれない。慌ててラウンジに戻ると、エレベーターのカゴはまだ一階にあった。

「どうします。もうすでに何人か乗り込んでいるかもしれない」

「だとしても、このままじゃいつ上がってくるかわからん。二、三人乗っていてもぶち殺してやればいい」

先ほど一人を屠《ほふ》った立浪が槍を構えてドアを睨みつける。俺たちも壁に掛かっている武器を手に取りそれに倣《なら》った。管野がボタンを押し、ドア上のランプが一から二へと移動した。皆が息を詰めて見守る中、ドアが開く。

中は無人だった。メンバーの間に一抹の安堵が漂う。

「管野さん、エレベーター用の電源を落とせませんか」と比留子さん。

「電源盤は一階のフロントにあるんです。今頃はもう化物たちに埋め尽くされているでしょう」

「ちょっと、それじゃあいつらがなにかの拍子にボタンを押したら、エレベーターが下に持っていかれちゃうってこと？」冗談じゃないと高木が詰め寄る。

「じゃあ暫定《ざんてい》の措置としてこうしておきましょう」

比留子さんはそう言って、手近にあった椅子をドアに挟んだ。

「これで勝手に動くことはないはず」

なるほど。人身事故を防ぐため、ドアが閉まりきらない状態では作動しないはずだ。

階段口でバリケードを見張っていた名張の声が響く。

「ゾンビが上がってくるわ！」

俺たちは武器を握り直し階段に向かう。

バリケードの隙間から下を覗くと、ペンションに押し寄せるゾンビの数は増え続けているらしく、階下から潮が満ちるようにゆっくりと無数の頭が狭い階段を埋め尽くしてゆく。だがゾンビどもは運動能力が低いのか、階段を上がる速度は平地での歩行よりも遅く、足取りも覚束ない。なんとか途中まで上ってきた者もバリケードに阻まれたりシーツに足を取られたりしてバランスを崩し、後続を巻き込みながら階段を転げ落ちていく。それの繰り返しだ。今のところ重元発案のバリケードは非常にうまく機能している。

「だがいつ突破されるか。ずっとこうして見張っているのか」

七宮が俺たちの反応を窺うように言った。

「それならいいものがある」

高木と静原がポケットから取り出したのは、防犯ブザーだった。ピンを引き抜くと大きな警報音が鳴り響くタイプだ。立浪は口笛を吹き、対照的に七宮は不満げに口を歪めた。

「どうしてそんなもんを持ってるんだ」

限られたメンバーしかいない合宿に防犯ブザーを持ち歩くなど、明らかに男の参加者を警戒していたことになる。だが高木に悪びれた様子はない。静原も高木に入れ知恵されたのだろう。

「ただの用心さ。驚くほどのことじゃないだろ？　ともかくこれで仕掛けを作っておけば、バリケードを突破された時にすぐ気づける」

高木の提案に従い、管野が倉庫から釣り糸を持ってきてバリケードの後方に仕掛けを作った。バリケードが突破されれば釣り糸が引っ張られてピンが抜け、警報ブザーが鳴る。ひとまずはこれで備えが完了したことになる。

「もう一つのブザーはどうしますか」

そう言った静原の手から、七宮がブザーをひったくった。

「おい！」高木が抗議の声を上げる。

「こいつは三階の非常扉に仕掛けておく。三階が陥《お》とされれば一巻の終わりだからな」

確かに七宮の言うとおり、三階をゾンビに占領されたら俺たちは逃げ場を失う。だがそう言う七宮の部屋こそが三階非常扉の一番近くにあるのだった。

その後、メンバーは二階のラウンジに集まった。

すでに午後十時半になっていた。肝試しの開始から、たったの一時間半で世界が一変してしまった。

生き残った――いや、現在ここにいるのは学生が俺、比留子さん、進藤、高木、静原、名張、重元。ＯＢの七宮と立浪。そして管理人の管野。総勢十人だ。四人ものメンバーがいなくなってしまった。管野が全員にコーヒーを用意してくれたが、俺は手が伸びなかった。

テレビのスイッチを入れた。携帯は依然として通じないままで、身の回りでなにが起きているかさっぱりわからないのだ。

「出目は？」立浪の問いに七宮は首を振った。

「俺が神社に着いた時には喰われてた。下松もそいつらにやられた」

下松――はじめから物怖《ものお》じせず話しかけてくれたり、肉を勧めてくれたりした彼女の屈託のない笑顔が頭をよぎる。彼女の明るさに少なからず救われたのに、感謝の一つも伝えられなかった。

「ちょっとこれ！」高木がリモコンを操る手を止めた。

画面にはニュース番組が流れており、緑豊かな景色の映像と『テロの可能性』という不穏な文字が大きく映し出されている。管野がボリュームを上げた。

『今日午後四時頃、S県の娑可安自然公園で行われている野外ライブ、サベアロックフェスで複数の観客が体調の異状を訴えたと警察や消防に通報がありました。同様の人はそれ以後も大変な勢いで増えており、化学兵器によるテロの疑いもあるとして警察は一帯を封鎖、現在も救助活動と原因の究明が続いています』

そのニュースは、素人の俺にもわかるくらい奇妙なものだった。テロの可能性があるという大事件だというのに、現地の映像やインタビューが一切流れない。紹介されているのは自然公園の宣伝用ビデオの一部だけだ。たとえテレビカメラが現場に入れないにしても、今ならツイッターや動画投稿サイトにすぐさま状況がアップされるはず。

比留子さんが管野に訊ねる。

「携帯は通じません。固定電話は？」

管野はラウンジの電話機を持ち上げ何度か操作したが、やがて首を振って受話器を置いた。

「駄目です。一体どうして」

「すでにかなり高度な情報統制が敷かれているのかもしれませんね」

比留子さんが納得したように呟いた。

「じゃあ、このゾンビたちは」

「体調を崩した観客だろうね。服装もフェスっぽいし、彼らが流れてきた方角には会場がある。このあたりに民家はそう多くないのに、ゾンビの数が多すぎると思っていたんだよ。化学兵器か生物兵器かバイオハザードだか知らないけど、とにかくそこで起きた何かによって観客がああなったことは間違いないと思う」

「それ、まずいよ」重元が狼狽《うろた》えた声を出す。「サベアロックフェスは、一日に約五万人が参加するんだ。ゾンビに噛まれた人間もいずれゾンビ化する。もし観客の大多数が感染しているとしたら……」

　ニュースでは事件の発生は午後四時だと言っていたが、それすら正確な時間なのか不明だ。とにかく今日の夕方からまだ半日も経っていない時点でこれだけの騒ぎになっている。恐るべき事態だといわざるを得ない。

「でも、政府はもうこの状況を把握しているということですよね。きっと救助も来ますよね」

　静原は蚊の鳴くような声でそう訴えたが、比留子さんは無情にもそれを否定した。

「私たちがこうして『彼ら』に襲われた以上、政府は被害をコントロールできていないと見るべきです。余計なパニックを防ぐために現場の状況を報道できないし、通信も遮断させているのだと思います。この状況でまず彼らが優先するのはなにより被害の拡大を防ぐことでしょう。ひとまず感染という言葉を使いますが、感染者を娑可安湖周辺から一人も外に出さないことが優先事項。取り残された人々を救うのはその次。へたに手を出せば二次被害の危険がありますから」

　確かに肝試しの時、俺はただの一台も車を見かけていない。道路はすでに封鎖されていたのだろう。そして数時間前に見たヘリコプターの編隊。あれはいったいどんな任務を帯びて現地に向かっていたのだろうか。

「ともかくここで籠城を続ける覚悟はしておかなきゃならない」

「籠城って、どれだけ待てば助けが来るの！」それまで塞ぎ込んでいた名張が叫んだ。

　それに答えられる者はいない。

　いつか映画で見たことがある。感染の拡大に歯止めをかけられなくなった政府は、生き残っている住人ごと町を爆弾で焼き尽くすのだ。さすがにそれは大げさかもしれないが、このペンションはいってみれば陸の孤島だ。全滅してもたかが十人。政府に見捨てられる可能性は大いにある。

するとと比留子さんが皆にこう呼びかけた。

「あまり悲観的になるのはやめましょう。ゾンビが動く死体だというのなら、死後数日で自家融解と腐敗が進行して活動できなくなるはずです。まして真夏ですから腐敗も早い。一週間もかかることはないでしょう」

続いて重元が無感情な口調で呟く。

「籠城の際に重要なのは食料、水、電気、そして武器」

「さっきコーヒーを入れた時、水は出ました」管野が証言した。

今のところ電気も通っている。問題は食料だ。このラウンジにはミネラルウォーターやコーヒーメーカーはあるが、食べるものが見当たらない。

「一階の厨房には数日分の食料があるのですが……」管野が無念そうに呟く。

俺たちはそれぞれの荷物から食料をかき集めた。管野が三階の倉庫から備蓄用の非常食を持ってきた。この地域では稀に地震が起きるため、形ばかりの備えをしていたのだという。驚いたのは重元が五百ミリリットルのコーラを一ダースほども持ち込んでいたことだ。「僕、普段これしか飲まないんだ」と彼は言った。

「死んだ奴らの荷物はどうする」

さすがにバツが悪そうな立浪の言葉に、俺はすかさずこう主張した。

「やめておきましょうよ。まだ命に関わるほど飢えているわけじゃないですし」

皆も仲間の荷物を漁るのは心理的な抵抗があったらしく、誰からも反対の声は上がらなかった。

管野から非常用に置いていたというマスクが配られる。

「もしゾンビと戦うことになったらつけておいた方がいいんじゃないかと思って」

もっともな指摘だ。感染症の可能性がある以上、用心しておくに越したことはない。

後は武器だ。剣や槍は余るほどあるが、これらが実際に有用かどうかは疑わしい。切れ味が悪い上に、想像以上に重い。男でも取り扱いに苦労するのだ。剣を手に取ったのは俺と進藤、静原くらいで他の面々は槍を選んだようだった。確かにリーチを考えるとそっちが有利だが、狭い廊下で振り回すことを考えると剣の方が扱いやすい気がした。

「誰か武術の経験者はいないの？」

名張が不安そうに見回すが、男性陣は揃って首を振る。俺は運動音痴《おんち》ではないが特定のスポーツに打ち込んだことがなく、インドア系の進藤や重元、ボンボンの七宮はいわずもがな、管野はテニスしか経験がないという。最も立派な体つきの立浪は高校まで水泳一本だったそうだ。すると女性陣の中から一つの手が挙がった。

「子供の頃、家の方針で薙刀《なぎなた》道と合気道を習っていましたね」

なんと比留子さんだ。だが小柄な彼女は屈強というイメージからかけ離れており、名張は微妙な表情で「そう」と頷いただけだった。

立浪曰く、ゾンビどもは斬っても殴ってもまるで動じないらしい。となると接近戦は極力避けるべきだ。現時点で有効だと思われるのは、槍などで離れた距離から一気に目を貫いて脳を破壊すること。だが男の俺でさえスムーズにできるとは思えない。この狭い建物の中で大勢のゾンビに押しかけられたらどうするのか。やはり最優先は逃げることだろう。

もう一つ大きな問題になったのは、これからどこで夜を過ごすべきかということだった。俺たちに残された居場所は二階と三階。さらには三階の倉庫内にある階段から屋上に行けるらしい。

最も広く皆が過ごしやすいのはこのラウンジだ。けれど階段のバリケードが破られれば真っ先にゾンビどもに蹂躙《じゅうりん》されるのも同じく、ラウンジ。

「だったら全員で三階に上がろうよ。バリケードももっと上まで積み上げてさ」

「映画でもこういう場合、分かれて行動するのは御法度《ごはっと》だもの。皆で一緒にいた方がいいわ」

高木と名張が口々に言った。だがこれに異を唱えたのは進藤だ。

「一緒にって、一つの部屋に五人も十人も押し込められるのか？　勘弁してくれ」

重元もこれに続いた。

「ぜ、全員が一ヶ所に集まるのは賛成できない。映画で一人一人殺されていくのは、敵のテリトリーで無闇に行動したり敵の姿を捕捉していなかったりするからだよ」

「だったらなに」高木が睨む。

「今の僕たちは、む、むしろ戦争状態に近い。絶対に避けなきゃいけないのは全滅だ。全員が一ヶ所に固まってちゃ、奴らがなだれ込んできた時に誰も逃げられない。けど二つの階に分散していれば、少なくとも半分は逃げられる」

「はっ。二階の奴らは囮《おとり》になれっていうのか」

七宮が気を落ち着けるためか、ポケットから取り出した目薬を点《さ》しながら嘲《あざけ》った。

「ちょっと待ってください」割り込んだのは管野だ。「先に襲われるのが二階だとは限りませんよ」

彼の言い分はこうだ。バリケードを破ったゾンビは二階を素通りしてまず三階に向かう可能性がある。加えて南エリアの端に設けられた非常階段は建物の外から二階と三階それぞれの非常扉に通じているため、二階を素通りして三階の非常扉が先に突破される可能性だってあるのだ。

「だからって、二階が一番危険なのは変わらないわよ。ゾンビは階段を上るのは遅いから、三階の人はブザーが鳴ってからでも十分逃げる時間があるけど、二階ではそうはいかないんだから」

名張がヒステリックに主張する。

「いえ、東エリアとラウンジの間の扉を閉めてしまえばいいんです」

管野が指し示したのは、各エリアの境界にあるあの扉だった。

「ご覧のとおり、中央と接する東と南のエリアは扉で仕切ることができるんです。ただし鍵がないと開け閉めできませんから、施錠してしまうと咄嗟のことには対処できませんが。つまり夜間だけでもラウンジと東エリアの間の扉にあらかじめ鍵をかけておけば、仮にバリケードを突破されてもすぐには二階全体に被害は及ばないはずです」

部屋割りを見ると、二階の東エリアの部屋を使っているのは二〇六号室の名張と二〇七号室の出目だった。名張にさえ他の部屋へ移ってもらえばこの扉を閉めることができる。

「それに、今後何日籠城を続けるかもわからない。なるだけ生活空間は守りぬく努力をした方がいいように思えます」

もし二階をはじめから放棄してしまうと、残りの逃げ場が屋上しかなくなる。せめてラウンジだけでも守り通していれば、三階からエレベーターで行き来することも可能だ。

しばらく口をつぐんでいた比留子さんが言った。

「管野さん。上と下の階を行き来する方法は階段とエレベーターだけですか」

「いいえ。もう一つだけ」

そう言って倉庫から持ち出してきたのは、避難用のアルミ製縄梯子《なわばしご》だった。

「梯子を三階のベランダから垂らせば、二階の部屋と行き来できます。あいにく一つだけですが」

「十分です。ではこうしませんか。我々は基本的に今までどおり各自の部屋で夜を過ごす。非常扉が破られたり、警報ブザーの音に気づいたりしたらすぐさま部屋の内線で知らせ合い、室内で待機。ドアは外開きですから、体当たりされてもすぐには壊れないはずです。安全な場所にいる人はエリア間の扉を閉めるなどしてゾンビの侵攻を遅らせ、縄梯子を使って部屋に閉じ込められた人を救出する」

比留子さんの言う方法ならば奇襲による全滅を防ぐこともでき、また仲間を見捨てることもしなくてよさそうだ。集団行動を主張していた高木と名張も、しぶしぶではあったがこれに納得した。縄梯子は誰もが使えるよう三階のエレベーター前に置いておくことになった。

管野が皆を見渡す。

「ではエリア間の扉の鍵ですが、テレビ台の上に置いておきます。状況に応じて使ってください。あと、名張さんには部屋を変わってもらわなければいけませんが、他の部屋のカードキーは持ち出す暇がなかったので、管理人用のマスターキーを使ってください」

結果、名張は空き部屋だった二〇五号室を使うことになり、二階東エリアの扉は閉鎖された。これで仮にバリケードを突破されても、ラウンジまで一気に侵攻される心配はない。

「管野さんはどの部屋に？」

俺はふと気になった。彼は普段、一階の管理人室に泊まっていたはずだ。

「申し訳ないのですが……星川さんの部屋を使わせてもらおうと思います。僕も二階を見張っておきたいですし」

そう言って進藤の顔色を窺う。恋人の部屋を使われることに怒りだすかとも思ったが、予想に反して進藤は大人しく頷いた。

「わかりました……ただ、麗花の荷物だけは預からせてもらえますか」

マスターキーで星川の二〇三号室を開けた進藤が、そそくさと星川の荷物を自分の部屋に運び込む様子を見ていた比留子さんが口を開く。

「でも菅野さん、その部屋の戸締りや電気はどうするんですか。マスターキーを名張さんに預けちゃったら、使えるキーはないんでしょう」

二〇三号室のカードキーは星川が持ち出したままいなくなってしまったからだ。

「部屋の外にいる時はドアガードを挟んでおくので、そう不便にはなりませんよ。電気は名張さんが使っていた二〇六号室のカードキーを挿しておけば使えるので」

するとと高木が訊ねた。

「電気を使うためのホルダーって、代わりに免許証とか挿しておいても使えるもんじゃないですか？　ビジネスホテルとかではよく外出の時にそうやってエアコンつけっ放しにしてたけど」

確かに俺にも経験がある。カード式ならば彼女の言うように免許証や名刺でいいし、棒状のキーホルダーを挿すタイプなら歯ブラシでも代用が利く。

「ここのカードキーはちょっとグレードの高いやつで、カード裏の磁気ストライプがないと反応しないんです。だから他の部屋のキーなら代用できるんですけど、免許証とかじゃ無理ですね」

今度は立浪が口を開いた。

「それより、見回りとかはどうする。男だけでも交代で見張りにつくとか」

すると名張が大きくかぶりを振る。

「いいわよ、そんなの。侵入されたことに気づいたところでどうするの。武器で殴って押し返すの？　結局は部屋に避難するしかないじゃない」

「それに夜は全員が鍵のかかった部屋で寝ています。下手をすると見張りの人だけが行き場をなくす危険もあるんじゃ」と、比留子さん。

他のメンバーからも口々に不安の言葉が漏れた。確かに個別行動を選択した時点で、見張りの効果は薄まっているといえる。管野が皆を見回して告げた。

「皆さんは夜の間、とにかく安易に部屋の外に出ないようにしてください。ゾンビが壁を登るとは思えませんが、ベランダの鍵も閉めて。あと念のため、武器を一つずつ持ち歩いてください。バリケードや非常扉は僕が一時間おきに点検します」

管野一人に苦労を押しつけるようで申し訳ないが、危険を減らすためにはそれが最善だろう。とにかく、これでできる限りの備えは終わった。

時刻はすでに午後十一時を過ぎている。だが誰も部屋に帰ろうとしない。当然だ。周囲をゾンビに囲まれたこの状況で、いったい誰が一人きりになりたいというのだろう。だがここまで極限状態だった緊張の糸が緩み、眠気が迫ってきていることも事実だった。今日という一日にあまりにも多くのことがありすぎて、脳が整理の時間を欲している。もう疲れた。眠らせてくれ。そして目が覚めた時にはすべてが夢であってくれ。

「葉村君、そろそろ部屋に戻った方がいいよ」

比留子さんに肩を揺すられついうとうとしていた意識を引き戻されると、正面にいた重元が三《さん》叉《さ》槍《そう》を手に立ち上がった。その姿はまるで猪八戒《ちょはっかい》だ。

「僕も部屋に戻るよ」

それに釣られるように他のメンバーも続々と重い腰を上げる。

三階に上がるのは七宮、重元、進藤、静原、そして俺。エレベーターに乗りきれないので、俺は東側の階段を使うことにした。ゾンビどもの蔓延《はびこ》るそばを通るのはぞっとするが、バリケードもう一度確認しておきたい。剣を一本手に取り立ち上がる。

「比留子さん、俺こっちから戻るんで、扉の鍵をかけてもらっていいですか」

夜間は二階の東エリアの扉は鍵をかけておくと決まったばかりだ。俺が通った後、誰かにラウンジ側から閉めてもらわねば。

「送っていくよ。鍵は帰りに閉めておくから」

そう言った比留子さんの手には槍。夏服に身を包んだ俺たちが物々しい武器を携えて歩く姿はなんとなく間抜けに見える。

東エリアの廊下を抜け、階段の踊り場に出る。段差を利用して置かれた家具と自販機の背中が見えて、その向こうからバン、バンという打音と、無数の低い唸りが響いてくる。今のところバリケードに不具合は見られないが、これらの群衆が一気になだれ込んできたらと思うと、吐き気を抑えられない。

階段を上るとすぐに俺に割り当てられた三〇八号室のドアが見える。もしバリケードを突破したゾンビどもが三階まで上がってきたら、真っ先に包囲されるのは俺の部屋だということだ。だがそんなことを言い始めたらキリがない。比留子さんは二階の非常扉から最も近い部屋だし、あの非力そうな静原だってこの隣の部屋だ。三階なだけマシだと思わなければ。

「もし夜中に物音がしても簡単にドアを開けちゃいけないよ。相手の声を確かめてからね」

比留子さんがまるで保護者みたいな言い方をする。

「比留子さんも気をつけて戻ってくださいよ」

鍵を開け中に入ろうとすると、「葉村君」と声がかかった。

「あの話は本気だよ。君に私の助手になってほしい。明智さんのことは残念だけど――」

「やめてください」

思いがけず強い口調になった。

「こんな時にする話じゃないでしょう。明智さんのことだってまだ整理がついていないんだ。どういう神経をしてるんですか」

すると比留子さんはびっくりしたような顔になり、おどおどと目をそらした。

「確かにそうだね。ごめん、どうかしていたよ。忘れてちょうだい——おやすみ」

比留子さんが音を立てないよう、ゆっくりとドアを閉める。俺はカードキーをホルダーに挿し込み電気をつけた。一応ちゃんと鍵がかかっているかドアを確認する。問題はなかった。

靴だけを脱いでベッドに横たわる。

先ほどのやりとりにはさすがに怒りを抑えられなかった。

あの人は考えが読めないところはあるけれど、常識は持ち合わせているものだと思っていたのに。助手がなんだ。こんな時まで謎解きをするつもりか。くだらない。

俺はふと起き上がり、窓を開けてベランダに出た。

分厚い雲の下、広場の周囲にはいくつか外灯が灯っているが、弱々しくて広場全体をはっきり視認することはできない。ただ海鳴りのように下からゾンビどもの唸りが打ち寄せてきて、湿気を含んだ風が死の匂いを運んでくるように感じた。

震災の時の心境によく似ている。呼吸を忘れるほどの無力感。絶望の光景。たった一日で手からこぼれ落ちたものの大きさを思うと、世界が足元からぐるんと反転しそうに思える。

くそったれ。これじゃ紫湛荘というより屍人荘《しじんそう》じゃないか。

深呼吸。

——どうしようもない。起きてしまったことなのだ、これは。

少し落ち着きを取り戻す。今さらながら奴らから空気感染することはないのだろうかという疑問が頭をもたげ、慌てて窓を閉めた。

ともかく朝が来るまで待とう。幸い奴らは映画で見るような恐ろしい戦闘能力の持ち主ではなく、単純なバリケードにも苦戦し階段すらまともに上れないような相手だ。

少なくとも部屋にいる限りは安全だ。

だから、その夜のうちに新たな犠牲者が出ているとは夢にも思わなかった。

# 第四章　渦中の犠牲者

一

これは天啓だ。

屍人たちの登場といい、突如として電撃のように脳を駆け巡ったアイデアといい、運命を操る何者か――神か悪魔か――が味方をしているとしか思えなかった。

これでしばらくは警察もここには近づけない。まさに千載一遇の好機。

やれ、と言っているのだ。そのためにすべてを調《ととの》えたと。

場がある。手段がある。憎き相手がいる。そして、覚悟はとっくにできている。

なにを躊躇《ためら》うことがあるだろう。

この日のために牙を研いできた。

行こう。奴は部屋にいる。

暗く燃え上がる喜びを胸に、後戻りのできない一歩を踏み出した。

二

起きると同時に、無意識にベッド脇のナイトテーブルをまさぐった。二度三度手が空を切り、そういえば腕時計をなくしたままだったと気づいて体を起こした。

壁の時計を見ると、デジタル表示が午前六時を示したところだった。

幸い、眠っている間に外からドアを乱打されることも他の部屋からＳＯＳの内線電話がかかってくることもなく、この非常事態だというのにしっかりと睡眠をとることができた。やはり心身ともに相当参っていたのだろう。

だがあまりに静かだ。外を見るといつの間にかしとしとと雨が降り始めている。窓の下に群がるゾンビどもの数は襲撃時より増しているように感じたが、無防備に雨に打たれながら懺悔《ざんげ》するように天に向かって口を開けるその姿を、憐《あわ》れだと感じた。

普段であれば間違いなく二度寝をする時間だが、この状況で呑気に惰眠《だみん》を貪《むさぼ》る気にはなれない。簡単にシャワーを浴び、剣を手に取った。紛い物のくせに冷たく、重い。念のためドアガードを引っ掛けて外を覗くと、無人の廊下の先に階段が見えた。誰もいないのを確認した後、慎重に廊下に出る。

真っ先に頭に浮かんだのはバリケードの確認だった。部屋の右手にある階段を下りる。するとラウンジの方からなにやら音楽が漏れ聞こえているのに気がついた。ラウンジにはステレオはなかったはずだから、バーベキューの時のラジカセで鳴らしているのだろうか。

バリケードは健在だった。家具の位置は動いておらず、警報ブザーの釣り糸もちゃんと張られている。一晩の間、無事に役目を果たしてくれたようだ。家具の向こうに相変わらず愚直に体当たりをしてはバランスを崩して階段を転げ落ちるゾンビどもの影が垣間見える。まるで商品の耐久試験のようだ。家具がメイドインジャパンであることを祈ろう。

ラウンジの近くまで戻り、中央エリアへの扉に鍵がかけられていたことを思い出す。鍵はラウンジのテレビ台の上にあるので、こちらからは開けられない。もしすでに誰かがラウンジにいればノックで開けてくれるかもしれないが、ゾンビが来たと誤解させたくないので三階に戻ってエレベーターを使うことにした。

エレベーターは三階に止まっていて、ドアの隙間にティッシュ箱が挟まっていた。昨日、三階の人間が上がってきてからこのままなのだろう。ところが俺はふと固まった。俺はこれに乗って下りていいのだろうか。

するとそこに、隣の部屋を使っている静原がやってきた。

「おはようございます」

「おはよう。早いな。もしかして起こしてしまった?」

「いえ。私もさっき起きたんです」

おかしなことに、これが俺と静原のほぼ初めての会話だった。

さすがに彼女の表情は浮かないが、血色は悪くないように見えた。

静原は俺がエレベーターの前に立ち尽くしているのを見て首を傾げる。

「どうかしたんですか」

「俺たちがこれで二階に下りた後、一階に持っていかれないようにドアに何かを挟むだろう。けれどそうしたら、三階の人はエレベーターを呼べなくなる」

「ああ……」静原も頷いた。「もし三階の人が使おうと思ったら、二階の人に内線電話をかけて挟んだものをどけてもらう手間がありますね」

どうせ手間になるなら、俺たちが階段で下りた方がいいだろう。俺の部屋からラウンジに電話をかけると、すでに起きていた管野が出た。俺の声を聞くと彼はこう言った。

「ああ、ちょうどよかった。今、変なものを見つけて。すぐ下りてきてもらえますか？」

急いで階段を下りラウンジに入ると、管野の他に立浪、重元が起きていた。賑やかな音楽はどうやらラウンジに面した立浪の部屋から聞こえているようだ。ちょうど南エリアから比留子さんも姿を見せた。こちとらTシャツ短パンというラフな姿だというのに、彼女はふんわりしたシルエットの青のブラウスと白のスカートという、相変わらず上品な服装だ。

「いったいなにが起きたんです？」

訊ねると管野は手に持っていた紙を差し出した。

「重元さんが、これが進藤さんの部屋のドアに挟んであったと」

その紙にはたった一言。『ごちそうさま』と乱れた筆致で書かれていた。

「ただの悪戯じゃないのか」

立浪の声を聞きながら、俺はこの場に当の進藤がいないことが気になっていた。以前映研の部室に置かれていたという脅迫状のことを思い出したからだ。

「進藤さん、ノックしても出てこないんだ」重元が落ち着きなく目を彷徨《さまよ》わせる。

管野が進藤の部屋に内線をかけたが、一言も発しないまま不審そうな表情で受話器を置いた。

「出ません」

嫌な予感が急激に膨れ上がる中、比留子さんが提案した。

「進藤さんの部屋は三階の三〇五号室ですね。とりあえず二階の人を全員起こしてから様子を見に行きましょう」

すぐに高木と名張が起こされ、皆揃って階段から三階に上がった。俺の他には誰も武器を携帯していない。やはり槍は大きくて邪魔だったんだろう。

進藤の部屋をノックしてみたがやはり返事がない。

「進藤さん、起きてますか」「進藤、返事しろよ。風呂か？」

仕方なく、管野は名張に向かって手を出した。

「昨日お渡ししたマスターキーを貸してください」

白い顔で名張が頷く。

立浪がこの場にいない七宮を起こしてくると言って南エリアに向かい、管野はマスターキーをスロットに挿し込んだ。ピッという音がして鍵が開く。ゆっくりとドアを開けた。

その瞬間、嫌な臭気が鼻をついた。

「うう っ……」

中を覗き込んだ管野が呻く。彼の背中越しに、誰も予想しなかった光景が広がっていた。

床に撒《ま》き散らされ、天井にまで飛び散った血。散乱した肉片。

開け放たれた窓からベランダに乗り出すようにして、ボロ雑巾のように喰い荒らされて見る影もなくなった進藤の死体が倒れていた。

「なんてこった」管野が中に入ろうとする。

「気をつけて！」咄嗟に比留子さんが叫んだ。「まだゾンビが室内にいるかもしれない！」

管野が慌てて後ずさり、俺は剣を構える。高木が「武器を持ってくる！」と叫んで静原を伴い階段へと走った。

ポケットを探り、昨日渡されたマスクをつけた。他のメンバーも持っている者はマスクをつけ、ハンカチやタオルで口元を覆う者もいた。

俺は入口から首だけを伸ばし、室内の様子を観察する。この部屋のカードキーはホルダーに収まっている。血は至るところに飛び散っているが、室内はさほど荒れていない。すぐ左手の壁には進藤が持ち帰った長剣が立てかけられている。進藤は逃げようとしたのかベランダの窓は外に向かって開け放たれ、足跡というほど明確な形ではないが何者かが歩いたような血の跡がベランダの外へと続き、手すりにもべったりと付いていた。

「なにがあったんだ……うわっ」

七宮とともに戻ってきた立浪が、室内の惨状を覗き見て呻き声を上げる。

唯一剣を携えていた俺がゆっくりと中に足を踏み入れた。人の気配はない。警戒しながらユニットバスの扉を開けるが、やはり中に人の姿はなかった。

「大丈夫、誰もいません」

高木たちが武器を持って戻ってきた。それぞれが剣や槍を受け取ったものの、俺に続くのは比留子さんと管野くらいしかいない。

無理もない。それほど進藤の死に様は酷いものだった。彼は全身のみならず、横を向いたその顔は判別がつかなくなるほどに喰いちぎられていたのだから。

俺は死体に触れないよう気をつけながら血の跡が続くベランダに出て、下を覗き込んだ。ロープも梯子もない。相変わらず唸り声を発しながらゾンビたちが地上を埋め尽くしているだけだ。そうしている間に比留子さんはドアを調べ、なんの細工もないことを確認していた。

「なんてことだ……可哀想に」

「駄目だ！」死体の元にしゃがみ込もうとした管野を外から重元が止めた。「近づかない方がいい」

「なぜです」

「喰い殺されてどれだけ時間が経っているかわからないんだ。今すぐにでもゾンビとして動きだすかもしれない」

それを聞いた俺たちはぎょっとして進藤の死体から離れる。その時、七宮が呟いた。

「おい、そいつ今動かなかったか？」

「えっ？」

「指先がちょっと動いた。間違いない。そいつ、まだ息があるんだ」

まさか。これほど酷い傷を負いながら死んでいないなんて。

「生きているもんか」重元が再び叫んだ。「見ろ、傷口の血の色を！」

進藤の体中に付いた、嚙み跡と思しき傷から流れ出た血はすでに黒く固まっており、微妙な緑色に変色している部分もあった。

「血がそんなに固まるまで放置されていて、生きていられるはずがない！　もう人間じゃない、ゾンビだ！　始末しないとこっちが襲われるぞ！」

そう主張しながらも重元はガチガチと震えるばかりだ。室内にいる管野も、比留子さんまでも躊躇している。俺もそうだ。

そんなはずはないと思いながらも、万に一つ、まだ進藤は生きているという望みを捨てきれないのだ。息があるのなら一刻も早く手当が必要だし、逆にゾンビ化しつつあるのなら今すぐ止《とど》めを刺さなければいけない。手を差し伸べるか、槍を突き出すか。息苦しい沈黙が部屋を支配した。

その時だった。後ろから踏み出した人影が、迷いなく槍を突き出して右眼から後頭部までを一気に串刺しにした。びくん、と進藤の体が跳ねて、動かなくなる。

「ひぃっ！」やれと言っていた重元自身が情けない悲鳴を上げた。

「――はァッ、――はァッ」

「先輩……」静原が呟く。

やったのは高木だ。同じ部員だった男を、彼女は迷いなく刺したのだった。

二度、先端をかき回してから高木は槍を引き抜いた。眼球と一緒に、脳と思しき軟質のものがこびりついている。

「仕方ないさ」

「美冬。こいつはもう手遅れだった。殺さないといけない奴だったんだよ」

静かな迫力に俺たちは押し黙った。


その後、俺たちは進藤の死体を部屋の隅に寄せてシーツを被せた。あたりに彼の血や肉が散乱している。もうこの部屋は元通りにならないし、一刻も早くここを出たかった。

「この季節、死体の腐敗は早いはずです。せめてエアコンはつけっぱなしにしておきましょう」

菅野がリモコンを操る。

その時、ドアの近くにいた静原が「あの」と声を上げた。「それ、なんでしょう?」

見ると入口のすぐそば、部屋の隅に折りたたまれた紙が落ちている。広げてみると、見覚えのあるめちゃくちゃな筆跡でメッセージが書かれていた。

『いただきます』

# 三

その後、進藤を喰い殺したゾンビが建物のどこかに潜んでいるかもしれないという比留子さんの提案で、二階と三階の空き部屋、屋上に至るまで人の隠れられそうな空間を手分けして捜索したが、俺たち以外の存在は発見できなかった。やはり血の跡のとおり、ベランダから転落したのだろう。

一同は再びラウンジに顔を揃えた。まだ事実を受け入れられないような、もの問いたげな表情がそれぞれに浮かんでいる。その疑問はつまり、

——進藤を喰い殺したゾンビはどこから侵入したのか？

ということに集約される。しばらくの間各々《おのおの》がまとまりない憶測や疑問を口にしていると、

「皆さん」と場を静める声が上がった。比留子さんだ。

「昨晩進藤さんの身になにが起きたのか整理してみませんか。今の段階ではいつどこからゾンビが侵入したのかもわかりません。昨晩なにか気づいたことはないか、一人ずつ情報を出し合うんです」

「なんだ、こんな時に探偵ごっこか」また目薬を点していた七宮が吐き捨てるように言った。彼はさっきから昨日以上に頭を小突いたり目薬を点したり、とにかく落ち着きがない。

「いいじゃないか。誰だって気になっていることだ。彼女に任せよう」

そう言ったのは立浪だ。彼は今のところ平静を保っている。年長者の彼の意見もあり、俺たちは比留子さんの事情聴取に応じることになった。

「その前に、この音楽どうにかならない？」

名張が朝から続いている陽気なリズムの曲に顔をしかめ、立浪が「お通夜みたいになるのが嫌なんだが」と肩をすくめながら部屋に戻ってラジカセを止めた。

ラウンジが沈黙に満たされると、比留子さんはしおりの部屋割りを確認しながら話し始めた。

「ではまず、進藤さんの部屋の周囲にいた人から聞いていきましょうか。重元さん、昨晩部屋に戻ってからの行動と、何か気づいたことがあれば」

進藤の隣室の三〇四号室に泊まっていた重元が陰鬱な顔を上げた。

「……昨晩は進藤さん、静原と七宮さんと一緒にエレベーターで三階に上がって、別れた。それからなかなか寝つけなくて、持ってきたＤＶＤを見てた。でも二枚目を見ている途中でいつの間にか眠ってた。たぶん一時前くらいじゃないかな。目が覚めたのは五時五十分くらいだ。早い時間だったけど状況が気になって部屋を出たんだ。そうしたら進藤さんの部屋のドアに白い紙が挟まっているのが見えて……」

「挟まっていた？」

「そう。こんなふうに」手紙を手にとって三つ折りにして見せ、「厚みを持たせてドアの隙間に差し込んであったんだ。嫌な悪戯だと思いながらノックして声もかけたけど進藤さんの反応がなくて、ラウンジに持ってきたんだ」

「それはつまり、紙は部屋の外から差し込まれたということですか」

「そう。この紙の綺麗さを見てみなよ。紙の上から無理やりドアを閉じたんじゃ、もっと皺《しわ》が寄るはずだろ。するっと抵抗なく取れたんだ」

「というか、壁一枚隔てた部屋で進藤があんな目に遭ってたのにちっとも気づかなかったのかよ」

七宮の詰問に重元は首を横に振った。管野が説明を挟む。

「仕切り壁には防音材が使われているので、隣の部屋の音はほとんど聞こえないはずです」

「でも」重元はそれに言い添えた。「昨晩から、下の立浪さんのラジカセがずっと聞こえてたよ。気になってなかなか眠れなかったし、DVD鑑賞の邪魔だった」

呆れた。あの音楽は昨日の晩から鳴らしていたのか。

「そいつは申し訳ないことをしたな」悪びれる様子もない立浪。

俺は一つ引っかかったことを管野に訊ねた。

「壁が防音になってるってことは、バリケードの警報ブザーが鳴っても聞こえないんじゃ」

「いえ、それは大丈夫だと思います。ドアや天井には防音材が使われていないので、廊下やラウンジからの音は聞こえるんですよ。葉村さんの部屋の位置なら階段に響く警報ブザーの音は確実に聞こえるはずです。隣の部屋の音だけが聞こえないんです」

重元の話はそれで終わりだった。これといって参考になることはなさそうだ。次は進藤の真下の二〇五号室にいた名張だ。

「辛い夜だったわ。私、普段は睡眠導入剤を使っているの。でもいつあの化物たちがなだれ込んでくるかわからないのに、薬なんて飲めないじゃない。だから一晩中ずっと起きてたの。でも窓の外には化物しかいないし、おかしくなりそうで途中で一度水を飲みに行ったのよ。室外に出るのは控えるように言われていたけど、湯沸室は部屋を出てすぐだから。そしたら管野さんが見回りに行くところに出くわしたわね。何時頃だったかしら」

「二度目の見回りでしたから、二時頃だったかと」

「そうね、そのくらいだわ。十分くらいで部屋に戻って、後は布団を被って丸まってたわ。頭の中でずっとあいつらの呻き声が響くのよ。朝が来ないんじゃないかと思った」

「他に気づいたことはありませんでしたか」

「そういえば」名張が思い出したように呟く。「いつだったか、上からどすんっていう振動が響いた気がする。もしかしてあの時……」

進藤が殺されたのかもしれない。

「それは何時くらいでしたか？」比留子さんが突っ込んで聞く。

「よく覚えていないけど、水を飲みに行った後だったから、二時半か、もっと後だったかもしれない。でも悲鳴は聞こえなかったわ」

「なるほど。あの天井まで届いた血の跡を見ると、進藤さんは真っ先に喉を喰いちぎられて叫び声を上げられなかったのかもしれませんね」

比留子さんが頷いた。

「では続いて、今のお話に出てきた管野さん、お願いできますか」

「ええ」管野が緊張の面持ちで話し始めた。「昨晩皆さんが部屋に戻ったのを見届けた後、もう一度非常扉やバリケードの確認をしました。その時に三階から下りてきた剣崎さんとお会いしましたね。諸々の片付けとチェックを終えて部屋に戻ったのが〇時前。それから僕は一時間置きに見回りをしようと決めていたんです。色んなバイトをしてきて、不規則な睡眠は得意でしたから。仮眠をとりながら、まず一時に起きて一度目の見回りをしました。その時、ラウンジで進藤さんと顔を合わせたんです。彼が乗ってきたエレベーターも二階にありました」

「彼は、なにを？」

「やはり水を飲みに来たようです。星川さんのことで頭がいっぱいになって眠れないのだと言っていました。ただ……」管野は少し言い淀んだ。「今だからそう感じるのかもしれませんが、どこか様子が変でした。僕が現れたことに狼狽えていたような。そしてそそくさとエレベーターに乗り込んで三階に戻っていかれました」

「狼狽えていた？」

「ええ。ひょっとしてここで誰かと会っていたのかなとも思ったんですが……」

「話し声などは聞いていないんですね」

「はい。今のは僕の想像です。すいません」管野は律儀に謝った。「そして二度目の見回りの時に名張さんと会いました。それ以降の見回りでは、誰とも会っていません」

「名張さんが言っていた、どすんという物音にはお気づきになりませんでしたか」

管野は首を振った。

「どの時間帯も戸締りに異状はなかったのですね」

「ええ。それは間違いありません。非常扉もバリケードも、東エリアとの境の扉も、エレベーターにも異状はありませんでした」

「では、進藤さんの部屋のドアにあの紙が挟まっていたのには？」

「それが……」

管野は申し訳なさそうに言い淀んだ。

「三度目の見回り、つまり午前三時まではなにもなかったと思います。けれどその後は、はっきりと断言はできないんです。確かに部屋の前は通りましたが、だんだん見回りに慣れてきたせいか非常扉やバリケードのことばかり考えていて、客室にはあまり注意を払っていなかったんです」

館内の照明はつけっぱなしで視界は良好のはずだが、意識していないとそういうものかもしれない。俺だって昨晩部屋に戻る時、他の部屋のドアなど注意して見ていなかった。

その後も聴取は続いたが、進藤が襲われたことに関して有力な情報を持つ者はいなかった。二階にいた者は当然三階の進藤の部屋の出来事など知る由もないし、同じ三階でも俺や静原がいる東エリアや七宮のいる南エリアは中央エリアでの物音が伝わりにくい構造になっているらしく、名張の証言にあった物音を聞いた者はいなかったのだ。

話を聞き終え、比留子さんは「ありがとうございました」と頭を下げた。

「現段階で犯行に関係がありそうな情報は三つ。午前一時にはまだ進藤さんが生きていたこと、二時半前後に名張さんが聞いた物音と、三時以降に残されたと思われるメッセージの紙。ですがこれだけではなにが起きたのか説明がつけられませんね」

そこで俺は一つの矛盾に気づく。

「待ってください。二時半前後に進藤さんが殺されたとすると、三時の見回りの時点でメッセージの紙がドアになかったのはおかしくありませんか。殺害後、犯人はなにをしていたんでしょう」

しかし比留子さんはそのことにあまり留意していないようだった。

「名張さんが聞いた物音が犯行時の音だという保証はないし、その時間も曖昧だからね。こだわるほどのことじゃないんじゃないかな」

そこで高木が全員の意見を代弁した。

「というかそもそも――進藤を殺したのは人間なのか？　ゾンビなのか？」

「あれがゾンビ以外の仕業に見えました？　歯型もくっきり残っていた。間違いなく喰い殺された跡でしたよ、あれは。ゾンビが進藤さんを殺した後、ベランダから外に転落したんでしょう」

重元がまくし立てた。それに反論したのは立浪だ。

「そのゾンビはどこから入ってきたんだ？　非常扉もバリケードも異状がないのは確認済みだ。そんな簡単に突破できるようなら今頃俺たちもゾンビになってるさ」

確かにあれらの防壁が突破されたとは考えにくい。

だが俺は今は三階に停まっているエレベーターのドアを見やり、一つの可能性に言及した。

「エレベーターはどうですか。菅野さんの話では一時頃、ラウンジに下りてきた進藤さんが使っているんですよね。その時に誤って一階に下りてしまい、ゾンビが乗り込んできたのだとすれば」

これはすぐさま比留子さんに否定された。

「それなら殺害現場はエレベーター内になるはずだよ。でもエレベーター内には血痕一つない。進藤さんは間違いなく部屋で殺害されたんだと思う」

「まあ、そうですね」

俺もさして本気ではなかったのですぐに同意する。だが重元はゾンビ犯人説にこだわっているようでさらなる説を持ち出した。

「じゃあ、バリケードを作る前からゾンビがどこかに隠れていたとすれば」

これにには立浪が難色を示す。

「ゾンビが俺たちの知らない間に上がり込む？　そんな暇はなかったはずだ」

「いや、あった！」高木が声を上げた。「あたしたちが肝試しから逃げ帰ってきた後、武器を持った菅野さんが広場に下りた。その時ならペンションは無人だったはずだ」

「でも、広場に下りたのは菅野さんと立浪さんだけよ。他のメンバーは玄関前にいたし、ゾンビが入ろうとしたら気がつくわ。実際、七宮さんや進藤さんが裏から現れた時はすぐに気づいたもの」名張が反論した。

「じゃあきっと裏口から入ったんだ」

重元も粘る。確かに一階には喫煙所を兼ねたテラスがあり、外に通じるドアがあったはず。しかし管野はそこからの出入りを否定した。

「それはありえません。皆さんが肝試しで外に出られた時点で、一階の戸締りはすべて確認したんです。テラスのドアもその時に施錠《せじょう》しましたし、廊下の窓は開放制限のストッパーが付いていて、頭だって入りませんよ。それからは名張さんが駆け込んでくるまで、ずっとフロントにいました。玄関の監視カメラのモニターもあるし、誰かが忍び込もうとすれば気づいたはずです」

「俺も最初はテラスのドアから逃げ込もうとしたが、鍵がかかっていたから玄関に回ったんだ」

七宮も証言する。

「それに、侵入したゾンビは俺たちを襲いもせず寝静まるまで大人しく隠れていたって言うのか。バリケードを作る時に俺たちは散々建物の中を走り回ったし、その時不審な姿なんて目撃しなかった。なにより部屋で見つかったメッセージだ。あんなもんをゾンビが書くわけがない」

立て続けに反論を受け、旗色が悪くなった重元は苦し紛れに問うた。

「ゾンビじゃないなら誰の仕業だというんです」

「生きた人間だよ。誰だか知らないが、進藤に恨みを抱いていた奴が殺したんだ」

「今、外からは誰も入れなかったと管野さんが言ったじゃないですか。まさか……」

「そう、この中に犯人がいるってことだ」

立浪の言葉に緊張が走る。だが重元は不服そうに鼻を鳴らした。

「はん、僕は納得できませんね。じゃあ進藤さんの体にあった傷は。あれはどう見たって刃物でできたものじゃなかった。嚙み跡ですよ」

それに対し、立浪は驚くべき説を唱えた。

「そうとも。だが人を嚙み殺すのはゾンビだけの特権か？」

「……は？」

「別に人間が嚙み殺したって文句はあるまい。そうすることで疑いの目はゾンビに向けられ、犯人は容疑から逃れられるってわけだ」

なるほど。確かにあの嚙み跡がゾンビの仕業と断定することはできない。高木が止めを刺す形になってしまったが、進藤が本当に『感染』していたかも定かではないのだ。もし犯人が、俺たちが止めを刺すことまで見透かした上で殺人に及んだとしたら、ゾンビを犯人に仕立てるのはそいつの思う壺ということになる。

しかし、比留子さんはこの意見に対しても首を振った。

「なかなかユニークな推理ですが、現時点では積極的な賛同はできません」

「ほう？」

立浪は彼女の来歴を知らないはずだが、その落ち着き払った態度に興味を持ったらしい。

「理由を聞かせてくれるか」

「ええ。ごく単純なことですが、進藤さんの傷を見ると嚙み跡は数十ヶ所に及び、衣服の上から嚙み切られたものや骨まで達しているものもありました。一人の人間があそこまでやるとなれば、絶対に歯や歯茎を痛めて血まみれになってしまうでしょう。ですがここにいるメンバーを見た限り、口を痛めている人はいないようです」

皆が慌てて近くにいる者と口内の確認をし合うが、異状のある人は見つからなかった。

その冷静な観察眼に俺は軽い衝撃を覚えた。俺たちが死体の惨状に目を覆う一方で、彼女はそこまで考えていたのか。

「さらに、立浪さんは疑いの目をゾンビに向けるためとおっしゃいましたが、そうであればメッセージを残した理由が説明できません。むしろあんなもののない方がよかったのに」

論破された立浪だったが、その表情には余裕があった。

「言われてみればそのとおりかもな。だが君の意見が正しければやはりゾンビが犯人だということになる。そいつはいったいどこから入ってきたんだ？　壁をよじ登って窓から入ったか？」

「いえ、難しいでしょうね。昨日からの様子を見る限り、ゾンビは階段を上ることすら苦労している。壁や梯子を登るなんて、そんな器用な真似ができるとは思えません。——それと一つ確認しておきたいのですが、この中に自分がメッセージを残したという方はいますか。進藤さんの殺害とは関係なく、ただの嫌がらせをしたという方は。もしそうであれば今素直に名乗り出ていただきたいのです」

一同の目がテーブルの上に置かれた紙に集まる。

『いただきます』『ごちそうさま』の二つのメッセージ。使われた紙といいペンといい、ほぼ同一のものと見ていいだろう。だが誰も手を挙げる者はいない。

「いませんか。ということはやはりこれは犯人からのメッセージ、つまり犯人は人間だということになってしまう。しかもうち一枚は重元さんが言ったとおり外からドアの隙間に差し込まれた、つまり、犯人は犯行後部屋の外に出てから紙を挟んだ。まだ館内にいることになります」

だがそうなるとやはりこの中の誰かが犯人となり、その誰かがどこからかゾンビを連れてきたというわけで、いったいどこから入ったのかという問題に立ち返ることになり――。

「ふう。訳がわからんな」

立浪が煙草を咥《くわ》え、火をつけた。天を仰いで紫煙《しえん》を吐き出す。

ラウンジにいる全員が同じ気持ちだった。

「なにを呑気《のんき》にしてんだよ、立浪！」

七宮が叫び、テーブルを殴りつけた。

「例の脅迫状と同じだ。このメッセージは俺たちに向けられたもんに決まってるだろ！」

「落ち着け、七宮」

「ゾンビでも人間でもないなら、答えは一つだろうが！　自我を保ったゾンビがいやがるってこった！　そいつが俺たちに恨みを晴らそうと――」

「いい加減にしろ七宮！」

立浪の叱咤《しった》を受け、七宮は落ち着きなく自分の頬をべたべたと触っていたが、「くそっ」と吐き出して立ち上がると、棚に置いてあった非常食とペットボトルの水を何本か抱え込んだ。

「なにをする気だ」

「俺は部屋に籠《こも》る。救助が来るまで誰も近寄るんじゃない！」

そう言って足早にラウンジを出ていった。引き止めようとする者はいない。

「気にしないでくれ。お坊ちゃんは逆境に弱いんだ」

立浪はそう言って肩をすくめる。

「ったく。食料には限りがあるってのに」

高木がさも七宮より食料が惜しいというように愚痴《ぐち》った。

その後、簡単な朝食にしようという話になったが、朝っぱらから仲間の死体を間近に見た一同に食欲があるはずもなかった。ほとんどの者は非常食のスープだけを腹に収め、まるで老人ホームの入居者のように音量を上げたテレビを揃って眺めていたが、新しい情報が得られることはなかった。

誰も口にはしなかったが、鍵のかかった部屋で仲間が殺されたという事実はそれぞれの心に大きな不安を植えつけていた。

もし一歩間違えていれば。今頃全身を喰いちぎられ、仲間から脳に刃を突き立てられていたのは自分かもしれない。

しばらくして、立浪がこんな提案をした。

「ちょっと考えたんだが。誰も使っていない部屋はいっそドアを開放しておいた方がよくないか。ドアガードを挟んで半開きの状態にしておけば、オートロックがかかることはないだろう」

「それはできますが、なぜです？」管野が眉を寄せた。

「例えば、こうして自室の外にいる時にバリケードが破られた場合、俺たちは一刻も早く手近な部屋に逃げ込まないといけないわけだ。だが鍵がかかっていては自分の部屋にしか逃げ込めない。それはまずくないか」

「私もいい考えだと思います。誰も使っていない部屋ならば開けておいても問題ないのでは」

比留子さんも賛同した。どうやらこのメンバーでの話の主導権は比留子さん、立浪、管野にある流れになりそうだ。特に反対意見もなかったので、進藤の死体のある部屋以外、空き部屋や、かつて下松や明智さんが使っていた部屋のドアにはドアガードを挟んでおくことになった。

# 四

時刻はようやく九時を過ぎ、ラウンジで顔を突き合わせていることに飽きた俺たちはばらばらの行動をとり始めた。

立浪は湿った空気を払うかのように再び部屋のラジカセのスイッチを入れ、洋楽のロックをラウンジに響かせた。重元はのっそりと自室に戻り、管野は他に役に立つものがないか確認してくると言って三階の倉庫に向かい、立浪と比留子さんもそれについていった。名張は昨晩寝つけなかった反動なのか、はたまたロックの騒がしさを嫌ったのか、少し横になると言って部屋に引っ込んだ。

俺も一度は自室に戻ったのだが、体を休めようという気にはなれなかった。もちろん命の危機が続いているという恐怖もあるのだが、絶えず頭を巡っているのは完全に不可解な状況で殺された進藤のことだった。明智さんなら目の前に謎を突きつけられて黙っているなどありえない。俺はもう一度進藤の部屋を見に行くことにした。

幸い、進藤の部屋は鍵が開いていた。先客がいたのだ。

「比留子さん」

朝からの死体騒ぎでうやむやになっていたが、昨晩気まずい別れ方をしたのが心に引っかかって、俺はなんともいえない緊張を抱いたまま「来てたんですね」と声をかけた。

死体保存のためエアコンをつけっぱなしにしていた部屋の中は、夏とは思えない寒さだった。だが部屋に充満した死の匂いは消えない。俺はまたマスクをつけた。

「あ、ああ、葉村君か」

比留子さんはラウンジでの冷静さが嘘のように、俺の登場に動揺し目を泳がせた。クールに見えてこういう本心を隠すのは下手なようだ。

「なんというか……昨日は本当に失礼なことを言ってしまったね。悪かったよ。許してほしい」

ここまで率直に謝られると、こちらも引け目がないわけじゃないので辛い。

「やめてくださいよ。俺も余裕がなかったんです。お互い水に流しましょう」

比留子さんがほっと肩の力を抜くのを見て、話を切り出した。

「どうにも納得のいかない事件ですね」

「うん。私もそう思うよ」

「ゾンビに囲まれた紫湛荘と部屋のオートロック、殺人が起きた現場は二重の密室で守られていました。犯人はどうやってその中の進藤さんを殺したのか」

「え？」

「ん？」

急に比留子さんが変な声を出したものだから、なにかおかしなことを言ってしまったのかと心配になった。

「いえ、ですから、密室内にいた進藤さんを殺した方法を」

「ああ、そうか。葉村君はそっちから考えるタイプなんだね」

比留子さんは意外そうに手を打った。

「そっちから、とは？」

「私、殺害方法とかはあんまり気にならないんだよ」

この告白には驚かされた。彼女ほど色んな事件に首を突っ込んでいるのなら、さぞかし密室やアリバイトリックに目がないものと思っていたのだが。

比留子さんは美しい黒髪を一房つまみ、口元で弄《もてあそ》びながら言った。

「ここが密室であろうとなかろうと、実際に進藤さんは殺されたわけだからね。不可能だ、無理だなんて連呼しても意味がないよ。なにかしらうまくやる方法があっただけのことだから」

まあ、それはそうかもしれないが。

「じゃあ比留子さんはなにが気になっているんです？」

「犯人の意図、かな」

「動機ということですか」

「動機とも少し違うかな。人が人を殺す理由なんて、それこそ知ったこっちゃない。警察は動機から捜査を進めることもあるかもしれないけど、それは不特定多数の中から容疑者を絞るためであって、その気になれば動機なんて快楽主義から天のお告げまでなんでもあるでしょう。私が言いたいのは、犯人がなぜこの方法を選んだのか、なぜ今でなければいけなかったのか」

「つまりホワイダニットということですか」

「ホワイダニット？」

俺はホワイダニットに加え、フーダニット、ハウダニットの意味も合わせて説明した。

それぞれなぜ、誰が、どうやってそれをやったのかということだ。フーダニットが犯人、ハウダニットがその手法を示すのに対し、ホワイダニットはそうせざるを得なかった理由を指す。

「うん、そうだね」

説明を聞いた比留子さんは一つ頷くとゆっくりと室内をうろつき始め、絨毯の血が染み込んだ部分や散らばった肉片を器用に避けながら話しだした。

「私はミステリには疎いけどね。実際の犯罪の現場には、犯人がなにを望んだのか、どうしたいのかを示す証拠が色濃く残っていて、私はそういうのを敏感に捉える体質みたいなんだ」

小説やドラマなど、創作の殺害現場にしか触れてこなかった俺にはよくわからない感覚だ。

「現実の殺人のほとんどは、恨みや憎しみが先行した衝動的なものだよ。つまりは『相手を殺す』という目的が第一だから、その隠蔽《いんぺい》工作はかなり甘く、現場には手口を示す証拠が高確率で残ってしまう。だから警察が動けばすぐにボロが出る。他には遺産相続や保険金なんかが絡んだ『被害者の死によって利益を得る』ことが目的の殺人があるよね。こういう場合は、あくまでも事故や病気に見せかけ、他殺の疑いを排除しようとする意思が現場に見え隠れする。

つまりね、私にとって一番理屈に合わないのが密室殺人というやつなの。密室にする目的なんて自殺に見せかけるくらいでしょ。密室内で明らかな殺人を犯すことほど無意味なことはない」

そこで俺は口を挟んだ。

「例えば、その密室の鍵を持っている人物に罪をなすりつけるため、というのは理由としてありえませんか」

「ありえないよ。鍵を持っている人がわざわざ現場を密室にするはずがないもの」

確かにそうだ。自分が密室に入る特権を持っているのなら、犯行後の現場はあえて誰にでも入れる状態にしておかねば自分が疑われてしまう。

「それに、現代の警察を密室なんかで出し抜こうってのはかなり勇気のいる行為だよ。小説やドラマでは完全犯罪なんて言葉がよく登場するけど、私からすれば死体が見つかった時点で事件の半分は解決したようなものだと思う。殺害方法、犯行時間、犯行動機……死体は情報の宝庫だからね。真の完全犯罪は警察をギブアップさせることじゃない。犯罪として露見すらしないものだよ。人知れず殺し、人知れず死体を始末し、人知れず日常に溶け込むことだ。

おっと、話を元に戻そう。つまり私はこまごまとしたトリックにはあまり興味がないの。

気になるのは、なぜ犯人はこのタイミングで進藤さんを殺したか。だって今の私たちは、ゾンビに包囲されるという大パニックの真っ只中なんだよ？　全員が死ぬか生きるかという追い詰められた状況で、わざわざ密室の中の進藤さんを殺す必要があるのかな」

だんだん比留子さんの言いたいことがわかってきた。犯人が進藤にどれほど強い殺意を抱いていたとしても、皆がゾンビから生き残るためには重要な戦力だ。全員が死の危険に晒されているこの状況で、彼を真っ先に殺すメリットがどこにあるのか。

「つまり比留子さんは、ゾンビではなく人間が犯人だと思っているんですね」

「うん。さっきは余計な仲間割れを避けたかったから口の傷のことを話したけどね」

俺は思いつきを口にした。

「犯人は進藤さんだけは自分の手で始末したいという強い恨みを持っていたということですかね」

「それが一番ありそうな理由だね。でも現場を見てごらん。それほど強く自ら手を下したいと望んでいた犯人は、わざわざゾンビに彼を襲わせている。これはおかしくない？」

そのとおりだ。ゾンビに殺《や》らせたくないから犯行に踏み切ったのに、結局ゾンビに襲わせている。明らかな矛盾だ。

「疑いの目をゾンビに向けさせようとした——というのは先刻話に出ていましたね」

「うん。だとしたらあんなメッセージを残した説明がつかないよ。あれは明らかに人間の仕業ですとアピールしている」

確かに。あのメッセージさえなければ俺たちは素直にゾンビ犯人説を受け入れたのに。

すると髪をいじりながら比留子さんが呟いた。

「ひょっとして、逆にこういう状況だからこそ殺害を決意したのかな」

「どういう意味です？」

「この極限状況の中でなら、たとえ後で裁判にかけられても正常な精神状態ではなかったと言い訳できるかもしれない」

「刑を少しでも軽くする算段だということですか」

なるほど、それは考えつかなかった。確かにゾンビという化物の脅威に晒されている状況では冷静でいろという方が無理だ。今罪を犯したところでどの程度の罪に問えるのか誰にも予想がつかない。ひょっとすれば、それこそ心神喪失状態が認められて無罪になる可能性もあるのではないか。メッセージを残したのも、冷静な判断力を失ったというアピールなのかもしれない。けれど比留子さんは自分の考えに納得がいかなそうに唸る。

「だとしても、わざわざゾンビに襲わせた理由がわからないんだよねえ……」

だんだんこんがらがってきた。

強い恨みを晴らすでもない。ゾンビに疑いの目を向けさせるでもない。自殺に見せかけるでもない。比留子さんの言うとおりこのタイミングで密室内の進藤を殺した犯人の真意がまったく読めない。

「姿が見えないと思ったら、やっぱりここだった」

考えに行き詰まっていると、廊下から高木が顔を覗かせた。

「なんだ、さっそく探偵ごっこか。よくそんなエグい部屋にいられるな」

「スンマセン。ちょっと気になることがあって」

「怒ってるわけじゃないって。ラウンジの雰囲気が居たたまれなくって来ただけだ。——ああだけどやっぱり入りたくない。そっちが出てきてくれ。それでなにかわかったか？」

ここまで話していたことを俺が高木に説明すると、比留子さんがこんな提案をした。

「どうも私のやり方じゃ埒が明かないな。そういえば葉村君はさっき密室について考えていたね。私はミステリ方面の知識に疎いし、密室について講釈をお願いできる？」

「フィクションからの受け売りですけど」

「構わないよ」

彼女の要望を受けてミステリで培《つちか》った密室の知識を披露することになった。幸い密室談義は明智さんと幾度となくやってきた。さほど苦労することはないだろう。

「密室とは内外から自由に出入りできない状態の空間のことをいいます。進藤さんの部屋は外から入ることは難しいですが、いわゆるホテルロック、つまりドアが閉まれば自動的に鍵がかかる仕組みなので外に出るのは簡単で、半分の密室とでも呼びましょうか。さらにバリケードと一階を埋め尽くすゾンビによって外部からペンションへの人の出入りは不可能。よってこのペンション自体も巨大な密室で、二重密室となっています。

さて、密室殺人とはその名のとおり密室内で起きる殺人のことですが、ミステリのほとんどの場合は、正確に言えば『密室殺人に見せかけた殺人』でしかありません」

「本当は密室ではないということ？」

「ええ。例を挙げればキリがないんですけど、今回のように死体が密室内で発見されるパターンで考えてみましょう。よく用いられるのは室内にいる人間を部屋の外から殺害する、つまり狙撃や毒ガス、また道具を用いて絞殺するようなパターンです。犯人が部屋には入れずとも、わずかな隙間さえあれば可能だということですね」

「だけど今回は死体の傷跡や出血を見ても、室内で嚙み殺されたのは間違いないだろ。外からの攻撃じゃこうはならない」

　天井まで飛び散った血を見上げて高木が反論する。もちろん俺も同意見だ。

「次は、外で瀕死《ひんし》になった被害者が部屋に駆け込み、力尽きたパターン。犯人は一歩も部屋に入らずに済むというわけです。ただこれは今高木さんが言ったのと同じ理由で除外ですね。進藤さんは間違いなくこの部屋で殺されたわけだから」

　自己完結しておいて、次。

「次は殺人と思わせておいて実は被害者の自殺というパターン。自作自演ですね。今回はこれもありえないでしょう」

「自分の顔を嚙める人間がいない限りな」と高木。

　しかし比留子さんは「ちょっと待って」と遮った。

「なら、半分の自殺っていうのはありえないかな」

「半分？」

「進藤さんが故意にゾンビを招き入れ、自分を襲わせたってこと」

　ミステリ好きの俺としては好みの解釈だったが、やはりいくつかの問題が残る。

「同意殺人ってことですね。ドアの鍵や彼の死に様については説明ができそうですが、ドアに挟まれたメッセージの説明ができません。犯行後にゾンビが廊下に出て挟んだとは考えられませんから。それとやはりゾンビをどこから招き入れ、どうやって脱出させたのかがわからない。進藤さん一人でバリケードを動かすのは大変でしょうから、非常扉かエレベーターから連れてきたんですかね」

比留子さんもそれには気づいていたようだ。

「どちらにせよ、『外にいる大勢のゾンビ』の中から一人、もしくは少数のゾンビだけを部屋まで連れ帰らなければいけない。あまりにもリスキーで、現実的な手段じゃないね」

エレベーターで一階に下り、ゾンビと一緒に戻ってくる？　非常扉を開け、一人だけが中に入ったところで扉を引き閉じる？　どちらもその場でゾンビに襲われてしまうだろうし、そんな綱渡りができるならさっさとペンションを脱出すればいいのだ。斬新な説だったが、これも却下せざるを得ない。

では、外から侵入したのがゾンビではなく人間だったらどうか。

「外部犯というのはどうでしょう。密室になる前にすでに犯人が中に侵入していたパターンです」

「さっきラウンジで高木さんたちが唱えた説だね。ゾンビが現れてからは絶えずペンションの入口に人の目があったけれど、それ以前、例えば管野さんが館内の戸締りを確認している隙に誰かが侵入していたのかもしれない」

高木が勢いよく頷く。

「そいつがフロントのカードキーの置き場所さえ把握していれば、どこかの空き部屋に潜むことができたはずだ」

確かにそれなら『外側の密室』は突破できる。だが、今朝俺たちがペンション中を探しても誰の姿も見つからなかった。

「外からやってきた誰かが犯人なのだとしたら、犯人は進藤さん殺害後にメッセージを残し、ペンション内から煙のように姿を消したことになります。言いにくいことですが――」

「私たちの中に犯人がいると考えた方が、謎は少ないね」

俺の言葉を比留子さんが引き継いだ。ゾンビでも外部の人間でもなく、俺たちの誰かが犯人なら『外側の密室』は最初から無視できる。

俺は密室談義に戻る。

「次に物理的なトリックですね。外の壁を伝って入る、ロープを投げてベランダに引っ掛けた、ドアごと取り外したなど、一見無茶に見える方法が実は可能だったというパターンです。それから秘密の通路があるとか」

「ふうん。さすがにそこまで疑いだしたらキリがないけどねえ」

そう言いながらも比留子さんは室内に戻り、ベランダの手すりに何かを引っ掛けた跡がないか、部屋のどこかに抜け穴がないかを念入りに調べて回った。しかしそのような手段が用いられた形跡は何一つ見つからなかった。さすがに綾辻行人の館シリーズに登場する『中村青司《なかむらせいじ》』の館のようにはいかない。

「手すりのペンキ、思ったより剝がれやすいですね。縄梯子やロープを引っ掛けたら絶対に跡が残るはずです」

あらかじめベランダの手すりに細いワイヤーなどを輪っかにして繋げておいてロープを張ったのかとも考えたが、それも無理なようだ。もちろん壁を伝っていけるような足場もない。その結果を見届けて、俺はなんだか申し訳ない気分になりながら切り出した。

「あの。密室のなんたるかを説明するために最後まで黙っていたんですが」

「なんだ、まだあるのか」高木が呆れたように言う。

「実はこれまで話した方法を使わなくても、このタイプのホテルロックなら外から開ける方法があるんです」

「な」

「あー、そうだね」比留子さんも頷いた。

「やっぱり知ってましたか」

「むしろ盗難事件なんかではそっちの方がよく使われるから」

「おい、二人で話を進めるな」放置された高木が怒る。

比留子さんは解説のためにドアの下を指差した。

「まずですね、床からドアノブに届くくらいの長さの、L字形の針金を用意するんですよ。そして先端をちょっと曲げておく。それをドア下の隙間から突っ込む。くるっと上に向けて、曲げた先端をドアノブに引っ掛けて下に引っ張れば、キーなんてなくてもドアを開けられるんです。動画サイトとかに載ってますよ。それと鍵さえ開けてしまえば、チェーンロックとかドアガードも紐《ひも》や輪ゴムで外から開けられます」

高木は呆れ顔で俺たちを見た。

「おいおい、それじゃあここまでの話はなんだったんだ。道具さえあればこの部屋は密室なんかじゃなかったってことじゃないか」

彼女の言うとおりだ。早い話、こんな面倒な手段を使わなくても外から口八丁で進藤に鍵を開けさせればいいのだから、これを密室などというのはおこがましい。

それと最後に一つ、付け足しておかねばならない。

「これもあまりにミステリ的でないので黙っていましたが――名張さんは昨日マスターキーを預かっていましたから、彼女ならいつでも侵入可能でしたよ」

比留子さんは至極当然のように「そうだね」と頷き、一方の高木はあんぐりと口を開けていたが、おもむろに近づいてくると俺の腹に拳を打ち込んで言った。

「回りくどい」

以上の密室談義ではっきりしたのは、犯人が『外側の密室を無視できる存在』、つまり俺たちの中の誰かであれば進藤の部屋には侵入可能であるということだ。名張が犯人ならなおさら。

けれど比留子さんは満足そうに頷いた。

「いや。葉村君のおかげで少し考えがまとまったよ。これはやはり前代未聞の密室殺人だ」

「どこがだよ。結局鍵なんて簡単に開けられるんだろ。あたしには今の長話が全部無駄にしか思えなかったぞ。話についていけないのはあたしだけか」

「難しく考える必要はありませんよ、高木さん。密室を突破するだけならここまで述べた方法で可能ですが、殺人を実行するにはもう一つ条件があるんです」

「なに？」

比留子さんは真剣な声で告げた。

「これらの方法で密室を突破できるのは人間だけだということです。葉村君のおかげで、偶然や事故でゾンビが二重の密室を突破できる可能性はゼロだという確信が持てました。そして私たちの中に進藤さんを噛み殺した形跡がある人はいなかった。つまり私たちには密室が突破できるが、彼を殺せない。逆にゾンビは彼を殺せるが密室を突破できない。これは侵入方法と殺害方法、二つの条件をクリアしなければならない密室殺人なのです」

高木ががしがしと頭を掻いた。

「っつーことは、なんだ。犯行可能な奴がいないじゃないか。他に考えられる犯人像はないのか」

「さっき却下しましたが、人間が非常扉などからゾンビを引き入れた可能性ですかね。犯人も相当なリスクを負うことになりますが」と比留子さん。

「あと、七宮さんの言ったようにゾンビが人間並みの知能を持っている可能性」

自分で言っておきながら、ありえないだろう。だがそれを言い始めたらゾンビ自体が俺たちの想像を超える存在なのだ。どこまでがありえることなのか俺には判断がつけられない。明智さんとやっていた女子学生の昼のメニュー当てと同じだ。

またしても考えが行き詰まったところで、ぱん、と比留子さんが手を鳴らした。

「もう一度アプローチを変えてみようか。私たちはこのゾンビという未知の化物に対して、もう少し情報を得るべきだと思うんだ」

五

比留子さんが向かったのは、先ほどまでいた進藤の部屋の隣——重元の部屋だった。ノックすると、重元がドアの隙間から陰気な顔を覗かせる。

「なにか用……？」

彼の背後に見える室内は電気もついておらず、カーテンを閉めきっているのか薄暗い。壁を照らしている青白い光はテレビだろう。

「お取り込み中でした？　実はあの忌々《いまいま》しいゾンビについてあなたの意見を伺いたくて」

「どうして、僕?」重元が眼鏡の奥で目を瞬《また》かせる。

「重元さんは昨日、初見にも拘わらず脳を破壊しなければ奴らが止まらないことを見抜いていたし、今朝も進藤さんがゾンビとなって復活する危険性を誰よりも先に指摘してましたよね。ああいう化物について詳しいのかと思って」

比留子さんがにこやかに話しかける。計算の上なのか素なのかはわからないが、こんな美人に褒められて気を悪くする男はいまい。もちろん重元も例外ではなかった。

「別に詳しいってわけじゃないけど」その口調から警戒が解けた。「まあ入ってよ。コーラしかないけれど」

室内はかなり冷房が効いていて、半袖では寒さを感じるほどだった。耳をすませると、確かに床を通して立浪の部屋の音楽が漏れ聞こえている。

不精な性格なのか、ベッドのシーツは一日しか経っていないとは思えないほど乱れ、ナイトテーブルには半分ほど飲みかけになったコーラが載っている。ゴミ箱の横には空のペットボトルが五本。コーラ中毒者はさらに新たなボトルを冷蔵庫から取り出し、テーブルに置いた。

「よかったら飲んでよ」

備えつけのテレビの前には小型のＤＶＤプレーヤーが繋がれており、映画が一時停止状態になっている。画面に映っている外国人女優には見覚えがあった。短い金髪で、砂埃にまみれた美貌の表情は険しく両手に銃を構えている。

「これ、『バイオハザード』じゃないっすか」

「ああ」重元は頷く。

言わずと知れた、ゾンビゲームの映画化作品だ。別にＤＶＤを見ようがゲームをしようが勝手にすればいいが、さすがにこの状況でゾンビ映画を鑑賞する神経には言葉が出ない。高木も「気が知れないよ……」と渋面をつくった。

絨毯に直接座り込んだ重元を囲んで、俺と比留子さんはベッドに腰掛け、高木は椅子を後ろ向きにして跨《また》がった。

「普段からこういうのはよく見るんですか」

比留子さんの質問に重元は、

「まあ、ゾンビ映画と呼ばれるものはたいてい。ゾンビといっても作品ごとに設定は違うけどさ。今じゃ現実にゾンビの襲撃を受けた時のためにサバイバルガイドまで出版されているんだ。読み込んではいたんだけど、やっぱり銃のないこの国じゃやれることは限られているね」

早口でまくし立て、鞄の中から次々にＤＶＤのパッケージや関連本を取り出しては床に並べる。これは、想像以上のマニアみたいだ。

重元の勢いを削ぐように、比留子さんはやんわりと切り出した。

「私たちは進藤さんが殺された状況について考えていたんですが、どうもあの化物に関してわからないことが多くて。身体能力はどの程度なのか、こちらを騙《だま》す程度の知恵は回るかとか。そこであなたにアドバイスをもらいたいんです。重元さんは、彼らの正体をどうお思いですか？」

すると重元は先ほどまでの浮かれた調子を引っ込め、備えつけのデスクに近づき置いてあった数枚のルーズリーフを手に取った。そこには一面に乱れた文字が書き散らされており、真ん中にある『ゾンビとは？』という問いかけが黒い丸でぐるぐると強調されている。どうやらこのゾンビマニアは一晩のうちに自分なりの検討を済ませていたらしい。

「ゾンビ――あいつらをゾンビと呼称するとして、まず確認すべきなのは彼らがゾンビになった原因だ。そこで僕はいくつかの点を観察してみた。

まず第一に、ここを襲っているゾンビたちは状況からしても格好からしても、ほとんどがサベアロックフェスの観客だろうということ。つまりニュースで報道している体調不良事件がゾンビを生み出したに違いない。ニュースでは生物兵器、化学兵器によるテロを匂わせているね。

第二に、目視できる限り彼らは体のどこかに傷を負っており、彼ら自身も僕らの仲間を喰らった。ニュースの情報と結びつけて考えると、彼らがゾンビになった原因が傷にある可能性は高い。つまり、映画でよくあるように彼らは細菌かウイルスなどの感染者と断定していいと思う。

第三に、詳しい感染経路についてはまだはっきりしないけど、噛まれることによる接触感染が主な原因だろう。僕たちが無事なところを見るとおそらく空気感染はしないだろうけど、飛沫《ひまつ》感染についてはまだなんともいえない。なんにせよ血や体液を直接浴びるのは避けるべきだろうね。後はベクター感染」

「ベクター？」

「動物や虫を介して感染すること。今の季節だと蚊だね」

確かにそうだ。人間以外の動物では蚊が一番人を殺しているというのは有名だ。もしゾンビの血を吸った蚊に刺されたら……。

「まあひょっとしたらゾンビの血を吸った時点で蚊自身が死ぬかもしれないけどね。とは言ってもできれば長袖の服を着ておくに越したことはない」

そういう重元は半袖のままだ。

「感染症ということは、治療の余地はあると思いますか」

この問いに彼は首を振り、鞄から取り出した本を開いてこちらに差し出した。

「『ゾンビサバイバルガイド』によると、ゾンビウイルスは血流によって脳に運ばれ、増殖しながら前頭葉を破壊し、心臓を止めて感染者を『死亡』させる。そして体内の器官を細胞レベルから変貌させ、様々な限界を超えた化物として蘇ると書かれている。どこまで当たっているのかはわからないけど、そのうちのいくつかはこの現実のゾンビたちにも当てはまると思うんだ」

　そう言って鞄の中から昨日の撮影に使用したらしきビデオカメラを取り出すと、手際よくテレビと接続し動画を再生させた。映し出されたのは廃墟で撮影した心霊映像ではなく、ペンションの周りを跋扈《ばっこ》するゾンビたちの映像だった。いつの間にこんなものまで撮影していたのだろう。

　動画は限界までゾンビに向かってズームアップし、人間離れしてしまった感染者たちの風貌の隅々までを詳細に映し出した。思わず目を背けたくなる光景に、高木が苛立った声を上げる。

「グロ映像はいいから、わかったことを言えよ」

「これから話すのは全部僕の想像に過ぎませんからね。他の人からの意見も聞きたいんですよ。見てもらえばわかると思うけど、どんなに深い傷を負っているゾンビも出血は止まっている。時間の経過で凝固したのも原因だと思うけど、緑色に変色して固形化した部分もある。これは大量出血に加えて、血液そのものが変質して流動性をなくした状態じゃないかと思うんだ。実際に昨晩立浪さんが殺したゾンビも、いくら槍を刺しても血は噴き出さなかった」

「だったらどうだって言うんだ」

「決まっているじゃないですか。ゾンビの体内では血液が循環していない。つまり奴らは酸素を必要としてないってことです。だから心臓を破壊されても動ける。まさに動く死体です」

　重元は高木と俺たちに対して器用に言葉遣いを変えながら力説する。

「だけど筋肉組織は硬直しているから、敏捷性《びんしょう》や歩行速度は生きている時よりも大きく後退していると考えていい。体への指令は脳が出しているんだろうけど、酸素が行き渡ってないから手足の連携も悪いし、複雑な思考をすることはできないのかも。いってみれば脳を乗っ取ったウイルスの単純な命令に従ってのみ動いているということだ」

「単純な命令って？」俺が聞き返す。

「生存と繁殖《はんしょく》だよ。ゾンビが考えているのはそれだけだ。僕たちを襲うのは別に殺したがっているんじゃない。繁殖の道具として利用しているんだ」

彼の考えにどんな言葉を返せばいいのか俺にはわからなかった。けれど比留子さんは感心したように「なるほどね」と呟いた。

「確かにずっと不思議だったんだ。どうしてゾンビはゾンビを襲おうとしないのか。お腹が減っているなら数の少ない人間を追っかけるより共喰いした方が早いのにって。だけどその目的が繁殖というのなら頷ける」

「そう、そうなんだ」

賛同を得られて嬉しいのか、重元は身を乗り出してさらに熱弁を振るう。

「そう考えると、僕たちが彼らの行動を『喰う』と表現しているのも間違いといえる。だってそうだろう。もし奴らが空腹を満たすために人を襲うのなら、死体はフライドチキンの食べ滓みたいに骨だけの状態になっていないとおかしい。けれどどのゾンビを見ても、骨までしゃぶられたという感じじゃない。これはつまり、嚙みつきがウイルスを感染させる手段でしかないということだ。どういう仕組みか知らないけど、あいつらはウイルスに感染していない人間を判別して襲っているんだ」

俺はいつか読んだネットの記事を思い出した。確かブラジルかどこかのアリだったと思うが、ある新種の菌に寄生されたオオアリは脳を支配されてゾンビ化し、菌の胞子《ほうし》をばらまくのに最適な場所まで移動させられるのだという。繁殖のために動物の脳を乗っ取るというのは現実に存在する手段なのだ。ゾンビが共喰いしないのも、そう考えればありえることかもしれない。

どんどん話の内容が増えていくので、ルーズリーフをもらってゾンビについて確かと思われる事柄をメモしていくことにした。

「……血液が循環していなければ当然消化器官も働かない。進藤さんの肉片があんなに散らばっていたのもそのためだね。ゾンビは肉を食べていたわけじゃないんだ……。ということはやはり、肉体が腐敗するのを数日待てば私たちは助かるということですか？」

比留子さんの疑問に、興奮気味だった重元の口調が一転して重たくなった。

「いや……もうちょっと厄介なことになるかも。これも本の受け売りだけど、通常の死体の腐敗には微生物が関わっている。もしゾンビウイルスが微生物を即座に死滅させたり、寄せつけないようにしたりする性質を持っていたら、奴らの肉体は僕らの想像以上に長い時間保存される恐れがある。皆の前では言えなかったけど、下手をすれば腐敗までに何週間もかかるかも……」

「微生物、ですか。確かにそれは盲点でしたね……」

比留子さんが納得する傍らで、高木は怒ったような口調で言った。

「ついでに教えろ。なんでゾンビどもはここに集まってくる？　ロックフェスの会場からは山を越えなけりゃならない。どうしてそこまでして……」

「僕に当たらないでくださいよ。ただ、ロックフェスの参加者は一日で五万人近くにのぼります。例えば、テロが起きて一割の人が感染したとしても五千人ものゾンビがいるんです。窓から見える限り、この建物の周囲に集まったのはたぶんまだ五百人に満たない。ほんの一握りですよ。けど確実なのは、奴らは明るく騒々しいロックフェス会場を離れて紫湛荘に来た。五感以外の察知能力を用いて生きている人間を探し出せるということです。でなきゃいつまでも包囲しているわけがない」

「感染するのは人間だけだと思いますか？」

「……なんともいえないな。映画によって色んな解釈があるし。けど特定の動物だけに害をもたらす細菌やウイルスなんていくらでもいる。ゾンビウイルスに人間を集中的に狙う特性があっても不思議じゃない」

　ではゾンビにはどの程度の行動が可能なのだろう。俺は具体的に聞いてみた。

「脳が正常に機能していないということは、道具を使って部屋の鍵を開けたり、うまい言葉で進藤さんを誘い出したりするのは無理ですか」

「無理だろうね」重元は即答した。「でなけりゃあんなバリケード如きで手こずらないはずだ。あいつらの動きを見たかい。正面から棚にぶつかって、反動でバランスを崩して階段を転げ落ちる。そんなことを何度も何度も繰り返しているんだ。幼児程度の学習能力も持っちゃいないよ。脳が単純な指令しか出せないせいか、手足の連動が悪くて走るのも無理だ。取り柄はスタミナに限界がないことくらいだろうね。映画のゾンビの方がよほど器用で手ごわいよ」

「噛まれてからどのくらいでゾンビになるんでしょう」と比留子さん。

「難しいね。噛まれた部位や程度、被害者の体格でも左右されるかもしれない。詳しい検証は今頃政府機関が頑張ってくれているはずだけど、それが報道されるまで生き残れるかな」

　重元が悲観的に言い、ペットボトルの栓を開けると気の抜けた音が吹き出した。

「なんだ、結局ゾンビじゃ進藤の部屋に忍び込めないって結論じゃないか」

無駄足を踏んだとばかりに高木が嘆息した。

# 六

重元の部屋を後にした俺たちはお化け屋敷から出たかのようにほっと息を吐き出した。

まとめたメモの内容は以下だ。

一、ゾンビ化の原因はおそらく細菌やウイルス。嚙まれると感染し、ゾンビとなる。ゾンビ化する時間と詳しい感染経路は不明。

二、彼らは酸素を必要とせず、脳を破壊しない限り活動を続ける。よってスタミナは無尽蔵《むじんぞう》。しかし学習能力、運動能力は低い。

三、人を嚙むのは食事ではなく繁殖のため。ある程度感染させると標的から離れる。

四、生きている人間の気配に敏感。

こう見ると確かに厄介な化物ではあるが、知能や運動能力が低いなら、対処の方法はありそうだ。


その時ちょうど南エリアの廊下から槍を担いだ立浪が姿を現した。

「よう、探偵団。なにか発見はあったか」

口調からして別に嫌味を言っているわけではなく、単に興味があるらしい。俺は首を振った。

「いえ。むしろ泥沼にはまり込んだような感じですね」

「ややこしいのは、どこかで人間が絡んでいるからさ。ゾンビの仕業に見せかけているのは俺たちを怖がらせようって腹だ」

「そうですね……それが今のところ最もしっくりきます」

立浪の意見に比留子さんも同調した。単純な憎悪とも容疑逃れともつかぬ手がかりを残して去った犯人。結果として俺たちの中に生まれたのは、困惑と恐怖だ。それこそが犯人の意図だとしたら、犯行の糸を引いているのは人間に違いない。

俺は立浪が出てきた南エリアに、七宮の三〇一号室があることを思い出した。

「七宮さんに会いに行ってたんですか」

「ああ、一人では寂しかろうと思ってな。だがあの薄情者、ちっともドアを開けやがらない。これだから小心者は困る。今頃中で震えているんだろうよ」そう言ってこめかみを叩く仕草をしてみせた。そう、その仕草が気になっていたのだ。

「そういえば、七宮さんがしょっちゅう頭を小突いているの、あれはなんなんですか」

「先月くらいから頭痛が酷いらしい。頻繁《ひんぱん》に痛み止めを飲んでるぜ」

すると、それを聞いていた高木がぶっきらぼうに言った。

「コンタクトレンズじゃないか」

「コンタクトレンズ？」

「あの人、よく目薬も点してるだろう。美冬も同じ目薬を使ってるのを見たことがある。あれはコンタクト用の目薬だ。美冬から聞いたんだが、過矯正っていって、度数の強すぎるコンタクトをつけていると目から凝りが広がって血流が悪くなったり、ストレスで体内ホルモンが乱れて頭痛や吐き気を起こしたりするらしい」

「静原さんもコンタクトだったんですね」と、俺。

高木の言葉に立浪も心当たりがあるような素振りを見せた。

「そういえばあいつ、ネットで適当にコンタクト買ったって言ってたな」

俺たちは四人揃ってエレベーターで二階に下りた。狭いカゴなので、それだけで肩が触れるくらいぎゅうぎゅうになる。

「重元なら三人分で重量オーバーだな」

そう軽口を叩く立浪が間違えて一階のボタンを押さないか、俺は気が気ではなかった。押し間違い一つでゾンビ地獄に直行だ。幸い彼の手元は狂うことなく、エレベーターは俺たちを無事に二階に送り届けた。忘れずにドアに椅子を挟んでおく。

ラウンジには静原が残っていた。立浪の部屋からは相変わらず賑やかなロックが漏れ聞こえてくる。よく見るとラウンジに面した彼の部屋のドアはドアガードを挟んで半開き状態だが、当の本人は平気な顔をしている。この状況下でもあまり防犯意識を持っていないようだ。

時刻は正午を回った。

サベアロックフェスで事件が起きてから丸一日近くが経過し、テレビで報道される内容にはほんの少し変化が表れ始めた。犠牲者の数や被害の拡大状況には相変わらず触れないが、いわゆるバイオハザード、人為的に引き起こされた生物災害であることを匂わす注意喚起が増え始めたのだ。

『娑可安湖の水質にはなんの異状も観測されていませんが、現在娑可安湖からの水の供給はストップしています。娑可安湖周辺の方々は安全のため決して湖の水を口にしないようご注意ください。万が一目や口に入ってしまった、手に触れたという方はすぐに綺麗な水で洗い流してください。また昨日、サベアロックフェスに参加されたという方は今すぐ下記の番号か警察にお電話ください』

「えっ、水、止められたの？」高木が焦《あせ》った声を出した。

ちょうど姿を見せた管野に聞いてみると、屋上に貯水タンクがあるので今すぐに断水になる心配はないという。

「客室が全部埋まっていても総使用量の半日分くらいはありますし、飲用水は別にペットボトルがありますから二、三日は問題ありませんよ。けど後々《のちのち》水が使えなくなることを考えると、無駄遣いはできませんね」

「まるっきり孤島に取り残された感じになってきたなあ」

そう言って嘆息する高木同様、他のメンバーからも口々に不安の声が上がる。

「じゃあシャワーはしばらくお預けですね」

俺の言葉に意外にも比留子さんが敏感に反応した。いつものように髪をつまむと、子犬のように匂いを嗅ぐ。

「そこまで気にすることないでしょう」

「そうかな。でももし不快に感じたら遠慮なく教えてよ、葉村君。私だって一応女なんだから」

「頼りにされてるねえ」立浪がにやにやしながらからかってきた。

俺はなんと答えたものかわからない。

すると、それまで静かだった静原が「あのう」と切り出した。

「なんとかして駐車場まで行くことはできないでしょうか。車にさえ乗ってしまえばゾンビたちに捕まる心配はないのでは」

「駐車場ったって……」高木が困惑したように一同を見回す。

建物の周囲はゾンビに包囲されている。それでも静原はめげることなく語った。

「ゾンビたちの注意は二、三階に集中しています。下の広場や駐車場付近は逆に手薄です。どうにかしてこの包囲を一点突破できれば……」

「車に乗ってゾンビどもを蹴散らしながら逃げられるってわけか。だが管野さん、車のキーは手元にあるのかい」立浪が話を振る。

「フロントです。すみません……」

「じゃあ残りの二台を使うしかないか。いいんじゃないか。自慢のGT－Rがゾンビの血に染まって七宮がどんな顔をするか楽しみだ」

「赤いからちょうどいいじゃないですか」

静原もずいぶん過激なことを言う。

「だがどうやって外に出るんだ？　窓から飛び出したくらいじゃゾンビの群れは飛び越せないぜ」

「火ですよ。以前、松明《たいまつ》をかざしてゾンビを追い払っている映画を見たことがあります。最悪、この建物に火を放って……」

おおう、過激度が増してゆく。しかし、

「それ、無理だよ」

闖入者《ちんにゅうしゃ》の一言が静原の熱弁を遮った。三階から下りてきたゾンビマニア、重元だ。

「僕も奴らの弱点が知りたくて、今日の晩に遊ぶ予定だった花火を奴らのど真ん中に投げ込んでみたんだ。結果は失敗。音に反応することはあっても、火や熱を怖がって逃げたりはしなかった」

それだけを報告し、非常食のシリアルバーを一本摑むとそそくさと部屋に戻っていった。

「……だとさ。博士が言うんだ。ここを燃やすのはなしにしよう」

立浪が肩をすくめ、静原が残念そうに黙り込んだ。

非常食だけの昼食をとった後、ラウンジでとぐろを巻いていたが、何度か人の入れ替わりがあった。ずっと部屋に引っ込んでいた名張が顔を出すと、今度は静原が部屋に戻ると言って東の階段に向かい、高木が送っていった。しばらくして比留子さんも少し休むと言い残し部屋に戻り、手持ち無沙汰になった俺はラウンジにあった木のパズル――いくつかのパーツを組み合わせて見本どおりの形を作るあれだ――をいじり始めた。そうこうしているうちに高木が戻ってきて横から口出しを始める。

その横で立浪が席を立ち、自室に戻るのではなくエレベーターを使って三階に上がっていった。

「どこに行ったんだろう」

俺の呟きに管野が答える。

「屋上で煙草を吸っているんだと思いますよ。さっき倉庫の鍵は開けっ放しにしておきましたので、中の階段から自由に上がってもらえます。ずっと屋内に閉じ籠っていたのでは気も滅入るでしょうから」

「煙草ねえ」

高木がぼやきながらパーツの一つを端っこにくっつけてきた。明らかに違うのでそれをつまみ上げ、別のパーツと取り替える。するとまた関係ないやつをせっせと運んでくる。この人は真面目に完成させるつもりはなく俺をからかっているのだ。

「高木さんも吸うんですか、煙草」

「禁煙中。美冬に言われてな」苦い顔をする。

「お二人は仲が良いんですね」

「入部当初からあたしがメイクの手順とか教えてやったからな。無口だけど健康にはうるさいんだよ。あいつ、看護学科だから」

「医学部なのにわざわざ映研に？」

神紅大学では一般学部の教育棟のある本学キャンパスと医学部の医系キャンパスは直通のバス便がないし、自転車で三十分とかなり離れた場所にあるので、本学に籍を置くサークルにわざわざ医学部の生徒が参加するのは大変なのだ。

「一年生は一般教養とか、本学での授業も多いからな。学年が上がったらどうするのかは知らないけど」

学部の話題を続けていると、高木が俺と同じ経済学部だと判明した。思わぬところで縁ができるものだ。

名張はしばらくテレビのリモコンをいじっていたが、「頭がおかしくなりそうだわ」と呟いて席を立った。この状況のことかと思ったが、憎々しげに薄く開いたドアを睨んだところからすると、立浪の部屋から漏れてくる音楽に辟易したらしい。同時に管野もラウンジを出ていき、後には俺と高木だけになった。

「高木さん、あの脅迫状と今朝のメッセージのことなんですけど」

俺はこの機に訊ねることにした。

「七宮さんは異様にビビってましたよね。ということは、脅迫状の生贄っていうのは去年撮った映像による呪いや祟りなんかじゃなくて、合宿自体で起きたなにかを指しているんでしょう」

「……そうなんだろうな、やっぱり」

高木は悔やむように目を伏せた。

「去年も合宿に参加こそしていたけど、あたしはこんな性格だからな。幸いあの三人の誰からも目をつけられずに気楽に過ごしてた。でも二日目だったかな。朝、顔を出したらすでに変な空気になってて、なにがあったのか先輩たちに聞いてもほとんど教えてもらえなかった。でも、どうやら晩のうちに出目の奴が女子部員の一人に夜這いしに行ったらしい」

呆れる。あいつ、去年そんな醜態を演じたくせに昨日も名張にちょっかいを出そうとしたのか。

「けどな、そっちはまだよかったんだよ。失敗に終わったから」

「……他の二人は、成功した？」

つまり、七宮と立浪は。

「成功っていうか、それぞれ女子部員と合宿後も交際していたみたいだな。けどどっちも夏休み明けに破局したらしい。いや、破局というより、手ひどい捨て方をしたって話だった。立浪の相手だった人は学校を辞めて実家に戻っちまってさ、それ以来連絡も取れなくなった。よっぽど嫌なことがあったらしいな」

「七宮の相手は」

「自殺したよ」高木の指があぶれたパーツを弾く。「アパートで睡眠薬を大量に飲んで。恵《めぐみ》さんっていって、あたしも色々世話になった先輩だった。噂じゃあ遺書も残していたらしいけどな」

……なるほど。これが噂の自殺者か。

「映研の部員まで詳しいことは伝わっていないんですか」

「示談と口封じと、七宮んとこの弁護士が手際よく動いたらしいな」

そうなると、進藤が殺された理由も想像がつく。

「……進藤さんは、その出来事を知っていたわけですよね。なのに今年も合宿を？」

「七宮が代々の部長に執拗《しつよう》に圧力をかけて言うことを聞かせてたってのは上級生の間じゃ有名で

ね。進藤は真面目な顔の裏で、生贄を差し出す行為だと知っていながら女子の参加者をかき集めていたのさ。死人を悪く言うとバチが当たりそうだけど――殺されても無理のない男だったと思うよ、あたしは」

七

やりかけのパズルを高木に押しつけて、三階に上がった。一旦部屋に戻ろうかと思ったが、倉庫の扉が開いているのを見て興味が湧き、初めて中に足を踏み入れた。

中はコンクリート打ち放しで、俺たちの部屋より少し広いくらい。一メートルほどの間隔を空けて並んだ二段組の棚に、予備のパイプ椅子や机、業務用掃除機や塗装の道具などが押し込められていて、奥に屋上に続く階段がある。脇にはおそらくオーナーか七宮のものであろう釣竿《つりざお》やスノーボードの道具が置かれていた。

階段を上り鉄扉を押し開けると、どんよりと重い雲が見えた。雨の勢いは弱まっているようだが、残り滓のような雨粒が風に乗って流れている。その流れの中に突っ立って煙草をふかす立浪がいた。煙草を吸わない俺は、よく火が消えないものだな、などと思った。

「気分がいいぜ。こっち来いよ」俺に気づいた立浪が呼ぶ。

屋上は少し風が強く、気持ちよかった。真下のゾンビを見ないようにさえすれば水蒸気に烟《けむ》る娑可安湖の姿が森の向こうに大きく広がり、夏休みだと思い出させる。

「吸う？」

立浪が煙草を勧めてくるが、丁重に辞した。

小雨が絶えず落ちてくる空に一筋の紫煙が立ち上る。まるで線香のようだ。

昔、線香の煙はあの世とこの世の橋渡しの意味があるのだと死んだ祖父から聞いたことがある。非道《ひど》い話だ。俺たちの十数メートル下では数百もの人々があの世に逝《い》けず迷っているというのに、線香すら灯してやれない。なによりそれを阻んでいるのは彼ら自身だ。

屋上の西の端からは、各階の非常扉に隣接している非常階段を見下ろすことができた。鉄製の手すりの内側には階段を上ってきたゾンビどもがひしめき合い、各階に通じる非常扉を破ろうとする打音が屋上まで響いている。

と、階段の途中にいる何体かが俺の気配に気づいたのかこちらを見上げ、視線がぶつかった。濁《にご》った瞳に俺が気圧されていると、集団の外側にいた中年男のゾンビが俺を睨んだまま手すりから身を乗り出したではないか。

あっ、と声を上げる暇もなく中年男のゾンビはバランスを崩して宙に放り出され、地上を埋めるゾンビの群れの中へと墜落した。驚いたことにその後も、俺の姿に気づいた非常階段のゾンビたちは次々と手すりを乗り越え、空《くう》を掻きながら落下していく。

その光景に吐き気を覚えた。

「まるでレミングスだな」

いつの間にか立浪がそばに来ていた。

「レミングス？」

「ゲームだよ。やったことないか？　ステージに次々と降ってくるレミングっていうネズミに指示を与えてうまくゴールまで誘導してやるんだ。ステージには崖や窪地があって、プレイヤーが指示を出さないとレミングたちはぞろぞろと転落死したり窪地から抜け出せなくなったりする。

ちょうどあいつらみたいにな」

俺は慌ててゾンビたちの目に触れない位置まで後ずさった。ゾンビとはいえ何人かが俺のせいで墜落したかと思うと、今までとは違った恐怖で心臓が暴れ始める。

「気にするなよ。あいつらにはまともな知能が残っていないってだけだ」

そう言ってまた、弔いの紫煙をふーっと吐き出した。

男二人、沈黙が流れる。

先ほどから年長者の立浪にばかり喋らせるのは悪いと思うのだが、こういう時ミステリマニアという肩書きを盾にしている根暗な俺は気の利いた話題を用意できなくて困る。考えを巡らせた末、当たり障りのない質問を投げかけた。

「立浪さんは、ロックが好きなんですか」

ラジカセから流れる音楽のことだ。

「がやがやと騒がしいのが好きなんだ。余計なことを考えなくて済むから。けど、今流してるのは好きなアーティストなんだ」

「なんていう人ですか」

「ブルース・スプリングスティーン」

——まずい。全然わからん。

「七〇年代にデビューしたシンガーソングライターだ。アメリカを代表するロック歌手で、もう七十歳近いが今も活動している——昔、たまたま店で流れていたのを耳にして歌詞が気に入ったんだ。まあ、どうでもいいことだ。それより」

立浪は短くなった煙草を風に乗せて放った。屍人どもがそれを口を開けて見上げている。

「ここから生きて戻れると思うか？」

新しい煙草に火をつけながら聞いてくる。

「――どうでしょう。半々、というところでしょうか」

「そこは力を合わせて頑張りましょうというところじゃないのか」

そりゃそうだ。真面目に確率を分析してなんになる。「すみません」と謝ると、彼は苦笑した。

「いや、気に入った。綺麗事と楽観に逃げるよりはよっぽどいい。リップサービスがうまくてもゾンビ相手には役に立たないからな。――だがずいぶんと落ち着いているな。君から見ると七宮の慌てっぷりは馬鹿みたいに思えるんじゃないか？　いい歳して喚いたり引き籠ったりさ」

「いや――そんなことは」詰まったのをごまかすように、言葉を続けた。「俺の場合、昔似たような経験をしましたから」

言ってから、しまったと思った。これでは相手を焦らしているみたいじゃないか。

だが立浪は気を害したふうもなく「よければ聞いてもいいか？」と先を促した。

「中学の時に、震災に遭ったんです。その時もこんなふうに建物の上から現実感のない景色を見下ろしていました。もう全部駄目かななんて思いながら。あの感覚と似てますよ。なんていうか、恐怖はあるんです。死ぬのは嫌だ、それに皆を助けなきゃって。でも慌てようにも騒ごうにも、圧倒的な力の前ではどうしようもない」

足下にひしめくゾンビどもが一斉になだれ込んできたら十人ぽっちの人間になにができるというのか。あれ以来、俺の冷静さは諦念と同居している。

立浪は「そうか」と呟いたきりしばらく口をつぐんでいたが、不意に訊ねてきた。

「葉村君さ、剣崎さんと付き合ってるのか？」

どきりとした。

単に比留子さんのような美人と並べられて照れたというのと、彼の口から女性の話題が出たということに。けれど「別に、そういうのじゃないです」と答えた俺に彼が返した言葉は少し意外なものだった。

「彼女、君に惚れてるぜ」

まるで天気の話でもするかのような調子だった。

「比留子さんが？」まさか。

「君、付き合った経験は？」

正直に首を振る俺に彼は小さく笑う。

「そうか。二人ともビギナーってわけだ。一番楽しい時間だ」

「向こうはビギナーとは限りませんよ」

「俺の勘だ——けどたぶん当たってる。男を知ってりゃ、あんなふうに無防備ではいられない」

なんとなくわかる。だが少しひねくれたことを言ってみる。

「比留子さんは、素直で人懐こいだけかもしれません」

「確かに。最初見た時は俺も本気で狙おうかと思ったよ。頭の回転も速いし、あんな上玉滅多にいやしないしな。——だけどやめた。彼女は食わせ者に見えてその実純粋だ。そういう子は、相手をするのに疲れる。終わりを終わりと悟ってくれない。厄介なものだ」

彼が女性に関して弱音を吐いたのが意外だった。

「失礼ですが……立浪さんはそこまで選《え》り好みされない人かと思ってました」

「経験の数ではそりゃ多いがね。だが吐き捨てたいような思い出ばかりさ。出会ったばかりの頃は楽しい。だが相手を知れば知るほど、本当に好き合っているのかがわからなくなる。相手を信用できなくなる。終わっちまえば、すべてが欺瞞《ぎまん》だったとしか思えない」

「立浪さんでさえそうなら、俺には一生理解できそうにない」

黒く湿ったコンクリートにぽとりと落ちた吸殻を、大きな足が踏みつけた。

「病気みたいなもんだと思ってる」

もう火は消えているのに、立浪は踏みにじるのをやめない。

「その、恋愛観が？」

「人の愛情そのものが。ゾンビと同じだ。見ろよあいつらを。自分が病気にかかってるなんて気づいちゃいない。恋愛感情も同じさ。全世界の人間がそれに感染していて、楽しそうに踊ってる。俺だけがゾンビになりきれないんだ。俺は素面《しらふ》のままあいつらの真似をしようとしてる。表情を真似て、行動を真似て、同じような声を上げる。皆と同じですよって顔で肉を貪り合って、そのうち耐えきれずに隣にいるゾンビを打ちのめして逃げ出すんだ」

この建物に殺到するゾンビが、彼には盲目的に愛を求める人間と重なって見えるのか。

今の立浪が本音を語っているという証拠はない。思わせぶりな言葉で飾ることに酔っているだけかもしれない。高木の話が本当なら彼には去年の前科がある。それでも俺はこの終末的な状況がその告白を引き出したように思えてならなかった。

けれど残念なことに、俺は彼の悩みに助言を与えることはできない。

俺にできるのはただ、無粋《ぶすい》な探りを入れることだけだ。

「立浪さんは、進藤さんが殺された理由をどう思いますか」

立浪は動揺一つ見せずに言った。

「どうだかな。七宮はずいぶん怯えているようだが、憎まれる理由なんて誰にでもあると思うね。神の名のもとに不殺を説く者がいれば、神の意志をふりかざして人を殺す者もいる。なにが人を突き動かすかなんてわかりゃしない。肝心なのは生き残るかどうかだ」

そう言って立浪はシャツの裾を捲《まく》ってみせる。腰の部分に、ラウンジの飾り物ではない一振りのナイフが挟まれていた。おそらく彼の私物だろう。

彼は普段から誰かの恨みを買っている自覚があるということだろうか。

「君も、できるだけ剣崎さんについていてやれよ」

立浪が新しい煙草に火をつけたのと同時に、部屋に戻ったはずの名張が屋上に上がってきた。目が合うと「ちょっと外の空気を吸いに」と言った彼女だが、立浪の背中を認めるなりわずかに眉をひそめ、俺たちとは反対側に歩いていった。

俺は「先に戻ります」と立浪に言い、屋上を後にした。

## 八

部屋に戻り、時計を見ると四時半だった。

雨に濡れた髪を乾かすとベッドに倒れ込み、一眠りした。

一時間半ほど眠り、目を覚ます。相変わらず携帯は通じない。

俺は比留子さんの部屋を訪ねることにした。立浪と話したことでほんの少し意識したというのもあるし、彼女が今朝のまま謎に対して手をこまねいているだけとも思えなかったからだ。

彼女の部屋は二〇一号室。二階の南エリアの最奥、非常扉のすぐそばだ。剣も忘れずに。

ゾンビたちの襲撃を受けてからこの場所に来るのは初めてだったが、俺はその様態に唖然《あぜん》とした。非常扉自体は確かに重々しい鉄の造りで、俺たちが作った即席のバリケードよりもはるかに安心感がある。ところが、だ。扉の向こうからは、こうしている今もゾンビたちが扉を破壊せんとする衝撃音が絶え間なく続いていた。

ガァン！　ガァン！　ガァン！　ガァン！

そのたびに金属製の扉枠がわずかに軋《きし》む。半日以上衝撃を受け続け、ダメージが蓄積している。体当たりではない。肉よりももっと硬い、しかし金属ではない何かがぶつかっている。まるで木製バットでフルスイングしているような。

――もしや、頭か。

力加減を失ったゾンビたちが血肉をまき散らしながら扉に頭を打ちつける姿を想像して、身震いした。

俺は勘違いをしていたのかもしれない。籠城の急所は急ごしらえのバリケードで、金属製の非常扉は磐石《ばんじゃく》だと思い込んでいた。だが実際にはこちらの方がゾンビどもは力を発揮できるらしい。

原因は足場だろう。狭い階段しか足場がないバリケードと比べ、この扉の向こうにはある程度のスペースを持った踊り場がある。そのためゾンビは安定した姿勢で攻撃動作に移れるのだ。

それにしても。打音は当然比留子さんの室内にまで届いているはず。これでは一時も心が休まりはしない。彼女は相当ストレスを溜め込んでいるのではなかろうか。

ノックするとドア越しに「はい」と返事があった。

「葉村です。今いいですか」

「うわ、と。ちょ、ちょっと待ってくれる？」

少しばたついた音が聞こえ、三、四分経った頃にドアが開いた。

「ごめん。お待たせ」

「どうしたんですか」

するとと比留子さんは頬を赤らめ、着替えていたと答えた。だが見たところ、今朝と服装が違っているようには見えない。

「そうじゃなくて。昼寝をするために一度身軽な服装に替えていたんだ」

寝癖を気にしているらしく、何度も髪を撫でつける。昨日から思っていたのだが、彼女はやはりいいとこの育ちらしく、人一倍身だしなみには気を遣う傾向がある。

「裸か下着で寝てたんですか」

「馬鹿っ。ラフなシャツとパンツだよ」

「別にそれで出てきても気にしないのに」

「わ、私が気にするんだよ！」

さらに赤くなる。不意に先ほどの立浪の言葉が蘇って、彼女を直視できなくなった。

「ちょっと話がしたくなって」

「ちょうどよかった。私も誰かに話を聞いてもらいたいと思っていたんだよ」

中に招かれ、椅子に座った。

「さあ、どっちから話そう？」

少し考えて、俺の話から聞いてもらうことにした。

「こっちは相変わらずハウダニット――トリックに関することなんで。比留子さんの話を先に聞いちゃうとボロが出て出番がなくなるかもしれませんから」

彼女が頷いたので、話し始める。

「今朝の密室談義の続きです。いくつかの密室パターンについて話しましたが、実はずいぶん昔から、ミステリでは密室トリックの鉱脈は掘り尽くされたといわれているんです」

「それは大変じゃない。本が売れなくなっちゃう」

「ええ。ですが実際にはまだミステリは書かれ続けているし、密室を売りにした作品も存在し続けている。最近の作品の特徴の一つが、複数のパターンを組み合わせることで問題を複雑化することなんですよね」

トリックが仮に五つしかなくとも、そのうち二つを組み合わせれば十通りのネタができる。個別のトリック自体は簡単でも、複数の要素が絡み合えば非常に難解な謎に見せかけることは可能だ。

「というわけで、進藤さんの件でもいくつかのトリックを組み合わせてみました」

「それは楽しみだ」

ハードルを上げてしまったようで後悔したが、もう遅い。俺は話し始めた。

「まず、死体に残っていた噛み跡は、ゾンビではなく人間によるものだとします」

「人間が彼を噛み殺したと」

「はい。しかし比留子さんの指摘したとおり、俺たちの中にそれをやった者はいない。つまり第三者が進藤さんの部屋に侵入したことになる」

「となると紫湛荘自体とオートロックの二重の密室が問題になるね」

「はい。しかし内側の密室、つまり部屋の中へは進藤さん自身が招き入れたものとする」

「『同意殺人』パターンかい。外側の密室――ペンションへの侵入はどうするのかな」

「その誰か――仮にXとして、Xはゾンビが来る前から館内にいたものとしましょう。例えば管野さんは昨日俺たちを駅まで迎えに来た。その隙に忍び込むことはできたはずです。目的はわかりませんが、進藤さんは俺たちに内緒でXを紫湛荘に引き入れる計画だったんです」

「けどフロントからカードキーを拝借することはできなかったはずだよね」

さすが比留子さん。カードキーが配られる際、フロントに鍵がかかっていたのを覚えていたのだ。

「ええ。ですからXは客室ではなく一階のどこかに隠れていた。そして隠れているうちに夜になり、ゾンビに周りを包囲されてしまった」

「『最初から中にいた』パターン。Xは一階で籠城していたというわけか。それで?」

「夜になり皆が寝静まった頃、Xは二階まで逃げてきた。誘導したのは進藤さんでしょう」

「誘導たって、携帯は通じないよ?」

「内線電話があります。Xが最初から進藤さんと通じていたとすると、当然彼の部屋がどこかも知らされていた。一階のどこかから内線で連絡を取り、ルートや時刻を打ち合わせていた」

管野は昨晩一時頃に進藤と会ったと言っていた。もしその時に彼がXの避難を助けていたのだとすれば、エレベーターを一階に下ろしてやった可能性もある。

「エレベーターはさすがに危険じゃないかな。万が一ゾンビが乗り込んでしまった時、その計画がバレるだけじゃなくて私たち全員が危険に晒されるよ」

「だったら通気ダクトとかを通って来れないですかね。映画とかでよく見ます」

「出た、『秘密の抜け道』パターンだ。まあ、犯行後にXが二階から消えたことを考えるとエレベーターよりは現実的かな」

「そして進藤の部屋に招かれたXは彼を噛み殺し、メッセージを残して一階へと戻っていった」

　俺の推理を聞き終えた比留子さんは髪の束を化粧筆のように使って頬を撫でていた。

　完璧な推理に反論を思いつかず参っている、のではもちろんなく、むしろつっこみどころが多すぎて困っているのだと思う。なのに直接的な言葉でこき下ろさないところが優しい。

「ええと、Xが人間だとすると、なぜ進藤さんをあそこまで執拗に噛み殺したのかな。普通に殺せばいいと思うけど」

「確かに。じゃあこういうのはどうでしょう。殺されたのはXの方で、犯人は進藤さん。それを隠すためにはXの顔を判別できないくらい破壊しなければいけなかった。そのためにゾンビの仕業を装って噛み殺した。『入れ替わり』パターンです」

「でもそれだとメッセージを残した理由がわからないし、進藤さんは今一階で籠城していることになっちゃうし……」

　比留子さんは頭を抱えてしまった。申し訳ない。単にミステリの知識をふんだんに盛り込んでみたらこうなったのだ。

「あの、本気にしないでくださいよ。いくら顔が潰れてても髪型とかであの死体が進藤さんだったのはほぼ間違いないですし。ただホワイダニットを完全に無視すればこういうこともありえるんじゃないかと思っただけで。それより次は比留子さんの番ですよ」

　促すと、彼女は一旦髪から手を離した。

「私のはまあ、推理というよりただの愚痴なんだけれど。私たちは色んな可能性を考えたけど、それを一番ややこしくしているのはあの二つのメッセージなんじゃないかと思う。『いただきます』『ごちそうさま』のメッセージがあるばかりに私たちは推理の方向を捻《ね》じ曲げられてしまう。

つまり、『進藤さんの殺害には人間が関与している』ということと『その犯人は今もペンションの中にいる』という筋道を無視することができない」

「ええ。俺もそう思います」

そうなのだ。進藤が殺された現場はどう見てもゾンビの仕業なのに、あのメッセージのせいでそれを否定しなきゃならない。

「もしかすると推理の混乱こそがメッセージの目的なのかも。そもそもメッセージを二つ残しているのもおかしな話なんだよ。人間が関わっていることをアピールしたいのなら室内の『いただきます』だけでいい。私たちの中に犯人がいることをアピールしたいのならドアに挟んだ『ごちそうさま』だけで十分だ。わざわざ二つの場所にメッセージを残した理由こそ、謎の本質なのかも」

そういえば、俺は静原が『いただきます』の紙を見つけた時、気になったことがあった。

「『ごちそうさま』は丁寧にドアに挟んであったのに、『いただきます』の紙が置かれていた場所が適当すぎるなと思ったんですよ。どうせならもっと死体の近くに置けばいいのにって。それで考えたんですけど、部屋の隅で見つかったあの紙って、最初は誰も気づかなかったですよね」

比留子さんはすぐに俺の言いたいことを汲み取った。

「つまり私たちが部屋に入ってからこっそり置かれたものだというんだね」

「そうです。それなら誰にでもチャンスはあった」

「とすると、二枚のメッセージはどちらも外にあったものだということになる。つまりメッセージを残した人物は『いただきます』『ごちそうさま』という連続性のあるメッセージを用いることで、ゾンビではなく人間が部屋の中に立ち入ったと私たちに思わせようとした」

「その実、人間は部屋の中に入ってはいない」

代わる代わる、言葉を重ねてゆく。

「そうだね。それはありえる。ではメッセージを残した誰かは、進藤さん殺害とは無関係な人だったってことなのかな――」

まだ、謎は解けない。

その後管野に訊ねたところ、この建物の通気ダクトは狭く、また所々をダンパーで塞がれているので人間が通るのは不可能だった。こうして俺のミステリ特盛トリックはあえなく撃沈した。

九

午後七時半。昨日の今頃はバーベキューを楽しんでいたということが、遠い思い出のようだ。

夕食の席に七宮だけは姿を見せなかった。後で管野が届けてみるという。

相変わらず非常食中心だったが、缶入りのデニッシュパンがフランスパンのように斜めにスライスされてお洒落《しゃれ》に盛られていたのにはちょっと笑った。聞くと、少しでも食卓を明るくするために静原が工夫してくれたらしい。それに常温で食べられる煮物やご飯など、今時の非常食はメニューも豊富だ。食事に少しでも人の手が加わったと思うだけで気持ちが軽くなるのだから不思議なものだ。

食事中は比留子さんと俺、立浪がよく話した。そうでもしないとテーブルの雰囲気がすぐに暗くなるからだ。

名張は昼間にも増して顔色が優れず、端麗な細面《ほそおもて》が幽鬼のような陰鬱さを帯びてきている。元元神経が細いだろうに、この極限状況に心身をすりへらしているのだろう。静原は隣の高木が話を振ると一つ二つ言葉を返すが、それ以外は黙々とパンをちぎって食事を進めていた。重元はお気に入りのコーラをそばに置き、誰とも目を合わせずにテレビを眺めている。だが一同の口数を減らしている原因はなんといっても夜を迎えたことだった。

「誰が」

一瞬、誰の声かわからなかった。珍しいことに静原が自分から口を開いたのだ。

「誰が生み出したんでしょう、あんな化物」

根本的ながら、今まで誰も口にしなかった問題だ。ニュースによるとサベアロックフェスで体調を崩した観客から感染が広まったことに間違いはなさそうだ。そして明言はしていないものの、テロの疑いを匂わせている。だが、誰が首謀者かまでは――。

「マダラメだよ」

唐突にそう答えたのは重元だ。聞き慣れない単語に、その場にいた全員が顔を向ける。

「誰ですか、それ」

「わからない。でも、人名というより組織か、団体の名前だと思う」

「ニュースで言ってたか、そんなこと？」

昼間、かなりの時間をラウンジで過ごしていた高木が訝《いぶか》しむ。こと娑可安湖周辺のニュースについては地名が読み上げられるたびに齧《かじ》りつくようにして新情報を待っていたのだ。ネット回線も回復していない状況で、重元だけが皆と違う情報を持っているのはおかしい。

「昨日拾った手帳に書いてあったんですよ」

「手帳って、廃ホテルにあったやつですか」

やはり重元は他人の手帳を読んだのだ。俺は眉をひそめたが、重元はそれに気づかず頷く。

「わざとなのか、中身は色んな外国語が入り交じって書かれてた。気になってなんとかスマホの辞書で翻訳しようとしたけど、文章というよりメモみたいなものばかりで意味が摑めないし、専門用語っぽい言葉も多くてなかなか進まないんだ」

「で、マダラメってのはなんなんだ」と高木。

「外国語の中に唯一登場する日本語らしきものがMADARAMEだったんです。MADARAME org と表記されてる部分もあったから、organ、つまりマダラメ機関と呼ぶのが正しいと思うんですけど、それも詳しい説明はなかった。ただ、メモはどうやらウイルスの研究について書かれていたみたいです。不老だとか、死者っていう単語もいくつかありました。インターネットに繋がれば一気に読み進められると思うんですけど」

「けど、それがこの事件と関わりがあるとは……」

「それだけじゃないです。手帳の最後に、昨日の日付が書いてありました。Pandemic——パンデミックという単語と一緒に」

　場が静まり返る中、比留子さんが呟いた。

「廃墟内には誰かが生活したような痕跡もあったし、注射器も落ちていた。ひょっとしたらテロの実行犯が直前まで潜伏していたのかも」

「最低な奴ら」名張が吐き捨てた。「頭がイカれてるわ。ゾンビなんか生み出すなんて」

　ところがそれに重元は異を唱えた。

「それは違う。ウイルスを作ったのは彼らかもしれないけど、ゾンビの誕生を願ったのは世界中の人々だ」

「私は望んでないわよ。誰がそんなこと望むもんですか」

するとは重元はこれまでにない熱っぽさでまくし立てた。

「皆は当然のようにあの化物たちをゾンビと呼ぶけれど、それは間違いだ。そもそもゾンビというのはヴードゥー教の神官が作り出す奴隷《どれい》のことだ。ハイチでは神経毒を使って仮死状態にした人間を一度埋葬してみせるらしいんだけど、昔の白人たちにとってヴードゥー教は神秘性が強かったので、様々な憶測と想像が結びついてゾンビをモンスターに仕立て上げたんだ。一九三二年に公開された『ホワイト・ゾンビ』が映画で最初にゾンビを取り扱ったけど、そこでもゾンビはヴードゥー的な扱いで、人を襲って喰ったりしない。むしろ魔術によって操られる哀れな犠牲者として描かれているんだ。

人を襲い、頭を破壊しない限り動き続け、噛まれた者もゾンビになるという今のゾンビ像を作り上げたのは一九六八年のジョージ・A・ロメロ監督の『ナイト・オブ・ザ・リビングデッド』だ」

「昔、見たことがあるな」重元の熱に気圧されたように立浪が頷いた。

「あの映画が人々に与えたイメージが鮮烈すぎて、以後ゾンビは人を襲い、数を増やしていく化物として認識され、ホラーの代表格になった。けどゾンビにそういった特徴が与えられたのにはちゃんとした下地があったと思う」

「下地？」立浪が首を傾げる。

「不死身。墓から蘇って人を襲う。噛みつかれた人も化物になる。こういう特徴を持ったモンスターが、すでに人気だったたから」

「……ヴァンパイアか」

その答えに頷き、重元は弁舌をさらに振るう。

「ゾンビがヴードゥー系の奴隷として描かれていた時代、吸血鬼やフランケンシュタインといったモンスターの方が圧倒的に人気だった。その人気モンスターたちの特徴を取り入れたのがロメロ型ゾンビ、いうなればモダン・ゾンビというわけ。その証拠にそれ以降モダン・ゾンビ映画が急激に本数を伸ばすのと対照的に、ヴァンパイア映画の製作は下火になっていく」

隣の比留子さんが耳元で「これ、なんの話だっけ？」と囁《ささや》くが、俺は小さく首を振った。今は好きなだけ喋らせた方がいい。

「以後、九〇年代に第一次ゾンビブームが終息するまで、様々なゾンビ映画が作られ続けた。帝王ロメロの続編『ゾンビ』、スプラッターブームを作った『死霊のはらわた』、コメディ調の『バタリアン』。有名どころだけでも数えきれない。それから一時はホラーの主座をサイコ・キラーに取って代わられたゾンビ映画だったけど、二〇〇〇年代に入って『バイオハザード』のヒットをきっかけにまた息を吹き返す。『28日後…』、『ゾンビ』のリメイクである『ドーン・オブ・ザ・デッド』。帝王ロメロも『ランド・オブ・ザ・デッド』や『ダイアリー・オブ・ザ・デッド』など次々と新作を発表した。他にもゾンビ喜劇の傑作『ショーン・オブ・ザ・デッド』やPOVスタイルのスペイン映画『REC／レック』など表現も多彩だ。

けど僕が注目しているのは、ゾンビ映画がただのホラーではなく、時代ごとの社会風刺《ふうし》や人々の内面の変化を大きく反映している点だ。『ゾンビ』ではショッピングモールに立てこもった主人公たちが、ゾンビに包囲された絶望的な状況の中で商品に埋もれて豊かな生活をするという物質文化へのアイロニーが込められているし、『ダイアリー・オブ・ザ・デッド』では情報化社会とマスコミの功罪を大きなテーマとしている。アメリカの同時多発テロの翌年に公開された『バイオハザード』以降、ゾンビの原因として新種ウイルスによるパンデミックが主流なのも印象的だ。昔は原因なんてさほど気にせずに、墓からボコボコと復活したり、特殊な放射線のせいだとかいったりしていたからね。もはやゾンビは単なる恐怖やグロさだけでなく、逆に人の罪深さ、貧富による格差や弱者と強者の存在、友情や家族愛、仲間が一瞬にして敵に回るという悲劇性など様々な要素を表現しうる存在になった。人々はゾンビに自分のエゴや心象を投影するんだよ」

見事な熱弁だ。彼のことをゾンビマニア改め、ゾンビマスターと呼ぼう。

俺はゾンビマスターに訊ねた。

「じゃあ、このゾンビたちを生み出したエゴとはどんなものだと？」

「今の医学や生物学を見ていればわかるだろ。人工生殖や遺伝子操作、クローン動物の作成……人は倫理を犯しつつある。その過程でゾンビのような副産物が生み出されてもなにも不思議じゃないさ。学者はその技術自体に罪はないと言うだろう。正しく使用さえすれば問題ないと。けれどその扱いを託すのに人間ほど当てにならない生き物はいないんじゃないか。その自惚《うぬぼ》れの代償がこれだと、僕は思っている」

重元が息を吐いた。

彼曰く、ゾンビの発生は必然だったということだ。たとえこの場所でなくても、いつか世界のどこかで、ほんの一握りの歪んだ考えの持ち主が同じ事件を引き起こしていたはずだと。

俺は運悪くそこに居合わせただけだ。あの震災の時のように。

十

テレビの画面の左上に午後十時の表示が映る。

結局、進藤殺しについてはその犯人も手口も明らかになっていない。今夜も犯人の手から確実に逃れられる保証のある人間など一人もいないのだ。

高木が静原にくれぐれも戸締りに注意するように言い含めているのを聞いて、立浪がこんなことを言いだした。

「戸締りだの施錠だの言うけどね、俺からすればこうやって部屋の外にいる時まで鍵を閉めてしまうのは本末転倒だと思うんだよ」

「言ってる意味がよくわからない」高木がすげない返事をする。

だが立浪は嫌味なほど丁寧に意図を説明し始めた。

「建物の外に逃げられない状況で通常の防犯意識を持っていても仕方ないってこと。重要なのはゾンビが来た時にいかに素早く身を隠せるかだ。ゾンビに追われているのに鍵を開けなきゃいけないのは致命的な手間じゃないか。だったら空き部屋をそうしているように、自分が部屋の外にいる時はドアガードを挟んで半開きの状態にしておいた方がいいのさ。施錠するのは自分が室内にいる間だけでいい」

昼間、ずっと鍵を開けたままにしていた立浪の考えは確かに的を射ているように俺には思えた。だがその意見は女性には不評のようで、

「絶対やだ」と高木が即答し、

「おかげで一日中下品な音楽が垂れ流しになって洗脳でも受けている気分になったわ」と名張が愚痴を言えば、

「緊急時の対応としては賛成だけれど、自分のはしたない生活痕が人目に触れると思うとぞっと

しますね」と比留子さんも断固として拒否の姿勢を見せた。

こういう時女子の結束は固い。

「やれやれ。これだけガードが固ければ今夜は犯人も苦労するだろうさ」

苦笑する色男に高木が警告した。

「だが、名探偵が言うには部屋の鍵は外から簡単に開けられるらしい」

「へえ？　そうなんだ」

話を振られた俺は、今朝高木に話した針金を使ってドアを開ける方法を紹介した。

「なるほどね。オートロックも万全じゃないんだな」

みんなの不安を煽るようなことを言ってよかったのかと後悔したが、それについては立浪本人がフォローしてくれた。

「だが今朝の話では、進藤を喰い殺した犯人は俺たちの中にはいないという結論だったな」

「――ええ。そうです」

進藤をあれだけ嚙み散らかしておきながら口元が無傷だとは考えられない。

「だったらひとまずは外部からの侵入者にのみ注意しようじゃないか。進藤を殺した犯人は全身に相当な返り血を浴びたはずだ。なのに廊下には一切血の汚れがなかった。つまり犯人は残った血痕が示すとおり、ベランダから外に逃げたに違いない」

そう。先ほどの比留子さんとの話でもそういう結論になった。メッセージを残したのはまた別の人物ではないかと。

重元が聞いた。

「肝心なのはドアよりも窓だと言いたいんですね？」

「そういうことだ。常識では考えられないが、もし犯人が消防士ならはしご車で乗りつければベランダから侵入できるんじゃないか？」

「ダイナミックすぎでしょう」俺は思わず突っ込む。

「気に入ったなら小説にでも使ってくれて構わんよ。ともかく窓はしっかり施錠しておこう」

管野も皆を安心させるように言った。

「僕もなるべく見回りをしますので、安心して眠ってください」

「でも、管野さんは昨日もあまり寝ていないのでしょう。無理なさらないでください」静原が彼を労《いたわ》ると、なぜか名張も慌てたように同意した。

「そうよ。管理人だからって責任を背負い込む必要はないわ」

「ありがとうございます。でも、今は僕は僕なりの責任を果たしたいんです」

その後、話題は管野が紫湛荘で働き始めるまでなにをしていたかに移った。彼は以前東京の企業に勤めていたが、会社が倒産しふらふらしていたところ、知り合いの伝手《つて》で七宮の父親を紹介してもらい管理人の職を得たのだという。実家はどこかと高木が訊ねると、

「天涯孤独なんですよ。両親は早くに亡くなって、つい最近妹も事故で」

と言葉を濁した。

それから昨晩と同じように管野がコーヒーを出してくれた。コーヒーを飲んだ後も一同はとりとめのない会話を続けていたが、午後十一時くらいに眠気を訴えた立浪が最初に立ち上がった。

「先に寝させてもらう。明日、揃って会えることを願っているよ」

そう言って半開きのドアを開けた。その背中に重元が慌てて声をかける。

「今日はラジカセ切って寝てくださいよ！」

ドアが閉まる寸前了解というふうに片手が上がり、まもなくラジカセの音が消えた。不思議なもので静かになると今度は沈黙に耐えられなくなり、それを潮に場がお開きとなった。

「葉村君、送っていくよ」

昨日と同じく比留子さんがついてこようとしたが、なんだか彼女も眠そうにしているのに気づく。

「今日は俺が送ります」

「ええっ、どうして」

「だって比留子さんの部屋の方が気味悪いじゃないですか。もしよかったら、部屋替わりますよ」

「？――ああ、非常扉のこと。部屋にいると案外、エアコンの音とかで聞こえないものだよ。でもせっかく送ってくれるというのだから、短いデートといこうか」

そんな簡単な言葉で動揺する俺は、やはり単純なのだろうか。

欠伸《あくび》を噛み殺しながら比留子さんはぼやく。

「結局、いい考えが浮かばなかったよ」

進藤殺しのことだろう。

「仕方ないですよ。手がかりが少なすぎます。不審者もいない、全員のアリバイもない、犯行時間もわからないし手口もはっきりしないでは犯人にたどり着けませんよ」

「うーん、そういうことじゃ……まあいいか」

比留子さんは思わせぶりな言葉とともにとうとう大きな欠伸をし、部屋に着くとカードキーを挿し込んだ。

「おやすみ、葉村君。くれぐれも戸締りはしっかりかりね。窓も閉めて、武器も手元に置いておきなよ」

ドアが閉じる寸前まで彼女は手を振ってくれた。

ラウンジへ引き返す途中、今度は自室に入ろうとしている高木と出くわした。彼女も疲れているのか半目になりながら、

「あぁ……葉村。美冬が管野さんの片付けを手伝っているんだけど、部屋まで送ってやってくれるか」と頼んできた。

ちょっと意外な気がした。これまで高木が静原を部屋まで送っているのを何度も目にしていたし、男にそれを任せるのは彼女らしくないと思ったのだ。するとこちらの考えが伝わったのか、

「美冬がお前に話したいことがあるらしい。ついでに聞いてやってくれ」

そう言いながらカードキーを挿そうとするが、手元が怪しくなかなかうまくいかない。

「裏返しですよ」

半分寝ているんじゃないだろうか。俺がカードをひっくり返してやるとようやく鍵が開き、「すまん」と言って彼女は入っていった。

ラウンジに戻ると、残っていたのは管野と静原の二人だけだった。

「こっちはもう大丈夫ですから。おやすみなさい」

俺は静原とともに部屋に戻ることになった。エレベーターを見ると、ランプは三階を示していた。重元が乗って上がってしまったのだろう。こうなっては二階に呼び戻せないので、眠そうに目をこする管野に送り出され、俺たちは東側の階段へ向かった。

静原は歩く間じっと俯《うつむ》いたままだったが、俺の部屋の前に到着するとようやく口を開いた。

「本当はもっと早くに謝っておくべきでした」

まるで古い記録音声のような囁き声だった。

「謝る?」

「私がこうして生きているのは、明智さんのおかげです」

話したかったこととはそれか。明智さんを失ったのはつい昨日のことなのに、彼の名を聞いたのが本当に久しぶりな気がして、危うく涙腺《るいせん》が緩みそうになった。

「肝試しの時、ゾンビに囲まれた中で彼は必死に私の手を引いてくれました。それまで知らなかった私のことを」

「ああ」俺は頷いた。「あの人はそういう男だ」

「彼がいなければ私はとっくに諦めていたでしょう。それなのに——最後、階段を上りきって紫湛荘が見えた時、私は嬉しくて——彼のことを一瞬忘れてしまったんです。そして彼はゾンビの餌食になってしまった。私は、彼を助けずに逃げた。皆の方に」

脳裏にあの瞬間の光景が蘇る。階段の向こうへゆっくりと倒れていく明智さん。呆然としたその表情。宙を掻く長い腕。

深呼吸してそれらを振り払う。

「すみません。あなたの大事な先輩が死んだのは私のせいです。謝って許されるとは思いませんが、私にできる償いがあればどうか言ってください。お金でも、体でも」

その意味がわかっているのかいないのか、静原は頭を下げる。

少し報われるものがあった。明智さんの無謀な勇気を覚えていてくれる人がここにいたのだ。

ああ、そうだ。かのシャーロック・ホームズだって一度は宿敵との死闘の果てに滝壺へと転落し死亡したと思われていた。物語の中のワトソンのみならず、世界中のファンがその死を悼《いた》み、喪《も》に服した。だが彼は奇跡の復活を遂げたじゃないか。

俺は明智さんの死体をこの目で確認していない。いつも現場に首を突っ込んでいたあの無遠慮さで舞い戻ってきてくれるかもしれないじゃないか。彼のワトソンである俺がこのざまでは、その時彼に幻滅されてしまう。

俺は静原に顔を上げるよう求めた。

「もう謝る必要はない。明智さんだって君を恨んじゃいない。気を落とさずに、君の望むままに生きてくれれば、それでいい」

静原は唇を噛み、もう一度深く頭を下げた。

彼女に見送られて俺は部屋に戻り、カーテンを開けて外を見下ろした。

ペンションの光に照らされて、ゾンビたちの姿が闇にぼんやりと浮かんでいる。目を凝らしてみたが、その中に見知った顔は見つけられなかった。安堵すると同時に、消えた仲間たちは今もどこかで助けを求めているのではないかと想像してしまう。

そこでふと、右斜め先に見える部屋の窓からわずかに明かりが漏れていることに気がついた。進藤の部屋だ。どうやらデスクの明かりかなにかがつけっぱなしになっているらしい。

そうか、スイッチの位置だ。天井の照明やベッドスタンドの明かりはベッド横のナイトテーブルに並んでいるスイッチでまとめて操作できる。だがデスクの明かりだけはデスクの鏡の下についているスイッチでしかオン・オフができない。それで消し忘れてしまったのだろう。

まあ、どうということはない。もう寝よう。

だがその時の俺は知らなかった。

すでに犯人の魔の手は、二人目の標的に及んでいたことを。

# 第五章　侵　攻

## 一

世の中にはどうしようもないクズがいる。

己の欲望のためならば人の道を易々《やすやす》と踏み外す、外道《げどう》が。

奴もその一人。あの憎き男どもの同類だ。

だから、やった。今しかなかった。

なんとか――目的は達した。

ただ――彼女には申し訳ないと思う。

彼女が必死に事件解決に奔走していると知りながら、俺は平気で嘘をつこうとしているのだから。

## 二

まだ夜も明けきらない時間のことだった。

目が覚めた後、ベッド脇の鞄をまさぐっていた俺は、顔を上げて耳をすました。

不意にドアの外、遠くから叫び声が聞こえてきたのだ。

悲鳴かと思い反射的に息を潜めたが、そうではなかった。数秒と経たないうちに声の続きが、先ほどよりも近い距離で聞こえたからだ。

男の声。そう、それは管野の声のようだった。

時計を見ると、針は午前四時半になる寸前だった。

「大変だぁ！　ゾンビだ！　二階の非常扉が破られたぁ！」

声が遠ざかる。

二階の非常扉！

頭に比留子さんの顔がよぎった。

俺は部屋のドアノブに手をかける直前にそれを思いとどまり、ドアガードをかけて表にゾンビがいないか気配を探ってから慎重にドアを開けた。廊下の照明が目を焼く。

同時にすぐ隣のドアが開き、わずかな隙間から怖々《こわごわ》と静原が顔を覗かせた。

俺は怯える彼女と、無言のまま顔を見合わせる。

なにかよくないことが起きたのは確かだった。


管野が走っていったのは三階の南エリア。七宮の部屋がある方向だった。

「開けてください、兼光さん！　下の部屋が大変なんです！」

俺と静原が後から駆けつけると、管野はいつもの冷静さを失い七宮のドアを連打していた。その手に縄梯子が握られているのを見て、俺はようやく事態を飲み込んだ。

ゾンビが二階の非常扉を破壊して廊下になだれ込み、南エリアにいる比留子さんと高木が自室に取り残されているのだ。部屋のドアは外開きだが非常扉に比べればはるかに脆弱な造りで、ゾンビの攻撃に何時間も耐えられるとは思えない。一刻も早く助けなければ。

後ろから重元がやってきたのと、七宮の部屋のドアが開いたのはほぼ同時だった。

「なんだよ、ああクソ、下がやられたって」

下着のまま寝る派なのか、短パン一丁とマスクというヘンテコな格好の七宮が顔を見せた。

俺たちは管野を先頭に部屋に入ると、ベランダへと出て手すりに梯子の金具を引っ掛けた。身を乗り出して下を窺うと、ベランダからこちらを見上げる人影が見えた。

「比留子さん！」

俺の声に大丈夫だというふうに手を振り、垂らされた梯子に足を掛ける。重みで手すりが軋む。

「おい。この手すり、なんか音鳴ってねえか」

「人の重さに耐えられるんでしょうね？」

「わかりませんよ！　今まで使ったことないんですから」

狭いベランダに俺と管野と七宮が出て手すりを支え、重元と静原が固唾《かたず》を呑んでそれを見守る。

比留子さんの重さで若干外に撓《たわ》んでいるようだが、なんとか強度を保っている。比留子さんが一段上るたびに梯子は大きく前後に揺れ、俺は必死にそれを抑えながら叫んだ。

「ゆっくりでいいですよ！　落ちないで」

やがて手の届くところにまで上半身が到達し、管野と二人で比留子さんを引き上げた。

「――はぁっ、普段こんなの使わないから、手間取った」

俺にもたれかかるようにして比留子さんは安堵の息をつく。自分でもよくわからないうちに、一度だけ強く彼女を抱きしめた。

「次は高木さんです」

回収した梯子を手に管野は部屋の外へと飛び出してゆく。高木の真上の部屋はかつて下松が使用していた三〇二号室で、今は空き部屋となっているはずだ。一つの救出劇が成功したことで、俺もようやく視野が広がりつつあった。

七宮の部屋は、昨日彼がずっと引き籠っていた割には片付いていた。そういえば彼は潔癖性だったか。テーブルには個包装のマスク、非常食や真新しい飲料水のペットボトル、頭痛のためと思われる市販の鎮痛剤やコンタクト用の目薬などが几帳面に整頓されて載っている。

「高木さんは大丈夫でしょうか」

「うん、さっきベランダで顔を合わせたからね」

比留子さんが手に付いた手すりの白い塗料を気にしながら頷いた。

三〇二号室に駆け込むと、すでに下ろされた梯子から高木が勢いよく引き上げられるところだった。よかった。彼女も無事だ。

「他の人は？」

「二階は南エリアの扉を封鎖して、ゾンビはそこで食い止められています。今のところラウンジまでは侵入されていないのですが……」

そこで管野は何かを言い淀むように言葉を切った。嫌な予感がする。

「あの、立浪さんと名張さんは」

重元がここに不在のメンバーの名前を挙げた。

「名張さんの部屋にはまだ声をかけていないんです。というのも、実は――ラウンジで立浪さんが殺されていたんです」

その言葉を聞き、七宮が床にへたり込んだ。

三

立浪の死体は進藤の時と同じく、いや、それ以上に残酷な有様だった。

彼は二階に止まったエレベーターのカゴから上半身をラウンジの床へと乗り出すように倒れていた。おそらくカゴ内で殺されたのだろう、エレベーターの中は血の海と化し、ラウンジの床との隙間から血の雫《しずく》が闇の底へと滴《したた》り落ちている。死体を引きずり回したような跡の残る床、壁に飛び散った血。そしてなにより目を引いたのは立浪の体に残った傷だった。

進藤の時と同じく全身に夥《おびただ》しい嚙み跡が残っていたのだが、今回は嚙み跡だけではなかった。原形を止めぬ、といった表現がこれ以上相応しい状況があるかというくらい立浪の頭部が叩き壊され、頭髪は骨の欠片《かけら》と一緒に脳に食い込み、生前の端整なマスクは見る影もなかった。死体のすぐそばには凶器であろう鎚矛《メイス》が肉片をこびりつかせて転がっていた。鎚矛は長さ七、八十センチほどの柄の先に金属製の頭部がついた打撃用の武器だ。全力で振るえば金属バット以上の破壊力を生み出すだろう。

ともかく、立浪は見るもおぞましい死体と変わり果て、ゾンビ化して動きだす心配はないと思われた。そしてその砕かれた頭蓋《ずがい》に差し込まれるようにして、またしても一枚の紙が残されていた。その内容は、

『あと一人。必ず喰いに行く』

管野が名張に声をかけなかったのは好判断だったといえる。昨夜の時点で相当憔悴《しょうすい》していた彼

女が自分のいる部屋の目と鼻の先で起こったこの惨状を目にすれば卒倒していたかもしれない。けれど管野はミスを犯した。いや彼だけではない。俺を含め、その場にいた全員が知らず知らずのうちに、一人の女性について過信していた。

「おいっ！　剣崎！」

背後で高木の声が上がった。振り向くと、その腕の中に崩れ落ちる比留子さんの姿があった。彼女は、立浪の死体を見て気を失ったのだ。

ドォン！　ドォン！

絶え間なくラウンジに響く打音が、俺たちの心まで打ちのめす。


ラウンジから手近な管野の二〇三号室のベッドに寝かされた比留子さんは十五分ほどで意識を取り戻したが、その顔色はひどく青ざめていた。そばで見守っていた俺に気づくと、彼女は気丈な笑みを浮かべてこっちが居たたまれなくなるほど軽い口調で言った。

「んああ、いけない。気を緩めたところに死体を見たものだから、少しクラっときたよ。もう大丈夫。すぐに状況の確認を」

「駄目ですって。まだ休んでおかないと」

俺は請うような気持ちで彼女を寝かせようとしたが、比留子さんは冷たい手でそれを拒んだ。

「もういつゾンビが二階を占拠してもおかしくない。その前に現場を検証しておかなきゃ」

管野たちはすでに生活の拠点をラウンジから三階に移すべく、名張にも事情を説明して食料や飲用水の移動を始めていた。ゾンビは現在二階の南エリアで食い止められているが、非常扉に比べれば各エリア間の扉の造りはもろく、そう長い時間持ち堪えるとは思えない。

けれど俺は比留子さんを再びあの惨状の前に立たせることに躊躇いを覚えた。これまでいくつもの事件を解決してきた彼女のことだから、謎を解き殺人犯を捕らえることに人一倍使命感があるのかもしれない。だがこの場には刑事も鑑識もいない。犯人を捕まえたところで手錠も留置場もないのに、彼女一人の力でいったいなにができる？　これはミステリじゃない。現実だ。これ以上無理をさせるわけにはいかない。

「聞いてくださいよ、比留子さん」

冷たい手を握り、彼女の目を正面から捉えた。

「確かにこれは残虐な事件です。だけど今は生き延びることに専念すべきです。事件を解決する義務なんてない。なにがあなたをそこまで駆り立てるんです？　犯罪者が許せないからですか。解けない謎があるのが許せないからですか。でも今は自分の体を気遣ってくださいよ。比留子さんだって一人の女性なんだ。これであなたに文句を言う奴がいたら俺がぶっ飛ばしてやりますよ」

比留子さんはしばらくびっくりしたように大きな瞳を瞬かせたが、やがて小さく吹き出した。

「あはは。以前からなにか思い違いがあると思っていたけど、そうか。君は私が今まで義務感や正義感で事件を解決してきたと思っていたの」

「――どういう意味ですか」

「やだなあ。そんな格好いいもんじゃないよ。くくっ」

困惑する俺をよそにしばらく笑った後、比留子さんはため息をついた。

「あーあ、そんなふうに見られていたなんて、照れるじゃない。私はね、君の想像する名探偵なんかじゃないんだよ」

「けど、これまで比留子さんがいくつもの事件を解決してきたと聞きました」

「そりゃあ私の進言が解決の糸口になったことは何度かあるし、今じゃ警察内に知り合いがたくさんいるのも本当だよ。けどね、私はちっともそういう役割が好きじゃないの。むしろ事件が嫌いで嫌いで仕方ないんだよ」

「じゃあどうしてこれまで事件に関わってきたんですか。警察協力章をもらい、名探偵だなんて渾名《あだな》されるくらいに」

「それが間違い。誰かに請われたり、自分から望んで事件に首を突っ込んだりしたことは未だ一度もないもの。これはね、葉村君。体質なんだよ。危険で奇怪な事件にばかり引き寄せられるという、呪いにも似た私の体質。そういう意味で私は君の憧れる探偵たちとは違う。

依頼を受けてでもなく、好奇心を刺激されてでもなく、犯罪者への怒りでもなく、法の守護者としてでもなく、真実を知るためでもない。私はただ事件に巻き込まれ、そこから生き延びるために必死になって解決してきただけ」

俺は返す言葉を見失う。彼女は自分から事件に首を突っ込んでいたのではない。理不尽に降りかかる火の粉《ひこ》から逃げ惑っていただけだというのだ。

「呪われた子、と私は呼ばれている」

その話によると、比留子さんが生まれた頃から家や親族、グループ内で頻繁に事件が起きるようになったらしい。あまりにも警察のお世話になることが増えたから、公安に目をつけられた時期もあったという。そのうち比留子さんがいると不幸が起きるという噂が立ち始め、最初は本気にしなかった両親も、中学校に上がる頃には彼女を家から遠ざけるようになった。家を継ぐ二人の兄たちの身を案じる意味もあったらしい。しかし裕福な家だったこともあり、一人暮らしにも不便はなかったという。

「初めて殺人事件に巻き込まれたのは十四の時だった。中学校の修学旅行先で二人が殺されて、犯人は担任の先生だったの。それから一年に二回、三回と事件に巻き込まれる頻度が増えていって、今では三ヶ月に一度は死体を見る始末だよ。頻度が増すにつれて事件の凶悪性も増している。一つの事件で何人もの人が死ぬの。巻き添えになりそうになったことも一度や二度じゃない。怖くてたまらないんだよ。私には君の好きなミステリのように探偵という特等席は用意されていないの。一歩間違えれば私は事件の目撃者として、犯人に都合の悪い障害として、手頃な獲物《えもの》として、不幸な巻き添えとして殺されてしまう。だったら殺される前に犯人を暴くしかないじゃない」

そう立て続けに吐き出した比留子さんの口調が、不意に「だけどね」と優しくなった。

「そんな折にねえ、学内で耳にしたんだよ。神紅のホームズこと、明智さんの話をね。はじめは物好きな人もいるんだなあって思った。好きこのんで事件を探し求めるなんて、私には理解できなかったからね。けれど彼の話には続きがあった。その明智という男には助手がいるらしい、ってね。これこそまさに青天の霹靂《へきれき》だった。どうしてこんな簡単なことに気づかなかったんだろう。一人で立ち向かう必要はないんだ。そばで支えてくれる人がいれば、私はもっと生き永らえることができるかも、ってね。おかしいでしょ？——これが、君が欲しかった理由。君からすれば迷惑この上ない話だと思うけれど、ミステリ好きな君なら私の体質も受け入れてくれるかもなんて期待して、結局こんなことになっちゃった。ごめんね、本当に」

自嘲《じちょう》的な告白は鎚矛《メイス》よりも重い一撃で俺を打ちのめした。

俺は比留子さんのことをミステリの世界に生きる超人的な探偵たちと同じ存在だと思い込んでいた。俺や明智さんが欲してやまない資質を当然のように持ち合わせるこの人を、眩しく、また心のどこかで妬《ねた》ましく感じ、助手として俺をスカウトする姿勢を無神経だとすら思った。

そんな人でないことは、この二日間で十分にわかっていたのに。

時に子供のような無垢さでこちらをどきりとさせたり、本心を隠すことが下手だったり、思わぬ部分で恥じらいを見せたり、年相応の女性らしさをいくつも感じさせてくれたはずなのに。

むしろ彼女の目には俺たちの方が滑稽《こっけい》に映っていただろう。ミステリだ探偵だ、密室だトリックだ。馬鹿馬鹿しい。なんという不謹慎。比留子さんが事件を通して向き合っていたのは自分の命そのものだったのに。

そして今も、彼女はこの状況から生き残るためだけに謎に挑もうとしている。

「行かせて、葉村君。私たちにはもうあまり時間がない」

だが、それでも——彼女に無理はしてほしくない。

俺は悩んだ末、一つの妥協案を提示した。

「まずは全員の証言をすり合わせて、昨晩なにが起きたかを整理してからにしましょう。先に現場を見たところで混乱するだけです。無駄足を避けるためにも状況の把握を第一に考えるべきです」

「……うん」比留子さんはわずかな沈黙の後に頷いた。「さすが神紅のワトソン。君の言うとおりだ。まずは皆の話を聞くとしよう」

彼女を説き伏せられたことに俺はひとまず安心し、同時にざらついた感情を覚えた。

俺は、ワトソンなんかではないのに。

# 四

三階のエレベーターホール。昨夜まではなにもなかった場所に簡易テーブルと人数分のパイプ椅子が並べられ、俺たちは集まった。

もはや二階がゾンビに占拠されるのも時間の問題だ。俺たちに残された空間は三階と屋上のみ。もしゾンビが東階段のバリケードを突破、あるいは三階の非常扉から侵入してきた場合、倉庫から屋上へと逃げざるを得ない。だから倉庫からほど近いこの場所が新たな拠点に選ばれた。

立浪が死んだ今、話し合いを進行するのはやはり比留子さんだった。寝巻きのまま部屋を脱出することになった彼女は、静原から借りた上着を羽織っていた。

「まず皆さんから話を聞く前に確認しておきたいことがあります。私は昨晩、部屋に戻る前後から強烈な眠気を感じ始め、倒れ込むようにして眠りにつきました。そしてさっき、ゾンビたちが非常扉を打ち壊して廊下になだれ込んだのにも気づかず眠りこけていたのです。しかも起きた時、手に力が入りにくくふらつきもあった。今思い返してもあれは異常です。おそらく皆さんもそうだったのではないですか」

するとロ々に肯定の言葉が上がった。

「そうだ。あたしも手に力が入らなくて、梯子から落ちるかと思った」

と高木が言えば管野も、

「ええ。昨晩も本当は一時間ごとに見回りをしようと思っていたんです。なのに一度仮眠をとったら携帯のアラームが鳴ってもちっとも気づかなくて……そのままずっと眠っていました」

と同意する。静原や不眠症の名張でさえおおよそ同じような状況だったようだ。

「これはもしかして……」

「ええ、我々は睡眠薬を盛られたということになります」

一同の顔に緊張が走る。それは紛れもなく、この中に犯人がいることを示しているからだ。

「いよいよはっきりしたな。部屋に籠っていた俺はなんともなかった。つまりお前らが昨日揃って食ったものの中に薬が混入されてたってことだ。お前らの誰かが殺人鬼なんだ！」

「適当なことを言わないで！」

七宮が恐れと怒りに血走った目でこちらを睨み、名張がそれに噛みつく。

「あのう、ちょっといいかな」おずおずと重元が切り出した。「実は僕もなんともなかったんだ」

高木が眉をひそめる。

「どういうこと？　睡眠薬の入ってない皿があったってこと？」

重元が首を振った。

「いや。僕が口にしなかったものが一つだけあります。食後のコーヒーですよ。僕は普段コーラしか飲まないから、昨日出されたコーヒーも口をつけなかったんです」

俺もそこに加わった。

「実は俺も、コーヒーを飲んでないんです。夜もおかしな眠気は感じませんでした」

すると七宮が疑り深い目をこちらに向けた。

「飯は食ったのにコーヒーを飲まない奴が二人も同時にいたのか？」

「コーヒーアレルギーなんですよ、俺」

「コーヒーアレルギー？　なんだそりゃ」

「私、聞いたことがあります」助け船を出してくれたのは看護科の静原だった。「遅発性のアレルギーで、飲んでから数時間後、長ければ数日後に体調の悪化が見られるそうです。似たような症状でカフェイン中毒との判別が難しいらしいですが」

「俺の場合、緑茶とか紅茶は大丈夫なんです。実証してみせてもいいですけど、迷惑かけますよ」

「いや、それには及ばないよ」比留子さんが言った。「確か君と初めて顔を合わせた喫茶店でも、明智さんはコーヒーを注文していたのに君はクリームソーダを飲んでいたね」

さすが、そこまで覚えていたか。

「ともかく、睡眠薬がコーヒーに入っていたとすると納得がいきます。確か一昨日も、管野さんがコーヒーを入れてくれましたね？」

「ええ。確かに」

「つまり昨日も同じようにコーヒーが出ることが予想できます。もし出なくとも、飲みたい素振りを見せれば管野さんが入れてくれたでしょう。あのコーヒーメーカーは専用カプセルにポット内の熱湯を注いで作るタイプですから、ポットのお湯に睡眠薬を混ぜておけばいい。夜までにコーヒーメーカーに近づくチャンスは誰にでもあった。他のもの、例えばウォーターサーバーなんかに混ぜても全員がそれを飲むとは限りませんからね。コーヒーを選んだのは賢い方法です」

まさか夕食の時点ですでに下準備が進められていたなんて。いやそれよりも、これで俺たちの中に犯人がいることが決定的になってしまった。

「ともかく、数人の例外はあったものの犯人は私たちに睡眠薬を飲ませ、夜間の行動を制限したわけです。まずは各人が部屋に戻ってから起きたことを整理しましょう。私から話させてもらいます」

比留子さんの声には有無を言わせぬ迫力があった。七宮は細かく貧乏ゆすりを刻み、またもこめかみを叩いている。管野は自分の考えをまとめるように何度も小さく頷き、名張はまるで現実を拒絶するかのように頭を抱えていた。

「昨晩、私は葉村君に見送ってもらい部屋に戻りました。強い眠気を感じてベッドに潜り込んだのは、たぶん十一時半くらいだったと思います。それから一度も起きることなく眠り続け、ふと電話の音が鳴っているのに気づいて目を覚ましました」

「電話？」俺が聞き返した。

「内線電話だよ。どこの部屋からかはわからない。あの電話機には表示画面がないからね。とにかく、かなり長い時間電話は鳴っていたんだと思うよ。私は重い頭を振りながら受話器を取った。するとそこから、奇妙な声が聞こえてきたんだ」

昨日とはまったく異なる展開に全員が困惑を顔に浮かべている。

「まるで、あのゾンビたちが漏らしている呻き声みたいでした。男か女かもよくわからない、ただ『うう～』とか『ああ～』みたいな声が十秒くらい続いて電話は切れました。最初は悪戯かと思ったんだけど、そこで初めて部屋のドアが叩かれていることに気づいたんです。ノックというより酔っぱらいが体をぶつけているみたいな、不規則な音でした。ドアに耳を当てると、明らかに大勢が廊下をうろついている気配がする。ようやくゾンビが非常扉を破ったんだと気づいた私は、すぐさま二〇三号室の管野さんに電話をかけました。その時初めて時計を見ると、四時二十五分だったのを覚えています。けれど管野さんも睡眠薬が効いていたんでしょう、電話に出るまでだいぶ時間がかかりましたね」

話に登場した管野が申し訳なさそうに頷く。

「ええ。本当にぐっすり眠っていて気づきませんでした」

「三十秒くらい経って電話に出た管野さんに、まずはゾンビが南エリアに入り込んでいることを伝えて、館内の状況の確認を頼みましたね。もしラウンジにまでゾンビが来ていたら、管野さんも外に出られませんから。可能であれば上の階から梯子を下ろしてくれるよう頼んで電話を切りました。通話時間は二分くらいだったでしょうか」

現段階では、犯人以外に一番早く目が覚めたのは比留子さんのようだ。

「続いて隣部屋の高木さんに電話をかけました。彼女がうっかり廊下に出てしまってはいけないと思ったからです。彼女は十秒もしないうちに出たと思います」

「あたしも完全に眠らされていた。廊下の異変にも気づかなかった」

「高木さんに状況を説明し終えて少し経つと、管野さんたちが上の七宮さんの部屋から梯子を下ろしてくれて、部屋から脱出できたのです。私の状況はこんなところですね」

続いて口を開いたのは管野だった。

「昨晩ラウンジを出たのは僕が最後ですね。葉村さんと静原さんが東の階段へと向かったのを見届けてからいつものように二階と三階を見回って、東エリアの扉の鍵を閉めました。エレベーターは三階で止まっていましたね。その後部屋に戻って、前の晩のように携帯のアラームをかけて横になりました。しかし剣崎さんの話にあったとおり、彼女の電話で起きるまでずっと眠ってしまっていたんです。ようやく呼び出し音に気づくと同時に、ずっと眠りこけていたことにゾッとしましたよ。確か四時二十五分のことで、通話中に二十六分になりましたね。ゾンビが侵入していると聞き、電話を切った後注意しながら部屋の外に出ると、ラウンジにゾンビは見当たりませんでしたが、立浪さんがあの状態で倒れていたんです。僕は混乱しながらも彼が亡くなっていることや、周りの状況を確かめました。すると、昨晩鍵を閉めていたはずの東エリアの扉が開いており、代わりに開けっ放しだったはずの南エリアの扉が閉じていることに気づいたのです」

確かに閉めておく決まりになっていたのは、バリケードに近い二階東エリアの扉だけだったはず。

「では南エリアの扉を閉めてゾンビを足止めしたのは管野さんではないのですね」

「僕が起きた時にはすでに閉まっていました。しかし南エリアの扉には鍵がかかっていなかったのです。ただ扉が閉まっているだけで、ノブを捻ればすぐに開く状態だったんですよ」

「鍵はどこに？」

「いつものようにテレビ台の上に置いてありました。それを見て慌てて南エリアの扉に鍵をかけたんです。ゾンビに扉を手前に開くという知恵がなかったから助かりましたが、一歩間違えればラウンジまで占拠されて、僕たちも部屋に閉じ込められていたところですよ」

なんとも奇妙な展開になってきたと感じながら、話の続きに耳を傾ける。

「僕はこう判断しました。立浪さんの死体は一旦置いておくしかない。今は南エリアに取り残された剣崎さんと高木さんを助けるべきだと。しかし死体の状況があまりにも惨かったので名張さんにはショックが大きいかと思い、そのまま三階に向かいました。一人一人を起こして回る暇もなかったので、大声で叫びながらエレベーターホールで縄梯子を拾い、そのまま兼光さんの部屋に向かったんです」

俺が部屋で聞いた叫び声はその時のものだったのだ。

「その後は皆さんと行動したとおりです。寝ていて気づかなかった可能性もゼロではありませんが、僕の部屋に電話をかけてきたのは剣崎さんだけで、不審な電話はありませんでした」

次に口を開いた高木の話は、おおよそ前の二人の証言を裏付ける役割を果たしたが、一つ変わった点があった。

「あたしは昨晩ラウンジで管野さんや美冬と別れた後、廊下で葉村に出くわして少し喋ってから部屋に入ったな。あの時も眠気がひどくてカードキーがうまく使えなかったんだ……。眠ったのはだいたい、十一時過ぎだと思う。一度も目が覚めることはなくて、剣崎からの電話で起きたんだ。だけど……剣崎の電話が鳴る直前までも、けっこう長いこと電話が鳴っていたような気がする。十秒や二十秒じゃない。一分以上は鳴ってたんじゃないか。その時は頭がぼーっとしてて、電話に出られなくて。その電話が一度切れた後、すぐにもう一度電話が鳴った。そこでようやく頭が冴えて電話に出たら剣崎からだったんだ。剣崎、お前が何度かかけ直したか？」

「いいえ。私は一度だけ」

「そっか……。とにかく、剣崎からの電話に気づいて時計を見たら、ちょうど四時二十八分になった時だったよ。とにかく廊下には出るなと念を押されたけど、外からドアを叩かれてたから近づく気にもならなかった。その後は皆に助けられただけ。他に気がついたことはなかったな」

最重要の三人の話が終わり、比留子さんが一同の顔を見渡したので俺が次に話すことにした。

「すでに証言があったとおり、昨晩は比留子さんを部屋に送った後、高木さんが部屋に戻るのも見届けましたね。その後ラウンジにいた静原さんと一緒に三階に上がり、少し話をして部屋の前で別れました。俺は睡眠薬を飲まなかったみたいだから、昨晩はわりかし遅くまで起きていたと思います。何をするでもなくベッドでゴロゴロしてて、寝ついた時間ははっきりしません。一時か、一時半かそれくらいでしょうか。朝になってふと目が覚めると廊下から管野さんの叫び声が聞こえました。二階の非常扉が破られた、と言ってましたね。確か四時半少し前でした」

　管野を見ると、頷きが返ってきた。

「とにかく驚いて、ドアガードをかけたまま廊下を覗き込みました。ちょうど隣の部屋から同じように顔を覗かせた静原さんと目が合って、それから二人で管野さんの後を追ったんです。俺の部屋には誰からも電話はかかっていません」

「となると、犯人は私と高木さんに絞って電話をかけたということかな」

　比留子さんは考える時の癖で髪の先を唇に当てながら、次に静原に話を促した。

　静原の証言もおおよそ俺と同じものだった。彼女は睡眠薬の影響で意識を失うように眠りについたが、管野の叫び声が聞こえて目が覚めたらしい。時間について彼女ははっきりとしたことを覚えていなかった。

　残る名張と重元、七宮の証言についても、目新しい発見はなかった。名張はすべての騒動が終わるまで自室で眠りから覚めなかったというし、重元と七宮は俺や静原と同じく、管野の声が聞こえるまで二階の異変に気づかなかった上に、どこからも電話はかかってこなかったという。

　話を聞き終えた後、比留子さんはあらためて殺害現場を見に行くと言いだした。

「いつ二階に入れなくなるかわかりませんから」

「僕も行きましょう。万が一ゾンビが扉を破ってきたら大ごとだ」

　そう言って管野が剣を握った。

「俺も行きます」「……じゃあ僕も」「――ふん」

　意外なことに、静原と高木を残して他の全員がついてきた。犯人が誰かわからないままなのは御免《ごめん》だと思ったのかもしれない。

## 五

ラウンジに着くと、管野は南エリアの扉の前に陣取り、ゾンビに備えた。相変わらず扉の向こうから体をぶつける音が聞こえる。

マスクをつけた比留子さんが真っ先に向かったのはエレベーターの扉に挟まったままの立浪の死体のところだった。損傷の酷い頭部には布が掛けられているが、また彼女が卒倒するのではないかと、俺はなるべく彼女の近くに控えた。

「酷いね。頭を完全に潰されている。けどおかしな話だよ。進藤さんの時はこんなふうに止めを刺していなかったのに」

そういえばそうだった。なぜ今回は止めを刺されたのだろう。もしかして進藤を嚙み殺したのはゾンビではなく、止めが必要なかったのだろうか。

「見てごらん、ここ」

比留子さんが指し示したのは立浪の手首。そこに鬱血《うっけつ》した跡のようなものが帯状に残っていた。

「きっと紐か何かで縛ったんだろうね。口元にも残っているから、猿轡《さるぐつわ》もされたんだろう」

昨日、屋上で愛について語った立浪。俺に比留子さんについててやれと言った立浪。そして全員揃って朝を迎えることを望んだ彼が、たった数時間でこんな姿になってしまった。

女性については問題もあったのだろうが、俺は彼を嫌いになれなかった。

「きっと眠っているところを狙ったんでしょうね」

「うん。となると……」

次に調べ始めたのは、立浪の部屋のドアだった。すでにマスターキーで開けられ、ドアガードが挟まっている。彼は睡眠薬によって深く眠り込んでいただろうから、犯人は自力で部屋に押し入ったことになる。いったいどうやって鍵を開けたのか。

かがみ込んだ彼女が、おや、と声を上げた。室内側のドアレバーの下に、ティッシュ箱が貼り付けてあったのだ。

「これはきっと、昨日葉村君が話した針金を使った解錠トリックへの対策だね」

「ええ、うまい手です。これなら箱が邪魔になってレバーに針金を引っ掛けられない」

つまり、昨晩針金トリックは使用不可能だったことになる。

「ちょっと椅子を持ってきてくれる？」

続いて比留子さんはドアの上部を調べる。すると、

「埃が不自然に払われたような跡があるね。葉村君、君も確認してよ」

彼女の指摘は正しかった。滅多に掃除などされないであろうドアの上辺に薄く積もった埃が、端から数十センチに渡り拭き取られたようになくなっていた。

「これをどう見る？」

「紐を使ってドアガードを外した跡でしょう。なんらかの方法で鍵を開けた後、薄く開いたドアの隙間からガードに紐を引っ掛け、ドアの上を通して一旦閉める。そしてドアを閉じたまま紐を横にずらせばガードが外れるといった寸法です」

「ということは、犯人がドアから侵入したことは間違いなさそうだね」

それから俺たちは協力してドアやその周りの床の隅々まで調べたが、他にこれといった形跡は見つけられなかった。一応部屋の中も調べたが、やはり昏睡《こんすい》している間に体の自由を奪われたの

か、争ったような形跡もない。彼愛用のラジカセは部屋に入って左の奥、ベッドの陰に隠れるようにしてコンセントと繋がっていた。

するど部屋の外から俺たちの様子を見守っていた名張が訝しげに言った。

「ねえ、そもそも犯人がこの部屋に侵入できたとして、そして眠っている立浪さんを拘束できたとして、よ。彼をエレベーターまで引きずっていけるのは男だけじゃないの？　立浪さんは私たちの中でも一番長身だし、スマートだけど体重もたぶん七十キロはあるわよ」

これはかなり現実的な問題だった。ミステリでは無視されがちだが、自力での死体の運搬は相当体力を使う。おまけにラウンジでは絨毯が滑り止めの役割を果たし、引きずるのも一苦労だ。

「ああ、それは大丈夫だと思いますよ」比留子さんは思いのほかあっさりと答え、「葉村君。君も六十キロ台後半くらいだよね。ここに脚を伸ばして座ってくれる？」と床を示す。

俺が言われたとおりの姿勢になると、後ろに回った。

「人を持ち上げるのはコツがあるんですよ」

そう言って俺の両脇を下から掬《すく》い上げ、そのまま持ち上げようと引っ張るが、当然小柄な彼女の力では足りない。

「普通の人はこうやって脇を掬い上げようとしたり、抱っこするような感じで持ち上げようとしたりします。ところがこれではなかなか持ち上げられない。自分と相手の重心が離れすぎていて、腰の力だけで持ち上げようとするからです。ですからこう――」

やにわに、背中に比留子さんの胸が押しつけられた。

比留子さん！　小柄なくせしてなんて凶悪なものを持っているんだ！

「できるだけくっついて、重心を近くするんですよ」

耳元に息がかかる。直下型地震のように揺れる俺の純情を気にする気配もなく、比留子さんはより前に両腕を差し込んだ。さっきと変わったのは肘を伸ばして手のひらを前に突き出していること。そして右肘だけを床と水平に曲げ、自分の左腕を掴む。組体操の神輿《みこし》の下段のような感じだ。俺の両脇は彼女の上腕部に乗っている。さらに彼女は俺を股で挟むほど体を密着させ、

「それじゃいくよ」

すんっ、というスムーズな動きで、俺は比留子さんと一緒に立たされていた。まるでクレーンに持ち上げられたかのようだ。

「ほら、できました。腰じゃなくて、両脚の力でまっすぐ上に立つ感覚でやるのがコツです。古武術や介護とかでもよく使われる技法ですよ。一番小柄な静原さんも私とほぼ同じ体格ですから、こんな感じで引きずるくらいなら誰でも可能だと思います」

ううむ、すごい。すごいのだが、それは全員に犯行が可能ですよと言っているに過ぎない。

比留子さんに悪気はないだろうが、無邪気に感心するのも微妙な実演だった。

するとその様子を見ていた七宮が堰を切ったようにまくしたてた。

「考えたら、誰が犯人かなんて決まっているんだ。進藤の時といい、今回といい、マスターキーを持っている奴がいたんだからな。そいつなら誰にも邪魔されず、簡単に部屋に出入りできたはずだ。違うか、名張？」

名張が幽鬼のように落ち窪んだ目で七宮を見上げた。

「私を犯人だと疑っているの？」

「ああ、そうだ。それに昨日の朝、お前はこう言っていた。普段から睡眠導入剤を使っていると。コーヒーに混入されていたのはお前の薬なんじゃないか？」

どちらの事件も被害者は全身を嚙み荒らされており、ただ部屋に入れればいいというような単純な犯行ではないのだが、七宮はそのあたりを深く考える余裕を失っているようだった。

するとと名張は膝を見るように俯き、肩を震わせた。俺はそれが屈辱、もしくは怒りによるものと思ったのだが、違った。

彼女は急に髪を振り乱し顔を上げたかと思うと、空が割れたかのような高笑いを始めたのだ。

「あーーっははは！　はぁーはっはっはっは！」

まるで狂者の役を演じているかのような、鬼気迫る笑いだった。これには七宮も気圧され、息を吞んで様子を見守る。

ひとしきり笑った名張は、管野の方を振り向くと一転して穏やかな口調で言った。

「ほら、管野さん。私の危惧したとおりだったでしょう。あのキーのせいで私に罪をなすりつけようとする愚か者が現れたでしょう」

哀れな管理人はいかにも気まずそうに、俺たちに向かって打ち明けた。

「すみません。先ほども隠しておくのは申し訳ないと思ったのですが」

「どういうことですか」

「実は昨晩、皆さんが引き払った後のラウンジに名張さんがいらして、彼女に預けていたマスターキーを僕のカードキーと交換したのです」

これには七宮のみならず、俺たちも驚いた。

管野が持っていたキーは元々名張が使用し、今は空室となっている二〇六号室のものだったはず。名張はポケットから、まさにその二〇六と印字されたカードを取り出してみせた。

「この人は悪くないの。皆に黙っているように、私が頼んだのよ」

先ほどの追及のお返しとばかりに名張の語気が強くなった。

「進藤さんが殺された時点でわかったわ。この先同じような事件が起きれば、マスターキーを持っている人が真っ先に疑われる。真夜中のアリバイなんてあるはずないし、一度かけられた疑いを晴らすのはほぼ不可能だってね！　だから誰にも知らせず管野さんにマスターキーを返したの」

なるほど、これでは昨晩名張が立浪の部屋に入ることはできない。

比留子さんが口を挟んだ。

「名張さん、普段服用されている薬を見せていただけますか」

「ええ、もちろん」

管野がマスターキーで二〇五号室の鍵を開けると、名張はすぐに薬を持ち出してきた。差し出されたそれを眺め、比留子さんは頷いた。

「昨日犯行に使われたのはこの薬ではないですね」

「どうしてそんなことがわかる！」さっそく七宮が嚙みつく。

「以前、睡眠導入剤が使われた事件に関わったことがあるんです」

比留子さんはしれっと答えた。

「睡眠導入剤と睡眠薬はほぼ同じものですが、特に寝つきに作用する、作用までの時間が短いものを睡眠導入剤と呼びます。種類によって作用までの時間、持続する時間に違いがあるのですが、名張さんがお使いの薬は超短時間作用型と呼ばれる代物で、比較的軽度な睡眠障害の方に処方されるものですよ。飲んでから効き始めるまでの時間が短く、また効果が切れる時間も早い。ただ眠りにつきやすくするための薬です。私たちが感じた起床時のふらつきや筋弛緩《しかん》作用は起こりえないと思います」

「だったら、だったら管野が犯人だろう！　こいつがマスターキーを持っていたなら」

自棄糞《やけくそ》気味な七宮の主張を今度は名張が一蹴する。

「彼に鍵を返したのは私の意思よ。そうなることが彼に予想できて？　まして、私は疑いがかかるのが嫌で鍵を返したのに、管野さんが馬鹿正直にそれを使って犯行に及んだというの？　さっきからちゃちな推理を吹っかけてくれるけど、ここはあなたの親の物件じゃない。合鍵の一つくらい持っているんじゃないの、お坊ちゃん？　去年はずいぶんとオイタをやらかしたそうだし」

彼女も噂くらいは聞いていたのだろう。こてんぱんに切り返されて七宮の顔が赤を通りこして青に染まった。七宮は「ぁぁぁあああああ！」という怪鳥のような叫びを上げた後、

「くそったれ！　お前らみたいな殺人者の集まりと一緒にいられるか！」

とラウンジの壁に掛かっていたボウガンに飛びついた。一同に緊張が走る。

「なにをするつもりですか！」

「俺の部屋に一歩も近づくな。来たら撃ち殺してやる！　いいな、警告はしたぞ！」

そう捨て台詞を残してボウガンを手に猛然と三階へと駆けていった。

六

管野の「……すみません」という呟きとともに気まずい沈黙が流れたが、比留子さんは「調査を続けましょう。時間がない」とドライな対応を見せる。重元も肩をすくめて、

「どうせ矢は一本しかないんだ。放っておけばいい。すぐ飛び道具を選ぶのは素人だよ」

と去っていった七宮をこき下ろす。名張は先ほどと比べてやや血色のよくなった顔つきで、

「あの人、高木さんたちに変なちょっかいかけないかしら。私、様子を見てくるわ」

と言って三階に向かった。

比留子さんはラウンジに戻り、しばらく手がかりを求めてテーブルの周りを歩いていたが、これといった発見はなかったらしく管野を振り返った。

「管野さんから見て、普段と変わった様子はありませんか」

「そうですね……。特に目立った違いはないみたいですが――そういえば」

管野はテレビの横に鎮座している九体の銅像に歩み寄った。アーサー王やダビデなど九偉人の姿を模した、腰の高さほどの全身像である。

「ほんのちょっとですが……こいつらの向きが変わってるかもしれません」

「向き？」

「並びの順番はいつもどおりですけど、微妙に顔の向きが違う気がします。いつもは視線がテーブルにまっすぐ向くように並べておくのですが、今は右端の二体がそっぽを向いている感じです」

俺たちには違いがまったく思い出せないが管野は銅像の手入れをする機会も多い。

「ただ、ひょっとすると僕が見た後に誰かが触ったのかもしれません。犯人の仕業という根拠はないですよ」

俺は銅像の一つに歩み寄って重さを確かめてみる。

……相当重い。せいぜい一メートルくらいしかないくせに、四、五十キロはあるんじゃないか。なんとか持ち上げることはできるが、武器として使うのは男でも無理だ。

そう伝えると比留子さんは、わかりました、と頷いて再び立浪の死体へと歩み寄った。

「もう一つ不思議なのは、やはりこの噛み跡です。進藤さんの時と同じですよ。服の繊維《せんい》が引きちぎられているし骨まで噛み砕いているところもある」

「じゃあやっぱり犯人はゾンビなんだ！」重元が興奮気味の声を上げた。

「ゾンビが俺たちに睡眠薬を飲ませたっていうんですか？」俺が疑わしげに聞くと、

「全員に知能がないとは限らないよ。『ランド・オブ・ザ・デッド』ではゾンビの一人が銃の扱いを覚えて、他のゾンビを指揮して人間と戦うからね。それにゾンビ化の原因が細菌やウイルスである以上、抗体を持っていたり適合したりする人間がいる可能性は否定できない」

ゾンビマスターの主張に管野は顔を歪めた。

「人間並みの知性を持ったゾンビだなんて、本気ですか？」

「管野さん、忘れちゃいけない！　彼らは元々人間ですよ！　そいつは他のゾンビと一緒に非常扉から入ってきたんだ。そして立浪さんを殺して、南エリアの扉から出ていった。だから鍵が閉まっていなかったんだ」

「では、剣崎さんと高木さんにかかってきた電話は」

「そのゾンビがかけたんだ！」

ゾンビマスターは絶好調だ。彼の推理は常識のラインをはるかに踏み越えているが、本当にそんな奴がいるとすれば今回の犯行も可能かもしれない。

比留子さんは一旦それを認めた上で、こう反論した。

「ええ。それでもこの立浪さん殺害については矛盾が生まれます。今あなたが言ったように非常扉を破壊して入ってきたゾンビが犯人なら、私たちに睡眠薬を飲ませることはできません」

ゾンビマスターが沈黙した。

確かに。昨朝の時点でペンション内には俺たち以外に誰もいなかった。もしこの時点ですでに睡眠薬が混入していたとすると、それ以降誰かがコーヒーメーカーを使うたびに眠っていなければおかしい。しかし誰かが不自然な眠りにつくこともなかった。

ということは、睡眠薬を盛ったのはやはり夕食の直前、俺たちの中の誰かだということだ。くそ、また進藤の時と同じパターンだ。人間にしかできないことと、ゾンビによる殺害痕が同時に存在している。まさか重元のいう知性ゾンビと俺たちの中の誰かが手を組んでいるとでもいうのだろうか。

――確かにそれならば色々なことに説明がつく。

犯人が皆に睡眠薬を飲ませ、夜になると立浪を部屋の外に連れ出し知性ゾンビを非常扉から中に招き入れる。知性ゾンビは立浪を噛み殺し、大人しくラウンジから出ていけばいい。

進藤の時だってそうだ。犯人は非常扉から招き入れた知性ゾンビとともに進藤の部屋に行き、犯人が口八丁で進藤にドアを開けさせる。その途端に部屋に押し入った知性ゾンビが彼を噛み殺し、犯人がメッセージを残せば終わりだ。

――そんな馬鹿な！

俺の頭では現実と空想の境目が完全に崩落しかけていた。

そこに、三階の様子を見に行っていた名張が戻ってきた。

「彼、本当に部屋に閉じ籠ったみたい。二人は無事だったわ」

その報告をきっかけに、比留子さんが手を打ち鳴らし、気分を変えるように四人を見渡した。

「トリックにこだわるのはやめて、客観的に残った事実だけを見ましょう。まず、密室である部屋から立浪さんが連れ出された。彼はエレベーター内でゾンビに噛み殺された。起きたのは以上です。犯人のメッセージも廊下のゾンビもひとまず忘れる。するとおかしなことが見えてきます」

比留子さんは俺たちを混乱させていた要素をズバズバと切り捨て、問題を単純化してゆく。

「おかしなこと?」俺は聞いた。

「どうしてエレベーターが殺害場所に選ばれたか、だよ。犯人がゾンビだろうと人間だろうと、なぜ進藤さんの時のように室内で殺さなかったのか」

他の三人は完全にお手上げといった顔をしている。

俺はとりあえず、思いつきを述べてみた。

「……犯人は標的をゾンビに噛ませて殺すことに固執《こしつ》しているようです。そのためには部屋の外に連れ出した方が都合がよかったんでしょう」

「それだよ」俺に指を突きつける。「ゾンビに噛ませるために外に連れ出したとしよう。だけど立浪さんをゾンビに噛ませるだけならもっと簡単な方法がある。

例えば、まず縛り上げた立浪さんを南エリアの廊下に寝かせておく。そして非常扉を開け放つと同時に自分はダッシュでラウンジまで避難し、南エリアの扉の鍵をかける。廊下に放置された立浪さんだけがゾンビに噛まれる。一丁上がり。

どう? この方がよっぽど手間がかからない。私ならこうするね」

確かにそのとおりだ。相変わらず俺はトリック、ハウダニットにばかり気を取られ、なぜそうせざるを得なかったか、ホワイダニットを失念していた。それにしても見事な殺害方法だ。これを『比留子法』と名付けよう。

比留子さんの話は続く。

「にも拘わらず、三階にあったエレベーターをわざわざ下ろしてまで立浪さんを押し込んだのには犯人の大きな意図があったはずなんだ」

大きな意図。比留子さんが発案した殺害方法では果たし得ない、なんらかの目的。

その時、血の海と化したエレベーターを眺めていた比留子さんがなにかに気づいた。

「――しまった。どうやら私はまだ寝ぼけていたみたいだ」

そう言って死体の方へと寄っていく。だがその手前ギリギリで、躊躇うかのように足を止めた。

「葉村君」急に声が鋭くなった。

「は、はい？」

「取引しよう」

久しぶりにその言葉を聞いた。ここに来るきっかけとなった言葉だ。

「俺はなにをすればいいんです」

「立浪さんの死体を移動させて。できたらちゅーしてあげる」

「うええっ」情けない声が漏れた。

死体って、このぐちゃぐちゃの状態のを？　いや、こんなことを言っては立浪に失礼かもしれないが、見えちゃいけないものがたくさん見えてしまっているこれは触っていいものじゃない。ニュースでもあんなに血に触れるなと言っているじゃないか。

「遠くまで運べって言ってるんじゃないよ。せめてカゴの外まで。ね、頼むよ」

いや、そりゃあ比留子さんの役に立ちたいし、そのご褒美《ほうび》も魅力的な条件ではあるのだが、これはコモドドラゴンやタランチュラに触れと言われるよりハードルが高い。

すると俺の腰が引けているのを見て、責任感の塊の管理人がおずおずと口を挟んだ。

「あの、僕がやりましょうか」

名張がそれに敏感に反応した。

「管野さんっ、ちゅーだなんて、そんな破廉恥《はれんち》な！」

「ち、ち、違いますよ。僕はただ年長者として必要なことをしようと」

結局、立浪の部屋から持ってきた布団に乗せて、男三人で死体を移動させた。もちろん取引はご破算だ。それにしても、名張はいつの間に管野のことを意識するようになったのだろう。

「――で、これでなにがわかるんです？」

比留子さんは動かした死体ではなく、血で塗りたくられたエレベーターの方に歩み寄った。

「葉村君。取引を」

「もういいっすから。なにをすりゃいいんですか」

投げやりに訊ねると、これまたハードな任務が彼女の口から飛び出した。

「エレベーターの中に入って、ドアを閉めてほしいんだ」

いや、血で足の踏み場もないのですが。

俺は中に別のシーツを放り込み、泣く泣くその上に立った。一応ドアが閉まりきらないようにストッパーを置いた上で、『閉』のボタンを押す。するとゆっくりドアが閉じていき、ストッパーに反応してまた開いていった。

その時には、俺は比留子さんの意図を完全に理解していた。

「どうだった？」

「……ほとんど、なかったです。壁はこんなに血まみれなのに。ということは――」

「立浪さんを殺したのは一階のゾンビたちなのかな」

　比留子さんの呟きに、管野たちもぎょっとした顔になる。

「いったいなにが見つかったというんです？」

「見つからなかったんですよ、血痕が。ほら、エレベーター前の絨毯を見てください」

　比留子さんが指さした乗り口の絨毯は、立浪が倒れていた部分を除いてほとんど血が飛び散っていなかった。

「あまり汚れてないでしょう。だから、立浪さんが殺された時にはエレベーターのドアが閉まっていたのではないかと考えたのです。しかし葉村君が確認したところ、ドアの内側に血の跡はついていなかった。つまり、殺害時ドアは開いていたんです」

　重元が戸惑った声を出す。

「え、でもそれじゃあ絨毯まで血が飛び散るはずじゃ……あ、えっ？」

　彼も気づいたようだ。

「そう。二階も三階も、血が飛び散った跡はなかった。つまり立浪さんは一階で殺されたことになります」

　管野たちも色を失い、口々に否定する。

「いったいどうやって。犯人が一緒に乗って下りたとでも？」

「無茶だよ。それじゃあ犯人もゾンビに襲われちまう」

　だが俺には少しだけ彼女の言っている意味がわかった。

「エレベーターを行き来させるだけなら犯人が乗り込む必要はないんですよ。立浪さんを乗せたら中の一階のボタンを押し、犯人はエレベーターが下りていくのをここで見送る。その後普通に上下どちらかのボタンでもう一度エレベーターを呼び戻せばいいわけです」

これなら犯人はエレベーターに乗らず、立浪だけを一階のゾンビどもに差し出すことができる。

だが問題はある。名張がそれを指摘した。

「面白い考えだけど、危険よ。だってゾンビが立浪さんに群がっている最中にドアが閉まったら、ゾンビごと上がってきちゃう」

そうなのだ。ゾンビはティッシュ箱のように常にドアを押さえてくれるわけじゃない。完全にカゴに乗り込んでしまえばドアが閉じ、上がってくるまで開かない。そうなるとここで待つ犯人も危険に晒されるわけで、だったらこんなややこしい手段を用いなくても『比留子法』で殺せばいいじゃないか、となるのだが。

「それにもしこの方法が使われたのだとすれば、非常扉からゾンビを招き入れたのにはなんの意味があるんでしょう。比留子さんや高木さんを殺そうとしたんでしょうか」

「それは違う気がする。犯人がわざわざかけてくれた電話のおかげで私たちは助かったんだから。素直に考えると本当にたまたま非常扉が破られたか、もしくは廊下に見られたくないものでもあったのか……。これも一旦保留にするしかないね」

保留、と彼女は言った。つまり諦めるつもりはないということ。

俺の心がまた一つ石を飲み込んだようにずしりと重くなる。

七

次に比留子さんは管野に断りを入れて彼の二〇三号室に入った。

何をするのかと見守っていると備えつけの電話の受話器を手に取り、

「管野さん。この電話機にリダイヤル機能はついていますか？」と聞いた。

「右下の小さなボタンを押せば、直近にかけた部屋に繋がりますよ」

管野の答えに頷くと今度は俺の方を振り向き、

「葉村君。三階に上がって、高木さんの真上の部屋、下松さんが使っていた三〇二号室に行ってほしいんだ」

「あっ、高木さんの部屋の電話が鳴るかどうか確かめるんですね」

「ご名答。一分後に鳴らすからよろしく」

高木の二〇二号室はゾンビに包囲されて立ち入れないので、真上の三〇二号室から様子を窺うしかない。三階に上がると高木と静原がエレベーターホールで暇を持て余しており、俺を見つけると後についてきた。

「今度は何をするつもりなんだ？」

「リダイヤル機能を試すんです」

七宮の部屋の隣、高木を引き上げるのに使った三〇二号室に入り、ベランダに出た。雨は上がり、空がようやく白んでいた。そう、まだ朝の六時過ぎなのだ。

俺はこれから行う実験について二人に説明する。

「今朝、犯人からと思われる不審な電話を受けたのは比留子さんと高木さんです。で、犯人が二人以外に電話をかけていないとすれば、犯人が使った電話には高木さんか、あるいは比留子さんの番号がリダイヤル履歴に残っているはずです。比留子さんはそれを使って、犯人がどの部屋から電話をかけたのか調べるつもりなんです」

そろそろ一分経つ頃だ。俺はベランダから身を乗り出して下の階に耳をすました。しかしいくら待てどもコール音は聞こえない。つまり、管野の電話が使われたわけではないということだ。

俺はついでにこの三〇二号室の電話も試してみたが、下の階から音が聞こえることはなく、誰かが電話に出ることもなかった。一階のフロントかどこかにかかっているのだろう。

「でもさ」部屋を出ながら高木が言う。「かなり昔の履歴が残っている可能性もあるんだろ。仮にあたしの部屋にかかっても、さっき使われたって証拠にはならないんじゃ？」

確かに彼女の言うとおりだ。けれど携帯電話の普及した今、他の部屋の知り合いに用があっても内線電話を使うことなどほとんどない。せいぜいフロント宛に使う程度だろう。もしすべての部屋を調べて該当する電話が一つしかなかったのなら、犯人がその電話を使った可能性は相当高いのではないだろうか。

そう、下手をすれば——いやうまくいけば、この調査で犯人の目星がついてしまうかもしれないのだ。いつの間にか、背中にべっとりとした汗が伝っていた。

二階に戻り、比留子さんに空振りだったことを伝えると、部屋を変えて同じ実験が次々と繰り返された。俺は音が聞こえるまで三〇二号室で待機することになり、そして十分ほどが経過した頃——。

下の高木の部屋からかすかな呼び出し音が聞こえた。急いで二階へと駆け下りると、比留子さんたちは二〇六号室、最初に名張が使っていた東エリアの空き部屋にいた。

「かかりました！」

俺の報告を聞くと、顔色を変えたのは名張だった。

「はじめ私が使っていた部屋じゃない。おかしいわ。私は初日に到着してすぐ、壁の時計の電池が切れていたからこの内線でフロントに電話をかけたの。そうよね、管野さん」

「ええ。確かに電話をいただいて、電池を交換しました」

ということは、リダイヤルでフロントにかからないのは絶対におかしい。思わぬ偶然でこのリダイヤルが初日より後に使われたもの、つまり数時間前に犯人が使用した疑いが強まった。

「最後にフロントなり適当なところにかけておけば履歴を消すことができたのに。犯人はリダイヤル機能を失念していたんでしょうか」

俺の疑問に比留子さんは難しい顔をした。

「なんともいえないね。どうせ自分の部屋ではないからバレてもよかったのかもしれないし、そういった余裕がなかったのかもしれない」

「余裕というと？」

「ゾンビに非常扉を突破されたのは、犯人にとっても予想外だったのかもしれない。犯人は自分が飲ませた睡眠薬のせいで私と高木さんが犠牲になることを避けたかった。だから直近の空き部屋である二〇六号室から電話をかけて私に注意を促した。だけど私が異変に気づいた以上、色んな人に連絡が回って行動を始めてしまう。犯人は誰にも見つからないうちにこの二〇六号室から自室へと帰り着かなければいけないから、リダイヤル機能に気を回す余裕がなかったのかも」

確かにそれはありそうなことに思えた。

「その……剣崎さん」

名張が言いにくそうに切り出した。

「やっぱり管野さんは――マスターキーを持っていたせいで立場が悪くなってしまったかしら。立浪さんの部屋に自由に出入りできたという理由で」

そう言ってこちらの顔色を窺う。彼女は自分が疑いを免れるために管野にマスターキーを返した。だがそのせいで彼があらぬ疑いをかけられないか心配なのだろう。

「それなんですが、現時点では、管野さんが犯人の可能性はかなり低いと私は思っています」

「そうなんですか？」

これには管野自身がびっくりした声を上げた。彼は疑われることを覚悟していたようだ。

「概算ですけど、時系列を整理したら彼にはアリバイがあるんです。高木さんは私からの電話に出る前、電話が一分以上鳴り続けていたと証言しました。それが犯人からの電話だったとして、時間を整理するとこういうことになります。
一、犯人が私に電話をかける。
二、私から管野さんへ電話をかける。状況を説明して救助を頼むのに、少なくとも二分は話していたでしょう。
三、その直後、私から高木さんに電話をかける。彼女は十秒以内に出ました。
四、ただし高木さんはその直前、一分以上にわたって犯人からの電話を受けていた」
本当だ。犯人が二〇六号室から高木に一分以上電話を鳴らしている間、管野は比留子さんと通話中のはずだ。管野の部屋の受話器を二〇六号室まで引っ張っていくのは無理だし、万が一高木が犯人からの電話に出ていたら、彼は二人を同時に相手にしなくてはいけなかったはず。確かにわずか数十秒という時間ではあるが、管野には電話中のアリバイがある。

「管野さんの疑いが弱まったのなら、よかったわ」

名張もほっと安堵の表情になった。

「付け加えると、管野さんと話していた私にも同様にアリバイが成立することになります。自分で言いだしておいて恐縮ですが」

　そこで俺はもう一人、アリバイが保証されそうな人物がいることに気づいた。

「それなら高木さんも容疑から外れるんじゃ？　だって二〇六号室の電話を使った時にはすでに南エリアの廊下はゾンビに占領されているから、部屋に戻れないはずじゃないですか」

「それがそうでもないんだよ」

　比留子さんがまた心苦しそうに首を振った。

「彼女の部屋にかかってきた一分以上の電話というのは嘘で、このリダイヤル履歴が罠という可能性もある。例えば立浪さんを殺害後、高木さんはこの二〇六号室から自室に電話をかけてリダイヤルの履歴を残す。それから非常扉を開けてゾンビを招き入れ、ダッシュで自室に避難。後は自室の電話を使って私に不審な電話をかければいい」

　高木の嘘という説に俺は思わず異論を挟む。

「高木さんの証言が嘘なら、管野さんのアリバイだって成立しなくなるじゃないですか」

「その場合、管野さんがリダイヤル履歴を残すのは無理だよね。高木さんがそんな嘘をつくなんて予想できないもの」

　ぐうの音も出ない。そもそもこのアリバイは比留子さんがたまたま高木と管野に電話をかけたから成立したもの。意図的に操作するのは不可能だからこそ信用できる。

　高木がよくわからんというようにがしがし頭を掻いた。

「ややこしいなあ。つまりあたしはまだ容疑者ってわけだな？」

「はい。南エリアの扉の鍵はテレビ台の上にありましたから、もし南エリアの扉の鍵さえかかっていれば、犯人がラウンジ側から鍵を閉めたことになり、高木さんも大手を振って無罪を主張できたんですけどね」

そうか。鍵が一つかかっていなかっただけで彼女は容疑から逃れることができないのだ。もしかすると犯人はそれがわかっていて、わざと鍵を開けておいたのかもしれない。

「ただ」比留子さんは続けた。「高木さんが犯人である可能性は低いのではないかと思います。なぜなら管野さんと私のアリバイが成立したのは、高木さんの『剣崎からの電話の直前、一分以上にわたって不審な電話を受けていた』という証言があったからです。私たち二人には有利になり、逆に高木さん自身にはなんのメリットもない嘘の証言をわざわざするとは思えません」

確かに、先ほどエレベーターホールで皆から今朝の行動を聴取した時、高木は比留子さんと管野の後に話した。もし彼女が犯人なら、後出しでもっと自分に好都合な証言ができたはずなのだ。

とにかく犯人がここ二〇六号室の電話を使ったと仮定して、なにか手がかりは残されていないか調べた。

「ちょっと!」ベランダに出た重元が声を上げる。「あれって、紫湛荘の浴衣《ゆかた》じゃないか?」

彼が指差したのはベランダのほぼ真下。ゾンビたちの群れる地上に、白っぽい布地が落ちているのが見えた。ゾンビたちに踏みつけられてよくわからないが、一枚だけではないようだ。

「どうしてあんなところに」

「犯人の仕業でしょう。立浪さんの死体をエレベーターから引きずり出したり頭を殴打したりして返り血を浴びないよう、あらかじめ浴衣に着替えていたんだと思います。DNA鑑定をすれば着ていた人物が判明するかもしれませんが、今は回収のしようがありませんね」比留子さんが推測した。

それ以上は発見らしい発見もなく、俺たちは現場検証を切り上げた。

一度ラウンジに戻ると、南エリアの扉は向こう側から乱打を受け続けているものの、まだなんとか持ち堪えている。念のため東エリアの扉も施錠し、俺たちはラウンジを後にした。

八

三階に戻ると、比留子さんが進藤の使っていた三〇五号室をもう一度見たいと言いだした。

管野にマスターキーを借りてきて中に入ると相変わらずエアコンがひどく効いていて、冬のような寒さだった。おかげで死体の腐敗はある程度遅らせられているようだが、むせ返るような血《ち》腥《なまぐさ》さだけはどうしようもない。

「おや」

比留子さんが呟いた理由はすぐにわかった。デスクのライトがつけっぱなしになっていたのだ。

「昨日消し忘れたのかな」

「そうですね。昨晩俺の部屋からもついているのが見えましたから。この明かりだけはナイトテーブル側のスイッチで消せないから忘れたんだと思います」

俺はデスクに歩み寄り、鏡の下についているスイッチをオフにした。

「葉村君の部屋からはこの三〇五号室が見えるの？」

「ここからだと左斜めの一番奥に見えているのが俺の部屋です。その手前が静原さん」

絨毯にこびりついている血や肉片を避けながら窓際に行き、ちょうど斜めに見えている静原の部屋を指差した。

「ふーん……」

しばらく自分の髪をくるくるといじっていた比留子さんだったが、やがて室内をもう一度調べ始めた。俺は無言のうちにベランダ担当となり、手すりになにか痕跡が残っていないか、屋上や他の部屋に移動するのに使える足場がないか探して回ったが、これといった収穫はなかった。

比留子さんは立浪の部屋と同じくドアの上辺に溜まった埃を確かめたりしていたが、道具を使った痕跡はなに一つ見つからないようだ。

「そういえば、ベランダの窓が開いていて進藤さんが外に向かって倒れていたということは、彼は外に逃げようとしたんですよね」

「そうだね。つまりゾンビはドアの方、廊下からやってきたということになる。でもその痕跡がちっとも見当たらないんだよねえ……」

「それと気になっていたんですが、彼が持ってきていた剣がドアのすぐそばの壁に立てかけられたままです。つまり進藤さんは犯人に対してなんの警戒もしていなかったことになります」

「じゃあやっぱり密室を突破したのは私たちの中の誰か……」

比留子さんはしばらく指に長い髪を巻きつけて唸っていたが、俺を手招きした。

「葉村君、頭！」

「へ？」

「私の髪じゃ駄目だ。わしゃわしゃさせて」

「ええ。嫌っすよ恥ずかしい」

「取引しよう。ベッドに上がりなさい。膝枕してあげるから」

「いやいや、ここも血が飛び散ってますし！」

血がなければ横になったというわけでもないが。

膝枕でも取引が成立しなかった比留子さんはすっかりむくれてしまい、血の斑模様のついた掛け布団を恨むかのようにベッドから引っぺがした。中になにもないのは昨日確認済みだ。

「――あれ？」

当惑したような声が上がった。

比留子さんが見つめているのは掛け布団の裏側。ずっとベッドに伏せてあった方だ。

「血がついてる」

彼女の言うとおり、そこには血色の染みがついていた。しかし表側についている、飛び散った感じではなく、傷口をこすりつけたような少し掠《かす》れた跡に見える。

比留子さんはすぐさま布団を翻《ひるがえ》し、表を見た。もちろんそこにも血はついている。

「おかしいな。どうして布団の裏表に同時に血がつくんだろう？」

両側の血の跡を見比べてみたが、付着している位置が裏表で合致しない。表の血が裏にまで染み込んだというわけではなさそうだ。もしかして進藤は掛け布団をゾンビに投げつけたり、盾として使ったりしたのだろうか？　いや、それにしては元から布団はちゃんとベッドの上にあって、極端に乱れているという印象ではなかった。

「これはいったい――」

意見を求めようとして横を向くと、比留子さんが目を見開いたまま静止していた。

目の焦点は手元の布団ではなく、どこか遠いところで結ばれている。

「比留子さん？」

「そういうことだったんだ。それなら私の違和感とも合致する。違和感があって当たり前だよ」

比留子さんは興奮気味に語りだした。

「私も人のことを偉そうに言えないね。やはりこの違和感を重要視しておくべきだった。もっと視野を広げて考えるべきだったよ」

「なにかわかったんですね」

「進藤殺しについてはね。あとは立浪殺しだけ——その前に」俺を振り返り、「携帯持ってる？私のは充電切れちゃった」

「ありますけど、まだ電波戻ってませんよ」

スマホを差し出すと、比留子さんは首を振った。

「違うよ。写真を撮りたいの」

なるほど。俺は布団についた血痕に向かってシャッターを押す。

「もう一つ撮っといてほしいんだけど」

「いいですよ。どこですか？」

「——鞄の中」

九

外ではまたしとしとと小雨が降り始め、俺たちは三階の限られた空間で時間を過ごした。各々が節水には気を遣っているため貯水タンクの中身はまだ残っていたが、問題は食料だった。ラウンジから持ってこられる分はすべて運んできたが、それでも一日三食食べればあと二日と経たずになくなってしまう。初日、比留子さんはゾンビの肉体が腐敗する目安を一週間以内としていたが、まだその半分も経過していない。重元の見解ではさらに時間がかかる可能性があるというのだから、ゾンビの自滅を待つのは望み薄だといわざるを得ないだろう。

加えて、生活空間の問題もある。もはや使用できる部屋より人間の数の方が多くなってしまったため、七宮と進藤の部屋以外のドアは常にガードを挟んで出入り自由の状態にしてある。それでも日毎に一階、二階のほとんどを占拠され、もうじき屋根すらない屋上にまで押し出されようとしている事実は俺たちにとって大きなストレスだった。

しかもこの限られた空間の内側には、二人の命を奪った殺人犯がいるというのだ。

だが残されたメンバーは意外なほど落ち着いて見える。部屋に籠っている七宮を除けば、自棄《やけ》になったり周囲にあからさまな疑いを向けたりする者もいない。きっとゾンビという絶対的な敵の存在があるからだろう。集団から孤立してしまってはあのおぞましい屍者どもから身を守れないとわかっているのだ。

食料危機とゾンビと殺人者、複数の波濤《はとう》がぶつかり打ち消し合う、不思議な平穏の中に俺たちは身を置いていた。それが束の間の平穏に過ぎないと、頭のどこかでわかってはいたが。


長い朝が過ぎ、ようやく正午にさしかかった時だった。

「おい、ニュースでやってるぞ！」

部屋から重元が顔を出して叫んだ。七宮以外の七人が重元の部屋のテレビ前に押しかける。

画面には数日で日本一有名になってしまった地名、娑可安とともに今まで使われなかった『殺人ウイルステロ』『爆発的感染の疑い』というショッキングかつ直球な文字が躍っていた。大写しになっているのは横一列に並べられた長机を前にして銃火のようなカメラフラッシュを浴び続ける男たち。その中心にいるのは官房長官だ。彼が自ら事件について説明するというのだから、このニュースがいかに大事《おおごと》であるかが察せられる。

「正午になった途端これだ」重元が早口で言った。「すべての局がこの映像を流してる」

頭の禿げ上がった官房長官は原稿を前にして、政治家特有の長ったらしく婉曲《えんきょく》的な言葉で事件の概要、現況を述べた。今まさに事件の渦中に身を投じている俺たちからすれば頭が沸騰《ふっとう》するほど焦れったい会見だったが、新しくわかった情報はこうだ。

犯人は最近公安が監視対象に指定していた、ある大学准教授とその仲間数名と見られていること。彼らはサベアロックフェスの会場に潜入し、ある未確認ウイルスをばらまいたこと。そのウイルスは非常に高い感染力を持ち、一たび感染するとほぼ例外なく死に至る上、感染者を一種の錯乱《さくらん》状態に陥らせること（さすがにゾンビという表現は使っていなかった）。そして娑可安湖周辺ではすでに千人を超える感染者が確認されているということだ。

紫湛荘周辺だけでも五百人以上のゾンビが集まっているだろうし、件のロックフェスには毎年数万人が参加するというのだから、この数字も怪しいものだ。

ともあれ、初めて政府がバイオハザード的テロ事件の存在を公式に認めたのだ。

官房長官は、現在娑可安湖周辺は情報の混乱を防ぐため通信制限がかけられているが、すでに感染者の封じ込めは完了し、状況はアンダーコントロールだと馬鹿真面目な顔で言いやがった。

阿呆め。だったらさっさとここのゾンビどもを外に追い払ってくれ。

問題の殺人ウイルスについては感染症研究所と理化学研究所を中心に解明が進められているという。

『まだ封鎖地区内に残されている方については、順次自衛隊による救助を開始しています。封鎖地区にいらっしゃる方は安全な建物内などに避難し、落ち着いて救助をお待ちください。感染者の血液、体液は決して目や口に入れないように注意してください。付着した場合はすぐに洗い流し、警察または消防に申し出てください』

高木が怒りを通りこして呆れた声を出した。

「待ってたって救助隊よりゾンビの方がフットワーク軽いんだっつーの」

「政府と違って積極性もありますしね」静原まで毒を吐く。

続いて研究機関のお偉方にカメラが向けられ、現時点でのウイルスに関する見解が説明された。色々難しい専門用語が出てきたが、その中で気になったのは、

『ウイルスが皮膚や粘膜を介して感染した場合、通常の脳機能を破壊されいわゆる錯乱状態になるまで、三ないし五時間かかるものと思われます』

というものだ。

「脳機能を破壊。重元さんが立てた推論は正しかったみたいですね」

比留子さんに褒められ、ゾンビマスターはまんざらでもなさそうに口元を緩ませた。

「まあ、ただの勘だったけどね」

会見は一時間ほどで終わった。唯一役に立つ情報といえば、この地域に生息している蚊などの昆虫が感染者の血を吸った場合、その毒性によって死んでしまうため、ベクター感染の恐れはないということだった。

各局のアナウンサーやリポーターに画面が切り替わったところで管野が立ち上がる。

「ともかく、これで救助の目処が立ちました。早く気づいてもらえるように屋上にＳＯＳでも描きましょう。どなたか手伝っていただけますか」

「俺、やりますよ。塗料は」

「倉庫にペンキがいくらか残っていたはずです」

重元はこのままニュースのチェックを続けるつもりらしい。

俺は管野と二人、煙雨を吐き出し続けるコンクリート色の空の下へと踏み出した。

十

「これでようやく終わりにできます」

水気をできるだけ拭き取ったコンクリートに中腰の姿勢でペンキを塗りたくりながら管野は息をついた。

「ここを任されていながら、もう半分近い人を死なせてしまいました。せめて今いるメンバーだけでも一人も欠けずに救助してもらわなきゃ」

「管野さんのせいじゃないですよ。こんな事態、政府だって対処できちゃいない」

歪《いびつ》なSの字を描きながら管理人を慰める。そこでふと、彼がこの連続殺人に対して冷静すぎるのではないかと思った。俺たち合宿に参加したメンバーは、多かれ少なかれ進藤や立浪が殺された理由について心当たりがある。七宮は言わずもがなだろう。

だがこの人の好い男、昨秋から働き始めた管野はそんな事情を知らないはず。訳もわからぬうちに隣人が惨殺され、ここまで落ち着いていられるものなのだろうか。

そんなことを考えていると、管野が手を動かしながら零《こぼ》した。

「――立浪さんには死んでほしくありませんでした」

「仲がよかったんですか」

「いいえ。お会いしたのは今回が初めてです。僕が働くようになってから兼光さんは何度か遊びに来られましたが、出目さんと彼が同行するのは夏だけらしいので。でも――彼らが殺されたのはおそらく去年の合宿が原因なのでしょう？」

知っていたのか。俺が視線を向けると、彼は弁解するように言った。

「兼光さんも来る時は必ず女性連れですから。きっと彼らも似たようなものだったんでしょう」

「もしかして、前の管理人さんが辞めたのは去年の合宿と関係あるんですか」

管野は首を横に振る。

「単純に兼光さんからの無茶な要求が多かったからのようです。急に他のお客様の予約をキャンセルして部屋を空けろと言いだしたり、こんな僻地《へきち》に今すぐピザを宅配させろと言いだしたり。去年の出来事については、女性関係のトラブルがあったとしか聞いていません」

立ち上がり、Oの出来栄えを確認しながら管野は「ですが」と言葉を継いだ。

「いつだったか、兼光さんが酔った勢いで連れの女性に話しているのを聞いたんです。立浪さんが女性に頻繁に手を出しながら長続きしないのは、母親へのコンプレックスのせいなのだと」

「コンプレックス？」

「立浪さんが小学生の頃、ご両親が離婚されたそうです。原因は母親の不倫。彼は父親に引き取られて育てられたとか。実はそれまでにも母親は何度か不倫を繰り返していたらしいのですが」

なるほど、それが原因で女性に対して屈折した思いを抱くようになったのか、と思っていたら話には続きがあった。

「数年後、父親が不可解な事故死を遂げ、彼はなし崩し的に母親に引き取られたそうです――けれどまもなく母親は逮捕された」

「父の事故死は母親と不倫相手が仕組んだものだったのです。父親を殺せばその保険金と遺産は息子の立浪さんに入る。彼を引き取ればそのすべてを手に入れられると計画したらしいのです。その時、母親たちには莫大な借金があったのだとか」

やりきれない――どうしようもなくやりきれない話だ。

俺は昨日、ここで立浪が語った言葉を思い出した。

『出会ったばかりの頃は楽しい。だが相手を知れば知るほど、本当に好き合っているのかがわからなくなる。相手を信用できなくなる。終わっちまえば、すべてが欺瞞だったとしか思えない』

立浪は己の半分を構成している母親の血を呪っていたのかもしれない。

母親を否定するために愛を求めて女性に手を出し、その女性に母親を重ねて拒絶してしまう――まるで表裏のないメビウスの帯だ。

ＳＯＳ。

もしかすると彼も端整なマスクの下で誰かに助けを求め続けていたのかもしれない。

「彼の行いは多くのトラブルを生んだかもしれませんが……やはり生き延びてほしかった」

そうだ。俺も彼のことは嫌いではなかった。

「――なぜ」

あんなにも大きくＳＯＳなどと書いたのは小学生の時、放課後にクラスメイトの男子たちと妙なハイテンションになって校庭に落書きして、先生に拳骨を食らって以来だった。そしてもう二度とないだろう。

夏といえども、しとどに濡れた体は冷えやすい。シャワーでも浴びて温まりたいが、残りの水は大切に使わなければならないだろうな、と考えながら屋上を下りた。

　倉庫から出るとエレベーターホールにいた女性陣からねぎらいの言葉をかけられた。だが比留子さんの姿が見えない。部屋に戻れない彼女と高木はずっとここにいたはずだが。また現場の様子でも見に行ったのかと思いつつドアガードを挟んだ自室に戻ると、彼女がいた。

「お疲れ様。濡れたでしょ」とタオルを渡してくれる。

　手に取って、おや、と思った。タオルが温かい。ドライヤーで温めておいてくれたのだろうか。

　Tシャツも替えよう。元々二泊三日の予定で外での活動も多いと思っていたから、着替えはまだ数枚残っている。

「出ていようか？」

「大丈夫です」

　相変わらず慎み深い比留子さんに有無を言わせまいと、一瞬で濡れたシャツを替えた。

「ではこちらへ」

　デスクの前の椅子を勧められ、座ると後ろから比留子さんがドライヤーを髪にあててくれた。なんと至れり尽くせりなのだ。労働してよかった。

　ゴーっという音と優しい指の感触が俺の頭を心地よくまさぐり、髪はあっという間に乾いた。しかしスイッチを切った比留子さんは髪に指を通したまま、ぽつりと呟く。

「時間がないね」

　三階がゾンビに襲われるのが？

　いや、違う。学習しろ俺。比留子さんは自分が生き残り、皆を死なせないように謎を解く人だ。立浪の死体に置いてあった紙にはなんと書いてあった？

『あと一人。必ず喰いに行く』

先ほどのニュースで、救助の可能性が現実味を帯びてきた。犯人は外部から捜査が入る前になんとしても最後の標的を殺害しようとするだろう。比留子さんはそれを危惧しているのだ。

「俺たちはいよいよゾンビに追いつめられている状況なのに、それでも犯人は計画を続けることにこだわるんでしょうか」

「……どうだろう。でも標的と思われる七宮さんは完全に部屋に籠っているし、私たちの目もある。そう簡単に手を出せる状況じゃないのは確かだよ。もしかすると夜を迎える前に救助が来る可能性もないわけではないからね。ただ、こんな非常事態に巻き込まれていながら計画を遂行してきた犯人が、すんなりと諦めるとも思えない」

比留子さんの指先は髪を梳《す》く動作からやがて髪の感触を堪能するような艶《なまめ》かしい動きに変化して、今にも頭蓋の中に潜り込んでくるんじゃないかと思うくらい滑らかに頭皮を這い回る。俺は背中がぞくぞくするのを懸命にこらえねばならなかった。

「けれどなんだろう。標的に対する強い憎しみを感じる一方で、私たちに電話で危機を伝えたり、情けのようなものも感じる。本来なら犯人にとって私の存在は目障《めざわ》りなはずなのに。迷い？　いや違う。犯人の中にはきちんとした理性があるんだ。殺すべき者と、たとえ目的のためであれ手にかけてはいけない人間をちゃんと認識している。だというのに標的に対してはどこまでも残酷になれる。これじゃあまるで……」

そこでようやく俺の頭がボサボサになっていることに気づいたらしい。「わあっ」と声を上げて比留子さんは髪を整えだした。

「ごめんごめん。なんだか他人の髪の方が集中できるみたいで」

「いえ。ところで犯行の動機についてなんですけど」

俺は高木から聞いた、去年の合宿での出来事について話した。ＯＢの三人がそれぞれ映研の女子部員と問題を起こしたこと。出目は夜這いに失敗し、他の二人は交際に発展したものの破局。一人は学校を辞め、もう一人は命を絶ってしまったこと。

「進藤さんはトラブルをすべて承知していながら今年も同じイベントを企画したのだから、恨まれる理由はありますよね」

「そうだね。『生贄』『喰う』という表現を使っているのも、男が女に手を出すことに対する怒りの表れかも。だとすると、残りの一人っていうのは当然七宮さんになる」

ちょっと比留子さん。また指が怪しい動きになっているのですが。

「けど、そう考えるとまた疑問が湧くんだよね。七宮さんは最初から自室に引き籠るくらい他人を警戒している。『あと一人』だなんて脅しをかけたら、余計に表に出てこなくなるのはわかっているのに。——こういう時、ミステリならどんな展開になるの？」

「七宮さんは自分が犯人だと告白する内容の遺書を残して自殺しますね。もちろんそれも真犯人の仕業ですが」

「なるほど興味深い。けど今回はちょっと無理だろうね。彼は昨日の昼以降、ラウンジに一度も顔を見せていない。睡眠薬を盛るチャンスがないのだから犯人ではありえない。まあそれはおいといて。私は七宮さんにどういう行動をとらせるべきなのか迷っているんだよ。一人にさせておくのは危険な気がするけど、メンバー全員を四六時中監視できる今ならこのまま籠っていた方が安全かとも思う」

不謹慎かもしれないが、これもまたミステリでは珍しい展開だと思った。

普通クローズドサークルでの殺人は、次に誰が犠牲になるのかわからず登場人物たちは疑心暗鬼になるものだが、今回は不確定とはいえ、次に七宮が襲われるというのが俺たちの共通認識になっていて、本人もそれを自覚しているようだ。だが自覚しているが故に七宮は武装して自室に籠り、また犯人は救助が来るまでに殺害を済ませなければならず、互いに気が気でないはずだ。

その時、ふと比留子さんの特異な体質のことを思い出した。

「犯人に敵視されたくないなら、このまま七宮さんは放っておいた方がいいんじゃ？」

しかし比留子さんは「それはできない」と俺の考えをきっぱり否定する。

なんだ、やっぱり誠実な人なのだと感銘を受けていると、

「私たちの最大の脅威はゾンビだよ。どんどん厳しくなるこの状況で生き残るには彼だって貴重な戦力なんだから、死なれちゃ困るでしょ」

と、クールかつ的確な見識が追加された。なるほど、これが比留子イズムか。

「それにしても。この三〇八号室はいざとなったら真っ先に狙われてしまうね」

ようやく俺の頭から手を離し、ベッドに腰掛けながら彼女は言う。

「階段からは一番近いし、屋上までは一番遠い。また縄梯子を使う羽目になるのは勘弁してほしいな。あれってもう少し使いやすく設計すべきだよね。安定しないから足を踏み外しそうになるし変な筋肉を使うし、散々だったよ」

「屋上には手すりの類が一切ないのでたぶん梯子は掛けられませんよ」

「じゃあ万が一ここに閉じ込められたらどうするの」

「さあ。ロープも見当たらないし。シーツでも結んで垂らしてもらいますか」

「それ、縄梯子よりハードじゃない。いいよ、私は君に背負ってもらうから」

「重量オーバーですって」

軽口を返す。が、比留子さんからの返しがなかった。

背中を冷や汗が伝う。いかん。女性に体重の話題はタブーだったか。

しかし比留子さんは急に「うん、それだ」と言って立ち上がった。

「ちょ、どこ行くんですか」

「ラウンジ！　君はやっぱり最高だ！」

十一

管野にエリア間の扉の鍵を借り、俺たちは二階のラウンジに入った。朝よりも血の臭いが濃くなった気がして思わず口元を押さえる。マスク、マスク。

「比留子さん、扉が」

俺が指摘したのはゾンビたちを阻む南エリアの扉だ。今朝からゾンビたちの乱打を受け続け、すでにミシミシと軋み始めている。これではいつ壊れてもおかしくない。

「時間がない。急ごう」

比留子さんは電気をつけると、エレベーターを調べるのかと思いきやテレビの両側に飾ってある一メートルほどの九偉人の銅像にまじまじと顔を近づけた。俺は扉と彼女の間に立ち、いつゾンビがなだれ込んできても守れるように剣を構える。

しかし気のせいだろうか。だんだんと扉の軋みが大きくなっている気がする。ラウンジを見回したが、防壁に使えそうな家具は残っていない。このままでは危険だ。一刻も早くここから離れたい。だが比留子さんの集中を削ぐわけにはいかない。彼女はなにかの目当てがあってラウンジに来たはずだ。それまで時間を稼がなければ。

永遠にも等しい数分の後、俺を呼ぶ声がした。

「ここ、写真撮ってくれる？」

「銅像ですか？」

「足元の部分だよ」

よく見ると、接地部分の少し上のところに赤黒い色がわずかに付着しているのに気づいた。撮り逃しがないように方向を変えながら何度もシャッターを押す。

「──血、ですか。なんでこんなところに」

「これが立浪さん殺害のトリックの肝ってことだよ」

あまりにも突然に、迷いなく言われたものだから危うく話に置いていかれそうになった。

「──って、わかったんですか、立浪さんの殺害方法が」

「うん。これならほぼ間違いなくこの状況を作り上げることができる。ただ、どうしてこの方法を選んだのかはわからないけれど」

比留子さんはまだホワイダニットに執着しているらしい。

その時だった。

バキィッ！

木が剝がされるような音がして、ゾンビを阻んでいた扉がこちらに傾いだ。空いた隙間から、血泥にまみれたゾンビの姿が覗く。

しまった！　俺たちは扉から見てラウンジの一番奥にいる。このままじゃ逃げ遅れてしまう。

俺はそう判断するや否や、ゾンビの群れに向かって剣を振りかぶった。

「比留子さん！　逃げて！」

破った扉から半身を乗り出したゾンビの頭を砕く。だが浅い。頭蓋骨を凹《へこ》ませながら、爪の剝がれた両手がこちらに伸ばされる。

「くそっ、このっ」

次の一振りでようやく先頭の一体が倒れる。だがすでに二体目、三体目のゾンビがラウンジに侵入していた。相手にして初めて理解する。集団という原始的にして究極の暴力を。一体を斃《たお》すより、一体に近づかれる方が絶対的に早いのだ。

「葉村君！」

比留子さんが退いた。俺も迫るゾンビを振り払いながらラウンジを飛び出す。

だが東エリアの扉を閉じる寸前、ゾンビの指が隙間に挟まった。向こう側から猛烈な圧力がかかり、小柄な比留子さんが弾き飛ばされそうになる。俺は慌てて扉にタックルをかまし、なんとか押し返したがゾンビの指が邪魔で閉められない。二人がかりで持ち堪えるのがやっとだ。

「誰かー！　助けてくれ！」

声を聞きつけて、三階から武器を携えた高木と静原、そして名張が駆け下りてきた。

「なんてこと」

扉を隔てて繰り広げられる死闘を見て、名張が引きつった声を出す。

一瞬敵の力が勝り、扉の隙間が拳二つ分にまで広がった。一体のゾンビが頭をねじ込んでくる。

それを見た高木が叫んだ。

「で、出目――！」

全身の毛穴が開くような感覚の中、俺もその顔を見た。

それは肝試しで行方不明になった出目だった。顔面の左半分を大きく齧り取られているが、魚類を彷彿とさせる顔つきや髪型は見間違えようもない。目の焦点を失った出目が口の端から白い泡を吹きながらこちらを覗き込んでいる。

「やあぁぁぁーー！」

硬直した俺たちの後方から、あの静原が気迫の声を上げて突進し槍を突き出した。その一撃は見事に出目の右目を貫き、彼をラウンジへと押し戻す。我に返った高木たちも加勢してなんとか扉を閉めきり、鍵をかけた。

「あ、ありがとう。助かった」

静原が血のついた槍を見てその場にへたり込み、俺と比留子さんは壁に背を預けて息を整えた。

「あの人、やっぱりゾンビになっていたのね。私たちのこともわからなくなって……」

名張が声を震わせた。出目にはいい感情を持っていなかっただろうが、もう人ではなくなった姿を目の当たりにすると、憐れに思わずにはいられないのだろう。

もしかすると、明智さんもあんなふうになっているのだろうか。自我をなくし俺の顔も判別できなくなりながら、今もこのペンションの周りをうろついているのかもしれない。

そしてもし目の前に現れたら、俺は、彼を殺せるのだろうか――？

十二

新たなゾンビの侵攻からなんとか逃れた俺たちだったが、精神面ではますます追い詰められていた。原因は憩いの象徴であったラウンジがとうとう陥落したことと、完全なゾンビへと変貌した知人の姿を初めて目撃したことだ。どちらも俺たちの心に絶望を刻みつけるには十分だった。

管野たちは重元の部屋でテレビを見ていたため二階の騒ぎに気づかなかったようだが、報せを受けると二人の口からも思わず重いため息が漏れた。

疲弊した皆の顔を見渡しながら、ふと疑問が浮かんだ。そういえば出目は全身に傷を負っていたが、顔は十分に本人だと確認できるレベルだった。他のゾンビもそう。負傷の程度は様々だが、顔つきがわからない奴はいない。

ではなぜ、進藤だけはあれほど顔面を激しく嚙み散らされていたのだろう。まさか彼を襲ったのはゾンビではなく、なにかしら明確な目的を持った人間だったとでもいうのだろうか。

午後二時。エレベーターホールに七人が集合し、食べ飽きた非常食をもそもそと口にする。

会話は弾まなかった。

「七宮さんはやはり出てこようとしないのですか」

ふと思い出したように比留子さんが周囲の顔を見渡した。管野が頷く。

「午前中に重元さんと声をかけに行ってみたんですが、まったく相手にしてもらえませんでした」

「というか、ドアを開けたら撃ち殺すって脅されたよ。たぶん中でずっとボウガンを構えているんじゃないかな。電話も線を抜いているのか繫がらないし、本気で救助が来るまで閉じ籠っているつもりらしい」重元も肩をすくめる。

「放っときゃいいさ」高木が吐き捨てた。「下手に構って撃たれてもつまらない。好きにさせとこう」

その言葉を最後に、また気まずい沈黙が下りる。

重元はとうとうコーラが底をついたらしく、粉末を溶かしたカフェオレを不味《まず》そうに飲んでいる。高木は腕組みをしたまま背もたれに体重を預けて目を閉じ、静原は紙コップの底に視線を落としたまま動かない。名張は誰よりも憔悴した様子で黙りこくっている。

俺は比留子さんを見た。彼女はどこまで真相に近づいているのか。なにを思いながら彼らの顔を見渡しているのだろうか。

「なんだか、あの音楽が聞こえないのが物足りなく感じますね」

管野が言った。立浪が垂れ流しにしていたロックのことだろう。

「耳障りに感じていましたが、急にこう、静かになってしまうと」

数人が躊躇いがちに頷いた。すると重元が誰にともなく呟く。

「ああ、ブルース・スプリングスティーンね」

俺は顔を上げる。彼がそのアーティスト名を知っているのは意外だった。

「知ってるんですか」

「少しだけ。ちょうどラジカセで鳴らしていた『ハングリー・ハート』っていう曲がゾンビ映画で使われているんだ」

途端に高木や静原から「コイツにゾンビの話題を振るんじゃない」という視線が突き刺さる。

待て、今のはどう考えても不可抗力じゃないか。

それに気づかず、ゾンビマスターは講釈を続けた。

「『ウォーム・ボディーズ』っていう映画でね。見る?」

そう言いながらすでに自分の鞄からノートパソコンとＤＶＤを取り出している。

「こんな時にゾンビ映画？　勘弁してよ」名張が非難する。

「大丈夫、パニックものじゃなくて恋愛コメディの要素も強いし」

重元の推すままに、俺たちは小さな画面に向かって肩を寄せ合うことになった。

映画では、ゾンビになってしまった青年が人間の少女に恋をする。彼は勢いで少女を隠れ家まで攫《さら》ってくるが、死人であるが故にうまく彼女に言葉を伝えられない。だが隠れ家から逃げようとした彼女を他のゾンビから守ったことをきっかけに打ち解けた二人は、青年のコレクションのレコードをかけ、耳を傾けるのだ。その場面で、俺たちに聞き覚えのある曲が挿入される。幾度となく聞き流した曲の歌詞の意味を、俺は字幕で初めて知った。

満たされない心を歌うその歌詞に、立浪の生き方を重ねてしまう。

この二人はエンディングではきっとうまくいっているのだろう。だが立浪は。

――やめよう。こんなことを考えてもしょうがない。

すると、ストーリーが折り返しを迎えたところで重元が口を開いた。

「ああ、ラジカセといえば。昨日の夕方、音楽が一度だけ不自然に止まらなかった？」

「止まる？」俺はまったく覚えがなかった。

「ほんの数秒だけどね。そしたらまた一曲目から鳴りだしたよ。その時たまたま管野さんが溜まったゴミを集めに来てくれて、僕の部屋で映画の話をしていたんだ。ねえ管野さん」

話を振られた管野も、はっきりと肯定した。

「ええ。確かに止まりましたね。きっと一度曲を替えようとして、考え直したりしたんでしょう」

するとと比留子さんが語勢を強くして訊ねた。

「それは何時頃ですか」

「正確な時間は……ちょっとわかりませんね。時計を見なかったもので」

「僕はわかりますよ。あれはちょうど九十分のＤＶＤを一本見終わった時だった。本編を見始めたのが三時だったから、四時半だ。途中で早送りもしていないし、何度も見ているＤＶＤだから間違いない」

その時、俺の記憶にある時刻が蘇った。屋上で立浪と喋ってから自室に戻った時間。あれがちょうど四時半だった。

「ちょっと待ってください。その時間、立浪さんはまだ屋上で煙草を吸っていたはずです。確か名張さんも一緒だったはず」

「一緒っていうのは語弊《ごへい》があるけれど」名張は少しムッとして言った。「確かに、彼は屋上で煙草を吸っていたわ。私が部屋を出て屋上に上ったのが二十五分くらいだったから、間違いないわね。重元さんたち、時間を勘違いしているんじゃない？」

するとと重元は不満げに反論した。

「そんなことはない。見始める前にちゃんと時刻を確認したんだ。ＤＶＤの時間だって、なんなら今から確かめてくれてもいい」

彼も時間には絶対の自信を持っているらしく、引き下がる構えを見せない。おかしい。紫湛荘の時計は基本的にデジタルの電波時計だ。たとえ電池が切れかけていても表示が薄くなるだけで時刻が遅れることはない。

「どういうことだ。誰かが音がうるさいことに腹を立てて、立浪さんの不在の間に止めたってことか」

高木が訝しむと、静原がおずおずと口を挟む。

「でもまた鳴りだしたって……」

「聞き違いじゃないのか」

「間違いないですよ。二人で聞いたんだから」すぐさま重元が嚙みつく。

するとと、比留子さんが急に別の話題を持ちだした。

「管野さん。昨晩、就寝前の一度だけ見回りをなさったんでしたよね。その時三〇五号室、進藤さんの部屋は覗きましたか」

話を振られた管野は戸惑いつつ頷いた。

「ええ。進藤さんがどうやって亡くなったのかも不明なままですし、室内に誰もいないことを確かめておくに越したことはないと思いまして」

昨晩彼は名張からマスターキーを受け取っていたから、進藤の部屋にも入れたのだ。

「その時、電気はどうでしたか」

昨晩俺が見たデスクのライトについて確認しているらしい。当然管野も俺と同様の証言をした。

「机の小さなライトがついていましたよ。消し忘れでしょうが、真っ暗にするのもなんだか気味が悪いのでそのままにしておきました」

「そう——ですか」

比留子さんが心ここにあらずといった表情で呟いた。

いったいどうしたのかを聞こうとすると、

「葉村君、ちょっと」

立ち上がった比留子さんに袖を引かれる。

皆に見送られながらエレベーターホールを後にし、連れてこられたのは俺の部屋だった。

「どうしたんですか、急に」

「ホワイダニット以外は、すべて解けたよ」

室内に入るなり確信的な口調でそう言われ、数瞬遅れてその意味を理解する。

彼女は、ハウダニットとフーダニットについてはわかったと言っているのだ。つまり、犯人とそのトリックが。

だが、まだ調査の進展していない謎が残っていたはずだ。

「でも、立浪殺しの時に犯人がどうやってドアの鍵を開けたかはまだわかっていませんよ」

すると比留子さんは「ああ、それね」と驚くほどあっさりと頷いた。

「それについてはある程度予想がついてたんだよ。なんなら今やってみせようか？」

「えっ、今ですか」

「うん。本当に簡単なトリックだから」

比留子さんはそう言ってドアの方に向かう。

「じゃあ君が立浪さんの役をやってくれる？　本当はドアガードもかけられていたけど、その開け方はわかっているから今回は省略しよう」

俺を室内に残し、彼女は廊下に出てドアをきちんと閉めた。確認するとちゃんと鍵もかかっていて、ホルダーにはカードキーが挿さっている。

彼女はいったいなにを見せてくれるのだろう。俺は期待しながらドアを見つめた。

しかし次の瞬間、カチャンと鍵が開く音がして、なに食わぬ顔で比留子さんがドアを開けて入ってきたではないか。

あまりにも呆気ない出来事に目を丸くする。

比留子さんの手元を見ると一枚のカードキーがあった。

「なんだ。マスターキーですか」俺は拍子《ひょうし》抜けした。ところが、

「違うよ。これがこの部屋のキー」

比留子さんが悪戯っぽく笑ってカードの表を見せた。そこには三〇八の文字。俺はようやく理解する。彼女はいつの間にかホルダーに挿さっていたこの部屋のキーをすり替えたのだ。

いや、いつの間になんて考える必要もない。部屋には自由に出入りできるようになっていたのだから、俺が屋上でSOSを描いている間にすり替えたのだろう。俺はホルダーに挿さっているというだけでこれがこの部屋のキーだと思い込んで生活していた。

そこで俺はある閃きに「あっ」と声を漏らした。

「気づいたみたいだね。今の君はまさに、立浪さんと同じ行動をしていたんだよ。昼間は駆け込みやすいようにドアガードを挟んでおいて、室内にいる時はドアを閉めて安全だと思い込む。ちゃんと電気も使えているから、キーがいつの間にかすり替わっていても気づかないんだ」

部屋の住人にしてみればキーは『ずっとそこにある』と思い込んでいるわけだから、なかなか気づかないものだ。

確かに昨日の会話でも立浪はこう言っていた。自分が部屋の外にいる時まで鍵を閉めてしまうのは本末転倒だ、と。実際に彼が部屋の外にいる間、ドアは常に半開き状態で、だからこそラジカセの音があんなにもラウンジに漏れ出していたのだ。

「じゃあ、昨日の晩までに何者かが立浪さんの部屋のキーをすり替えていたわけですね」

「そう。立浪さんは部屋にいることが少なく、屋上で煙草を吸ったり、七宮さんに声をかけに行ったりしてラウンジから離れることも多かった。犯人がラウンジで一人になる時間が数秒間あれ

ばキーのすり替えは可能だったろうね。すり替えたキーは侵入後に元に戻しておけばいい」

つまり、鍵のすり替えは誰にでも可能だったわけだ。

しかし——それだけでは犯人を絞り込むのは不可能ではないのか。

その時だった。

七宮の部屋の方向から、なにかがめきめきとなぎ倒されるような音と、けたたましいブザー音が鳴り響いた。

# 第六章　冷たい槍

## 一

なにが起きたのかは明らかだった。

三階の非常扉がゾンビによって破られたのだ。二階の非常扉が未明までしか保たなかったことを考えると、よく耐えた方だといえる。

俺と管野が真っ先に剣を拾い上げて南エリアへと走った。急がなければ七宮が部屋に取り残されてしまう。そうなってしまえば屋上から梯子を下ろすこともできないから、救出が困難になる。

走りながらマスクをつける。だが七宮の部屋へと続く角を曲がろうとすると、向こうから人影が現れた。ゾンビだ！

「うあああああ！」

叫んで己を奮い立たせ、先頭のゾンビの頭めがけてフルスイングした。

ずんっと胃に響くような衝撃とともにこめかみが割れ、細かな肉片が飛び散る。横に吹っ飛んだ男のゾンビは壁に激突して崩れ落ちた。

止めを刺すべきか七宮の部屋に向かうべきか迷ったが、そのどちらも叶わなかった。奥から次次とゾンビが現れたのだ。これでは七宮の部屋はすでに包囲されているだろう。

ラウンジでの苦闘が頭をよぎり、俺はすぐさま撤退の意思を固めた。

「この先は無理だ。戻りましょう！」

「兼光さん！　廊下に出ちゃ駄目ですからね！」

部屋にいるであろう七宮に呼びかけて、俺と管野は急いで後退する。

南エリアを出るとすぐに管野が扉に鍵をかけた。エレベーターホールには他のメンバーが集合しており、切迫した面持ちで比留子さんが訊ねてきた。

「七宮さんは」

俺は首を振る。

「駄目です。もうゾンビに占領されています」

「あいつは気づいてないのか？」と高木。

「この騒がしさでそれはないでしょう」

ゾンビたちの呻きやドアを叩く音よりもはるかに強烈な音が警報ブザーだ。曲がり角と扉を隔てたこのエレベーターホールにさえ聞こえてくるのだ。非常扉の直近の部屋にいる七宮に聞こえないはずがない。

「他の部屋からは助けられないでしょうか」

比留子さんの問いに管野は苦渋の表情で答える。

「こちら側からでは南エリアのベランダは見えない構造です。僕たちにはもう立ち入れない」

それでも彼女は下を向かなかった。

「仕方ない。屋上から様子を探りましょう」

俺たちは手分けして行動した。幸い、南エリアの扉が破られても屋上にたどり着くまでには倉庫の扉が守りとなってくれる。高木と名張、静原は必要な物資を倉庫に運び込み、比留子さんと菅野は屋上から七宮への呼びかけ、そして俺と重元は万が一扉を突破された場合、ゾンビを食い止める警備につくことになった。

「まさかバリケードよりも先に非常扉が二つとも破られるなんて」

慣れない手つきで槍を弄びながら重元が呟いた。

「強度では非常扉の方がはるかに頑丈なはずですけどね」

「あいつらにとっては足場が安定しているかどうかの方が重要なんだ。ゾンビはスタミナに限りがない。痛みも感じないから、単純な破壊のスピードなら僕らよりずっと上だ」

二階南エリアの扉は半日も保たずに突破された。俺たちが屋上に追い詰められるまでいったいどれくらいの時間が残っているだろう？　そして犯人はその間にどのような手段を講じて七宮を殺すつもりだろうか。

しばらくすると屋上から二人が下りてきた。その顔には困惑の色が浮かんでいる。

「おかしい。どれだけ呼びかけてもベランダにすら出てこないよ」

苛立った口調からは、比留子さんが最悪の事態を想定していることが窺えた。

最悪の事態——犯人がすでに目的を達成しているということ。

俺は思わず窓の外に目を走らせたが、そう都合よく救助隊は現れてくれない。

俺たちはなんとかして七宮の部屋に下りられないか知恵を絞った。

屋上にはやはり縄梯子を引っ掛けられる手すりなどはなく、また俺が考えていたようなあり合わせの布を繋いで七宮を引っ張り上げるというやり方はあまりにも危険すぎる。

人の昇降を断念した俺たちは、布の先に重元のビデオカメラを固定し、それを屋上から吊り下げて七宮の様子を探ることにした。

「ううん、どうやってもカメラが回転してしまう」

「構いません。短時間でも室内の様子が見られたら」

数分間の撮影が終わるとカメラが引き上げられ、倉庫で映像が再生された。

ぐるぐると回転する景色の中、ほんの三秒ほど室内が映し出される。

「止めて」

静止させると、そこには確かに七宮の姿が写り込んでいた。比留子さんが呟く。

「七宮さん……」

「――倒れてる」

管野の言葉に倉庫内には悲愴感が漂った。

七宮の部屋のドアはまだ破られておらず、室内は今朝とさほど変わりなく見える。七宮はドアの手前に横向きに倒れていた。その体は不自然に仰《の》け反《ぞ》り、苦しむように両手で頭を抱えている。

数度映像を見返したが、七宮は身動き一つしていないように見えた。

「――やられた」

比留子さんが悔しそうに漏らす。その意味は明らかだった。

犯人は見事に最後の標的、七宮の命を奪ったのだ。

「ああ……」管野が肩を落とした。「どうして彼まで」

それは仲間を守れなかったことへの悲憤だろうか。それとも一人の管理人として？　あるいは雇用主の息子を死なせた自責かもしれない。

高木と静原は居心地が悪そうに画面から目をそらし、だが最後までその口から哀惜の言葉が出ることはなかった。

　今朝七宮と衝突したばかりの名張は気が抜けたように床に座り込み、重元は黙ってカメラの電源を切った。

　俺は比留子さんを見つめた。絶対安全と思われていた状況で七宮が犯人の手にかかったばかりか、ここにきてさらなる密室殺人という謎が増えてしまった。今朝彼が閉じ籠ってから誰も立ち入っていない部屋の中。互いに目の届く場所にいた仲間たち。どう考えても殺害不可能だ。

　彼女もここまでか。それとも起死回生の一手を隠し持っているのか。

　しかし予想に反して彼女は穏やかな声を出した。

「皆さん、ここからは救助が来るまで生き延びることに専念しましょう。私たちの最大の敵はゾンビです。いずれ三階も彼らの手に落ちます。拠点を倉庫に移して、守りを固めるんです」

　その言葉に管野も自分を取り戻して同調した。

「ひょっとすると狼煙《のろし》を上げる必要があるかもしれません。余っているリネン類を集めて、それと誰かライターを持ってませんか」

「あるよ。禁煙中だけど、ライターだけは持ってる」と高木。

　それぞれが気持ちを切り替え動き始める。しかし、

「ちょっと待ってください」

　それを止めたのは、意外にも静原だった。大勢の前では滅多に自分から口を開かない彼女だけに、皆が驚いた顔で視線を注ぐ。

「どうした、美冬」高木が訊ねる。

「剣崎さん、もしかして――すでに犯人がおわかりなんじゃないですか」

俺はその言葉にぎくりとする。

比留子さんを振り返ると、彼女は静かにため息をついた。

——そうか。やはり彼女は見通していたのか。全部わかった上で口をつぐんでいてくれたのか。

「やっぱり」静原はいつになく強い視線を彼女に向けた。「さっきから様子がおかしいと思っていたんです。話していただけますか、剣崎さん。この三日間私たちを追い詰めたのは誰なのか」

「犯人の目的はすでに達成されたんですよ」

そう言って比留子さんはゆっくりと首を振る。

「ここで罪を暴き、殺人者を名指ししたところでどうなるというんですか。私たちはこれから力を合わせて生き残らなければならないのに。犯人の検挙は私たちが救助された後、警察がやってくれるはずです」

「いいえ。私たちには知る権利があるはずです。責める権利があるはずです。どんな理由があれ犯人は三人もの命を奪ったのですから」

静原は退かない。高木をはじめ、他のメンバーはそのやりとりをただ見守っていた。誰の顔にも戸惑いが浮かんでいる。

無理もない。ここに残ったメンバーは三日間、苦難を共にした仲間だった。今その罪を暴いて輪から弾き出すことが、あと何日もないであろう協力関係に必要なのか、判断しかねていたのだ。

たぶん——心の中で謎解きにはっきりと反対していたのは俺だけだったろう。

「——わかりました。もう意味を持たない私の推理でよければ、聞いてもらいましょう」

比留子さんが一度強く目を閉じ、審判の始まりを宣言した。

## 二

「一つ一つの謎を説明する前にまず話しておきたいのは、一連の事件の犯人像についてです。犯行のきっかけは去年合宿で七宮さん、立浪さん、出目さんが起こした男女関係のもつれにあると思われます。細かいことは不明ですが、強い睡眠薬が持ち込まれていたことからも犯人は元からOB三人とこの合宿を計画した進藤さんに殺意を抱いて参加したのでしょう。ですがゾンビによる襲撃という非常事態に直面してしまった。それでも犯人は些細《ささい》な偶然を利用し、悪魔的な閃きで見事目的を達成したのです。

そもそも一連の犯行は私には理解できないことだらけでした。全員の生死がかかっている時になぜ危ない橋を渡って自ら手を下したのか。そこには標的の四人に対しての想像を絶する深い憎しみを感じざるをえません。しかし同時に犯人は私たちに電話をかけて危機を知らせるなど、人道的な側面も垣間見せています。激しい憎悪と、人間的な理性。これを持ち合わせた犯人の心理がなかなか想像できず、最後まで私は翻弄《ほんろう》されました。

では前置きが長くなりましたが、謎解きを始めます。

まず一つ目の殺人、進藤殺しについてです。

進藤さんは鍵のかかった部屋の中で全身を噛まれて死んでいました。死体と現場の状況から、彼が室内で何者かに噛み殺されたのは疑いようがありません。ですがこれは異様な状況です。あの晩私たちはゾンビの侵入を防ぐためバリケードを設置し、エレベーターの動きを制限しました。非常扉は外からは開けられず、壁をよじ登るような足場もないし、縄梯子がかけられた痕跡もなかった。外から何者かが忍び込めるルートなどどこにもなかったのです。

　つまり私たちの内の誰かであれば進藤さんを言いくるめるなどして室内に侵入可能ですが、誰の口にも犯行の痕跡がなく、逆にゾンビであれば殺害は可能ですが侵入不可能。さらにメッセージを書いた紙は廊下から挟まれた——ようするに犯人が館内へ逃げたとしか考えられない状況で見つかった。これらの矛盾が私を悩ませました」

　そこまで一気に喋り、比留子さんは大きく息を継いだ。

「さらに言えば、二つの殺人に見られるギャップにも違和感がありました。進藤さんは室内で殺されていたのに、立浪さんはわざわざ外に運び出されて殺されていた。また進藤さんは嚙まれたままの姿で放置されていたのに、立浪さんは執拗といえるほど残虐に頭部を砕かれていた。

　ですがこれは当然のことだったのです。二つの殺人は別の犯人によって行われたものだったのですから」

「なんだって！」管野が驚き叫ぶ。「この中に二人も殺人犯がいるというんですか」

　しかし比留子さんはそれを否定した。

「違います。この中に犯人は一人しかいません。なぜならもう一人の犯人はすでに人間ではないから」

「人間ではない？」

「葉村君、写真を」

　俺はスマホを取り出し、進藤の部屋で撮った掛け布団の血痕の画像を表示した。

「これを見ておかしいと思いませんか。殺害時に飛び散ったと思われる血は布団の表についている。にも拘わらず、染み込んだわけではないのにその裏にも血がついていたのです」

「確かに。両面に血が降りかかるなんてありえない」

「じゃあいったいどういうわけなんだ？」高木が聞く。

「つまりこうです。進藤さんが襲われるより前、傷を負った人物がベッドに寝ていた。進藤さんはその人物を部屋に連れ込み看病していた。しかしその人物は夜中に症状が進み、ゾンビとなって進藤さんを嚙み殺した」

「まさか……」

「進藤さんが皆に内緒で部屋に連れ込んでまで救おうとする人物。それは恋人の星川さん以外にいません。進藤さんはゾンビ化した星川さんに殺されたのです」

一同から悲鳴のような叫びが上がった。

「そんな馬鹿な！」

「そうだ。あの夜、進藤さんは肝試しから一人で戻ってきた。僕たちは全員玄関の前でそれを見たじゃないか。星川さんの姿は一度も見ていない」

重元が肝試し後の出来事を回想する。

「よく思い出してください。あの時進藤さんはペンションの裏手から現れましたね。そして星川さんを先に逃がしたと話し、彼女を探してペンションの中へと入っていった。おそらくあの時、星川さんはペンションの裏に潜んでいたんだと思います。進藤さんは非常扉の鍵を開けるために中に入ったのです。非常階段を使えば人目につかずペンションに入れる。そうやって裏で待機していた星川さんをこっそり招き入れたのです」

高木が異論を挟んだ。

「待て。どうして進藤は皆に助けを求めなかったんだ？　あの時はまだゾンビの生態なんて誰もわかっていなかったじゃないか」

　すると比留子さんは初めて躊躇うように口をつぐんだが、再び口を開いた。

「進藤さんが現れる直前の出来事を思い出してください。私たちはゾンビに追われ、広場からペンション前へと逃げてきました。そして広場から上がってこようとするゾンビを立浪さんが苦闘の末に槍で仕留めた。その時、様子を見守っていた重元さんがこう叫んだんです。『ゾンビに噛まれたらもう助からない。そいつらは人間じゃない。殺すしかない』と」

「あ――」

　重元が愕然《がくぜん》と声を漏らした。

「おそらく進藤さんたちはその光景を裏から見ていた。重元さんの言葉が真実か否かは別として、進藤さんはこう思ったでしょう。噛み傷を負った星川さんを連れて出ていけば、ゾンビと同じように殺されてしまう、と」

　結果的に重元の指摘は正しく、どのみち星川はゾンビ化を免れることはできなかっただろう。しかし彼の発言が原因で進藤は恋人を匿《かくま》うことを決断し、彼女に惨殺されることになってしまった。

　比留子さんはそれ以上触れまいとするように言葉を続けた。

「狂乱して星川さんを探す進藤さんの芝居は実に見事で、私たちは誰一人として星川さんがペンション内に帰還していることに気づけませんでした。だからあの後、彼は集団で夜を過ごすことに難色を示したのです。しかし看病の甲斐《かい》なく、星川さんはゾンビ化してしまった。ニュースでは感染から発症まで三から五時間かかると言っていましたね。布団についていた血も少量でしたし、星川さんが負った傷はそう大きなものではなく、およそ五時間後にゾンビ化したのでしょう。

肝試しが始まったのが九時、仮に星川さんが感染したのが九時半とすれば、名張さんが物音を聞いたという二時半前後に進藤さんが襲われたと考えられます。詳しい状況はわかりませんが、ベランダに残った血の跡からして星川さんは進藤さんと揉み合いになり、手すりを越えて下へと転落したのでしょう。ゾンビは脳を破壊しない限り動き続けます。おそらく彼女は今も群れの中にいるのでしょう」

「でも、剣崎さん」名張が言いにくそうに訊ねた。「それは今のところ剣崎さんの推測よね。本当に、その、星川さんがゾンビになって彼を殺したかは――」

「証拠なら、あるんです」

再びスマホの写真を表示する。

「悪いとは思いましたが、進藤さんの部屋にあった星川さんの鞄の中を調べさせてもらいました」

そこに写っていたものを見て、驚きの声が上がる。

「靴だ!」「まさか、星川さんの」

それはまさに星川が履いていた白いパンプスだった。

「そうです。初日に廃墟に向かう前、星川さんは替えの靴を持ってきていないという会話をしていました。ではなぜ鞄の中に行方不明の彼女の靴が入っていたのか。答えは一つです。星川さんは肝試しから帰ってきていた。そして靴を脱いでベッドに寝た。その靴を進藤さんが鞄に隠した。そうとしか考えられません」

まさかあの夜、進藤の部屋に感染の恐怖に震える星川がいたとは――。

名張は友人の残酷な事実から目を背けるように顔を伏せた。

「犯人はなんらかの理由で進藤さんの部屋で起きていることを察知しました。進藤さんはゾンビに噛み殺され、部屋には彼の死体だけがある。そして犯人はこの状況を利用することを思いつきます。つまり私たちの誰かによる殺人であるかのように見せようとしたのです。そうすれば今後立浪さんや七宮さんを殺した際に自分に疑いが向けられても、進藤さんをどうやって殺したのかという反論ができますから。私はずっと、人間の犯行をゾンビになすりつけるという発想しかできませんでした。まさに逆転の発想です。

そのためには、人間が犯人だという痕跡を現場に残しておく必要がありました。そこで犯人はメッセージを書いた紙を二枚用意し、一枚をドアに挟んでおき、もう一枚は次の朝、皆が死体に目を奪われている隙に部屋の隅に放ったのです。犯人の思惑どおり、あのメッセージで私たちは人間とゾンビの犯行をごちゃ混ぜにしてしまい、泥沼にはまってしまいました」

ここで俺は疑問を挟んだ。

「犯人はなぜ二枚もメッセージを残したんです？　一枚でもよかったのでは」

「ドアに一枚を挟んだだけでは、人間が室内にまで入ったという印象が薄い。そこで二つのメッセージを室内外に残すことで、『犯人は廊下から部屋に入り、出ていった』という印象を与えたんだよ」

「それなら、室内に放った一枚で十分じゃないですか？」

すると比留子さんは大きく首を横に振った。

「いいや、ドアに挟んだ一枚には他に重要な役割があったんだよ。いいかい、犯人は星川さんがゾンビ化したのを知っていた。つまりおおよそどのくらいの時間で人間がゾンビ化するか、ニュースで見るより先に見当がついたんだよ。進藤さんがゾンビになってしまえば、彼を殺したのがゾンビだと確定してしまう。そうなれば、手紙を残したのは別人の仕業とバレてしまうでしょう。

それでは都合が悪いんだよ。人間が進藤さんを殺したと思い込んでもらわなくちゃメリットがない。だから、進藤さんがゾンビ化する前になんとしても死体を発見してほしかったんだ。そのために紙をドアに挟んだんだよ。一時間に一度巡回している管野さんが見つけてくれると期待してね」

　名前が出た管野が、青ざめた顔で呟く。

「でも僕は、その紙を何度も見逃してしまった……」

「そう。犯人は焦ったはずです。このままでは進藤さんがゾンビになってしまう。しかし重元さんが運よくその紙を発見し、皆に知らせてくれました」

　皆の目が一斉に重元に向く。痺れを切らした犯人が自ら発見者を装ったのではないか――そう思ったのだ。

「ち、違う！　僕は……」

「ええ。これだけで犯人扱いするのは早計です。進藤さんの隣の部屋である彼が発見者でもなんら不思議ではありません。とにかくメッセージを見た我々は進藤さんの部屋に向かい、彼の死体を発見した。時刻は六時を少し過ぎたくらいでしたか」

　名張が物音を聞いたのが二時半以後。そのあたりで星川が進藤を噛んだのだとすると、俺たちが進藤を見つけたのは約四時間後――。

「……ギリギリじゃないですか」

　考えるだけで寒気が走る。

「そう。私たちはまさに彼がゾンビ化するかしないかのタイミングで部屋に踏み込んだんだよ。星川さんと違って彼は全身を噛まれていたから発症も早かっただろうしね」

あの時、七宮が倒れている進藤を見て『指先がちょっと動いた』と騒いだ。もしかするとあれは見間違いではなく、まさに進藤がゾンビとなり起き上がる寸前だったのかもしれない。

「以上が進藤殺しの全容です。次は立浪殺しにいきましょう」

三

予想していなかった進藤殺しの真相に皆呆気にとられているが、まだ犯人を特定する情報は出てきていない。問題はここからだ。俺は心臓が早鐘を打つのを感じながら耳を傾けた。

「立浪殺しの主な謎は二つです。一つ目は犯人はどうやって立浪さんの部屋に入ったのか。二つ目は立浪さんをどうやってゾンビに襲わせたのか。ここではまず二つ目の謎から説明させてください。今朝葉村君が説明したとおり、拘束した立浪さんをエレベーターに乗せて一階に送り、ゾンビに襲わせる。その後犯人は普段のように上下どちらかのボタンでエレベーターを呼べばいい。ところがここで問題なのは、一階で扉が開いた際にゾンビが乗り込んで、一緒に昇ってきてしまうこと」

「そうよ。大問題だわ」朝それを指摘した名張が頷く。

「そこで犯人は一つの仕掛けを施しました」

比留子さんはスマホに別の画像を表示させた。テレビの横に並んでいた銅像を写したものだ。

「これがなにか?」管野が不思議そうに訊ねた。

「絨毯の臙脂色と混同してわかりにくいかもしれませんが、銅像の足元、接地部分を見てください。わずかに血が付着しているのに気づきませんか」

画像をピンチアウトしてその部分を拡大すると彼女の言うとおり、絨毯とは違う赤色が付着しているのがわかる。

「確かに。でもなぜ？　銅像は死体からかなり離れた位置にあったはず」

「それはこの銅像が立浪さんと一緒にエレベーターに積み込まれたからです」

　管野が愕然とする。

「いったいなんのために？」

「ゾンビが乗り込む余裕をなくすためですよ」

　俺は内心、そうきたか、と舌を巻いた。

「エレベーターの積載量には制限があります。犯人は余分なものを積み込むことで、ゾンビが乗ると積載量の限界を超えてしまうように細工したんです。

　具体的に計算しましょう。あのエレベーターは少人数用でかなり狭い。定員は四人と書いてありました。一人当たりは六十五キロで計算されますので、カタログ上の積載量はせいぜい二百六十キロ程度でしょう。通常は積載量の一・一倍で警報ブザーが鳴るので、二百九十キロまで乗れるものとします。立浪さんの体重を七十キロと仮定、この銅像は高さ約一メートルで重量は少なく見積もっても四十キロはあります。持ち上げるには少々重いかもしれませんが――確か二〇六号室の窓の外には浴衣が捨ててありましたね。広げた浴衣の上に銅像を倒し、包んで引きずっていくのなら誰にでも可能です。こうして合計五体の銅像を積み込んだとしましょう。立浪さんと合計で二百七十キロ。どうです、これで体重二十キロ以上のゾンビが乗り込んだ時点でブザーが鳴り、扉が閉まらなくなります。もしかすると本当は積載量がもう少し上かもしれないし、載せた銅像の数が一つくらい少ないかもしれません。肉を噛みちぎられる分を計算すればかなりギリギリのラインを攻めなければいけないかも。けれどラウンジに残っていた武器類を積み込むことで微調整は可能です。秤の要領で、ブザーが鳴った時点で一つ武器を除けばいいわけですから。

この状態でエレベーターを一階に送れば、ゾンビが乗り込んでいる間は決して上がってきません。彼らは食事としてではなくウイルスを感染させるために嚙みつくので、ある程度立浪さんを襲ったところで目的を達成し、カゴから降りていきます。すると扉が閉まり、エレベーターは立浪さんの死体だけを乗せて戻ってくるのです」

「でもそれだと、エレベーターがいつ戻ってくるかわからないんじゃないですか。ゾンビが立浪さんから離れてくれるタイミングなんて計りようがない」

「ええ。だからこそ犯人は立浪さんだけでなく私たち全員に強力な睡眠薬を飲ませたんです。手順としてはこうです。まず睡眠薬が効き始める時間を見計らってラウンジにやってきた犯人は、目撃されるリスクを減らすためにテレビ台の上の鍵を使ってエリア間の扉にすべて鍵をかけます。そして例の銅像などをある程度エレベーターに積み込んでおいて、立浪さんを拘束して部屋から運び出し——この際に立浪さんが目を覚ましたら頭を殴るなどして気絶させたかもしれません——彼を乗せます。後はブザーが鳴るギリギリまで剣や槍などの細かい物品を積んで微調整し、エレベーターを一階に送ったのです。ですが一度目でゾンビが襲ってくれるかはわかりませんので、ひょっとすると何度か手順を繰り返したかもしれませんね。そして嚙み殺された立浪さんの乗ったエレベーターが戻ってくると荷物を降ろし、血を拭き取ります。ここでさらに死体の頭を殴打《おうだ》しメッセージの紙を残します。こうして犯人の計画はうまくいくはずだったのです。

しかし最後の段階で、偶然にも二階の非常扉を破って侵入してきたゾンビが南エリアの扉を叩いていることに気づいたのです。

犯人は悩んだはずです。目的は達成し、後はなに食わぬ顔で部屋に戻れば疑われずに済む。でもこのままでは睡眠薬が効いている私や高木さんが逃げ遅れてしまう。そこで急遽《きゅうきょ》、空き部屋だった二〇六号室から私たちに電話をかけたのです。もしかするとあらかじめその部屋で体や服についた血を落とす準備をしていたのかもしれませんね。そして犯人は管野さんや皆が動きだす隙を見計らって私たちの前に現れた」

「でも、犯人はなぜ閉めておいた南エリアの扉の鍵を開けたのでしょう」管野が訊ねた。

「私か高木さんの自作自演の可能性を残しておくためだと思います。鍵一つで二人も容疑者に残るのなら安いものでしょう」

比留子さんが語る犯行の一部始終を頭に描きながら俺は聞いた。

「それが事実だとすると、立浪殺しには相当な時間がかかったようですね」

犯人が電話をかけたのは、すべての犯行が終わった直後のはずだからだ。

「そうだね。ゾンビがうまくエレベーター内の立浪さんに嚙みつかなかったのか、道具の後始末に時間を割《さ》いたのかはわからないけれど」

エレベーター内に立浪さんを引きずり回したような跡が残っていた理由も説明がつく。小ぶりとはいえ銅像を四、五体も積み込んだカゴの中では、飛び散った血が銅像によって遮られ、床に不自然な偏りができたはずだ。それをごまかすために死体を引きずったのだろう。

「でも、剣崎さん」静原が口を開く。「これまでの説明で殺害が可能であることはわかりましたが、これでは犯人がいったい誰なのか絞り込むことができないのでは？」

比留子さんは頷く。

「おっしゃるとおりです。実際に殺人は起きているのだから、それが可能であることを証明してもなんら意味はありません。ここからがいよいよ犯人を絞り込む作業です。そのためにはまず残っていた一つ目の謎――犯人がどうやって立浪さんの部屋に侵入したのかを説明しましょう」

それから比留子さんは、彼の部屋のドアに、例の針金を使った解錠トリックを無効化する仕掛けがあったこと、紐を使ってドアガードを外した痕跡が残っていたことを明かし、さっき俺にやってみせたカードキーのすり替えについて説明した。

「カードキーのすり替え。ごく単純なトリックですが、いくつかの要素が犯人にとって有利に働きました。まず立浪さんが普段ドアを半開きにしたまま活動しており、彼がカードキーに触れる機会がほとんどなかったこと。そして立浪さんが頻繁に部屋を空けていたこと。そのおかげで犯人は容易にカードキーをすり替えることができたのです」

そこまではいい。だがキーのすり替えだけで本当に犯人が絞り込めるものだろうか。

昼間のラウンジはしきりに人が出入りしており、いつ誰が一人きりになったかは確認しきれない。ずっと自室に籠っていた七宮以外、そのチャンスは誰にでもあったはずだ。

比留子さんが一同を見回す。

「いいですか。犯人は立浪さんのキーをすり替えた。これはつまり、代わりに自分の部屋のキーを手放すということに他なりません。紫湛荘のカードキーは上等なもので、名刺や免許証のような別のカードをホルダーに入れても電気を使えない。すり替えに気づかれないようにするには、自分のカードキーを残していくしかない」

「ちょっと待って」

重元が異を唱えた。

「他の部屋のカードキーを手に入れることは可能だったんじゃないかな。今さらこんなことを言うのは申し訳ないけれど、管野さんがフロントからマスターキーしか持ち出さなかったというのは嘘で、実は最初から複数のキーを所持していた可能性もある」

「そんな、どうして僕がそんなことを」突然の指摘に管野が狼狽する。

「可能性の話ですよ。犯人を特定しようっていうんだから、可能性があるものを切り捨てるわけにはいかない」

するとそれに名張が食ってかかった。

「管野さんだけを疑うのはフェアじゃないわ。下松さんや明智さんのようにカードキーが失われた部屋は別として、進藤さんの部屋にはキーが残っていたはずよ。あそこはエアコンをつけっ放しにしていたもの。例の針金トリックを使って室内に入って、キーを持ち出すことはできたんじゃないかしら」

比留子さんは一つ一つの仮説に頷いてみせた後、落ち着いた口調で説明を始めた。

「まず、管野さんが最初から複数のカードキーを持っていた可能性は否定しきれません。ですが管野さんは犯人から除外される理由があります。立浪殺しの後、高木さんが犯人らしき人物から電話を受けていた時間と、私が管野さんと電話で話していた時間が重なるのです。よって彼は犯人じゃない」

二階で俺たちに披露したアリバイの話だ。

「そうだったわね」と名張が頷き、管野が胸をなで下ろす。

「次に進藤さんの部屋のカードキーが持ち出された可能性ですが、これはありえません。昨晩、夕食が始まってからラウンジには常に皆の目があり、立浪さんは誰よりも早く部屋に戻った。ということは、犯人は夕食が始まるまでにキーの交換を済ませていたはずです。ですが解散後、葉村君は自室から進藤さんの部屋のライトが一つ消し忘れられているのを目撃しているのです。管野さんもまた見回りの際にライトが点灯しているのを確認しています。さっき言ったように電気を使うためにはカードキー以外のもので代用することはできませんから、この時進藤さんの部屋のキーはちゃんとホルダーに挿さっていたということになります」

数人の視線がこちらを向いたので、俺は間違いないと頷いてみせた。

「以上のことから、私たちはそれぞれ一枚のカードキーしか持ちえませんでした。そして夕食時にはすでに、犯人の手の中には立浪さんのカードキーだけがあった。私たちは睡眠薬入りのコーヒーを飲み、立浪さんが真っ先に部屋に戻ったのを皮切りに解散しました。しかしその後、私たちの知らないところであるやりとりがあったのです」

そう言って比留子さんが視線を向けたのは名張だった。

「名張さん。あなたは就寝の直前、ラウンジの後片付けをしていた管野さんに頼んで、持っているキーを交換してもらったんでしたね」

「マスターキーを持っているのが嫌だったのよ。もし誰かが殺された時これを持っていたら、真っ先に疑いをかけられるじゃない」

それを聞き一つ頷くと、比留子さんは管野に視線を移した。

「彼女から受け取ったのはマスターキーで間違いないですね」

「間違いありません。最後はそれで名張さんのドアを開けて彼女が部屋に入るのを見届けましたし、僕の部屋も開けたのですから」

「そう。すり替えが完了していたはずの時間に、名張さんが所持していたのは間違いなくマスターキーでした。つまり名張さんは犯人ではありません」

これで管野、名張の二人が容疑者から消えた。残りは五人。

「そしてもう一つポイントになるのが、先ほどの重元さんと管野さんの証言です」

「昨日の昼間、立浪さんの部屋から聞こえていた音楽が途切れたという話ですか」

「ええ」比留子さんは頷く。「先に聞いておきます。この中で、自分が立浪さんのラジカセを触った、もしくはそのような人物を見たという方はいますか」

誰も手を挙げないのを見て話を続ける。

「音楽が途切れた時刻は重元さんが弾き出したところによると夕方の四時半。しかしその時、立浪さんは屋上にいたと名張さんが証言しています。ならばなぜ音楽は途切れたのか。答えは簡単です。まさにその時犯人が立浪さんのカードキーをホルダーから抜き取ったため、部屋の電気が途切れてラジカセがオフになったのです。今朝彼の部屋を覗いたところ、ラジカセは部屋に入って左手、入口からは死角になるベッドの陰でコンセントに繋がれていました。だからこんなミスが起きた。犯人はラジカセがバーベキューの時と同じように電池で動いていると思っていたのでしょう。あるいはただのうっかりミスかもしれませんが。

とにかく犯人がホルダーからキーを抜いた瞬間、大音量で鳴っていた音楽が止まってしまった。犯人は心臓が止まるほど驚いたはずです。パニック寸前の頭に、早く音楽を再生させなければならないという考えがよぎります。誰かが異変に気づけばこの部屋に侵入したことやキーを抜いたことがバレてしまう。犯人は慌てて自分のカードキーをホルダーに挿し、ラジカセを探して再生ボタンを押したのです。

つまりその瞬間のアリバイを証明できる人は犯人から除外できます。先ほど管野さんは容疑者から除外しましたから、その時一緒にいた重元さんのアリバイは成立し、彼もシロです」

これで三人が容疑から外れた。残りは四人。比留子さん、高木、静原、そして俺。

「いよいよ大詰めです」

いつしか比留子さんの声は冷たく、鋭いものになっていた。

「先ほど私は、カードキーをすり替えるということは自分の部屋のキーを手放すことだと言いました。それはつまり、犯人は解散後、自分の部屋の鍵を開けられなかったということです」

「ちょっと待って」名張が口を挟む。「鍵は開けられなくても、立浪さんみたいにドアガードを挟んで半開きにしておけば、部屋には入れるわよね」

「ええ。部屋には入れます。ですがそれはあまり問題ではありません。私が言いたいのは、昨晩の解散後、自室のカードキーを使用したことを証明できる人は容疑者から外れるということです」

――ああ、なるほど。そうきたか。

「まず、私は葉村君に送られて部屋に戻りました」

比留子さんの言葉に俺は頷く。

「ええ。目の前で確かにカードキーで鍵を開けた。間違いないです」

これで比留子さんは除外。残り三人。

「その後、君は廊下で高木さんと行き合ったと言っていたね？」

「そうだ。あたしが鍵を開けるのに手こずっていたら、葉村が代わりに開けてくれた――」

高木の言葉に頷く。

高木も除外。

五人の十の瞳が、たった二人に向けられる。

俺と、静原。

俺の胸はすでに諦めの気持ちが支配していた。

やはり比留子さんは気づいているのだ。俺がついた嘘に。

いったいどこで気づかれたのか。わからない。だが果たして、嘘をついた理由にまで彼女はたどり着いているのだろうか。

比留子さんが大きな瞳で俺を見据えた。

「さて、葉村君。その後君は、静原さんと一緒に三階に戻ったんだったね。――答えてほしい。君たちのどちらが先に部屋に入ったのかな」

それが最終通告だった。

真実を知っているのは、俺たちだけだ。

だから、俺は――。

「葉村さんです」

声が聞こえた。

「葉村さんは私の目の前で部屋の鍵を開け、中に入りました。私はそれを見届けました」

静原美冬が告げた。

彼女が犯人だった。

## 四

他に疑わしい人物がいたわけじゃない。

それでも、まさか――というのが他のメンバーを支配した感情だった。

「美冬、そんな——」

中でも静原と関係の深かった高木はショックを隠せず、これまでどんな死体を目にした時よりも狼狽えていた。

しかし静原はまったく取り乱すことなく、落ち着いた声で言った。

「さすがは剣崎さん、と言うべきでしょうか」

謎解きを要求したのが彼女だっただけに、覚悟はしていたのだろう。それでもこれまでのおぞましい執念を感じさせた犯行に似つかぬ潔さは、一同を混乱させた。

「一つ負け惜しみを言わせてもらうなら——私が今の自白をしなければ、もしくは嘘をついていれば剣崎さんは私を犯人と断定できなかったのでしょうか」

比留子さんはそれを聞いて、ゆっくりと首を振った。

「いえ——あなたを犯人と断定した手がかりは、実はもう一つあります。それは今朝目覚めてからの行動を皆さんに話してもらった時でした。あの時の話には、明らかな矛盾がありました」

「そうでしたか？　気をつけて話したつもりでしたが……」

「ミスをしたのはあなたではありませんよ」

彼女の視線が捉えたのは俺だった。

「君だよ、葉村君。君の話には無視し難い矛盾点があった」

俺は無言のまま先を促す。

ああ、彼女はいったいどこまで見抜いているのだろう。

「君はコーヒーを飲まなかったため早朝に目を覚まし、部屋の中で管野さんの叫び声を聞いたんだったね。君はその時の時刻をこう表現したんだよ。四時半少し前でした、とね」

名張が不思議そうに首を傾げた。

「ちょっと待って。ええと――その時刻は別に間違ってないと思うけど。剣崎さんが管野さんに電話をかけたのが二十五分で、二、三分話したんでしょ。それから管野さんは死体を見つけたり扉をチェックしたりしてたわけだから、三階に向かったのはちょうどそのくらいでおかしくないわ」

「私が気になったのは時刻ではなく、その表現です。他にも時刻に言及した人は何人かいましたが、時計を見た人は四時二十五分だとか二十八分だとか、具体的な数字を口にしました。彼のように、四時半少し前などと言わなかったのです。それはなぜか。部屋にある時計はデジタル表示だからですよ。そこに具体的な数字が表示されているのに、わざわざ直近のキリのいい時刻を持ち出したりしないのが普通です。ではなぜ葉村君はそんな表現をしたのか？――彼が見たのはアナログ時計だったからです」

比留子さん以外のメンバーは――静原も含めて――その意味がわかっていないようだった。一方で俺はすべてを見抜かれていることを知る。

「部屋のじゃなくて自分の腕時計を見たってだけの話でしょう。それがなにかおかしいんですか」

管野の疑問の直後、高木と名張が「あっ」と声を上げた。

「待って。確かバーベキューの時、葉村は時計をなくしたって言ってたよな」

「時計が見つかったってこと？」

しかしそれには答えず、比留子さんは話を続ける。

「理由はもう一つの矛盾によって明らかになりました。葉村君の証言では、管野さんが部屋の前を通り過ぎた後、ドアガードの隙間から廊下を覗き込んだと言っていました。すると隣の部屋から静原さんも同じように顔を出し、目が合ったと」

再び名張が口を挟む。

「別に静原さんが部屋にいてもおかしくないでしょう。高木さんのところに犯人からの電話があったのは二十八分より前。管野さんが叫びながら部屋の前を通ったのは三十分ごろなのだから、電話を終えた犯人が部屋に戻る時間はあるわ」

「そこじゃありません。矛盾しているのは、二人の行動です」

矛盾というのがなんなのか俺もまったく気づいていなかった。俺はあの時、自分が経験したままのことを口にしていたのだから。

「実際に見てもらった方が早いでしょう。ドアガードの隙間から覗いただけで、二人が目を合わせられるのかを」

比留子さんは倉庫を出て、廊下を少し歩き――俺たちの部屋のドアを指し示した。

「ああっ――」

誰からともなく声が漏れる。

俺と静原の部屋のドアは、背中合わせに開くようになっていたのだ。

俺も静原も、ようやく自分たちの犯した致命的な失敗を悟った。

「この二部屋の住人が顔を合わせようとすれば、開いたドアから身を乗り出してドアの背側に顔を向けなければならず、ドアガードをかけたままできる芸当ではありません。ではなぜ葉村君はこんな嘘の証言をしたのか？　最初は私もそれがわかりませんでした。けれど先ほどの時計の問題と組み合わせると答えが見えてきます。二人は確かにドアガード越しに目を合わせていたのだと」

「いや、でも、この構造じゃあ――」重元が困惑する。

「二人が目を合わせたのは三階ではなく、二階だったんですよ。静原さんは例の電話がかけられた二〇六号室、そして葉村君はかつて出目さんが使っていた二〇七号室にいて、二階から三階へと駆け上がっていく管野さんの声を聞いたのです」

一同は一つ隣の並びに視線を移す。二階の二〇六、二〇七号室と同じ配置に当たる三〇六号室と三〇七号室は、確かにドアが向かい合って開く構造になっていた。

高木が何かに気づき、はっと口元を押さえる。

「出目の部屋……まさか――」

比留子さんが、気遣わしげな目で俺を見た。私が言ってしまっていいのか、と問うている。俺は頷いた。彼女を欺こうとした俺に、いったいなにを言う権利があるだろう。

「そう、葉村君は自分の腕時計を取り戻すために、出目さんの荷物を探りに行ったのです。バーベキューの時の状況から、出目さんが限りなくクロであることは明らかでしたから。皆が起き出す前に済ませてしまおうと思っていたのでしょう。そして睨んだとおり、彼の荷物の中から時計は見つかった。部屋に戻ろうとしたちょうどその時、管野さんが叫び声を上げながら部屋の前を通り過ぎたのです。葉村君はいつもの習慣で、腕時計で時刻を確認した」

そう。あの時、時計の分針は六の目盛りに着くか着かないかというところだった。デジタル時計なら迷わず二十九分と言いきったその微妙な時間を、アナログ表示に慣れた俺は律儀に証言してしまったのだ。

「一方の静原さんは、管野さんが過ぎ去ったのを見計らって自室に戻るつもりだったんでしょう。なのに隣の部屋からいるはずのない葉村君が顔を出し、目が合ってしまった。二人とも、見られたくない場面を見られてしまったわけです。そこで口裏を合わせ、互いに自室にいたことにした」

「ちょっと待って」名張が慌てた声を上げた。「いくらなんでもその取引は成り立たないでしょう！　葉村君は盗られたものを取り返しただけ。殺人とは隠し事のレベルが違いすぎるわ」

そうなのかもしれない。常人には、俺のやったことは正当性に守られた行為に見えるだろう。でも俺は——。

「私たちからすれば許せるそれは、葉村君にとっては許すまじき悪行だったのです。それこそ、人を殺す行為と並ぶくらいに」

俺は驚いて比留子さんを見た。なぜ彼女がそれを？

すると彼女は済まなそうな表情を浮かべた。

「廃ホテルの手帳の一件の後でね、明智さんが教えてくれたんだよ。君のこめかみの傷は、地震や津波で怪我をした痕ではなくて、避難生活をしていた君が家に戻った時、火事場泥棒と遭遇して殴られた傷なんだって」

——そうか、明智さんが。

未曾有《みぞう》の大震災の時、俺の家族は辛《から》くも津波から逃れ、近くの高地に避難することができた。波に押し流された建物も多い中、俺の自宅は幸い潰れることなく持ち堪えたが、全壊の判定は免れないほど傾き、しばらく避難所生活を余儀なくされた。

あの日まだ使えるものを回収するために家に戻った俺は、勝手に家に入り込み中を漁っている二人組と遭遇したのだ。怒りに駆られた俺は二人と揉み合いになり、瓦礫で殴られて傷を負った。

その出来事は俺の中に暗い怒りを残した。地震も津波も、ある意味では諦めのつく不幸だ。この島国で生きる限りどこにいてもその危険からは逃れられない。

だがあいつらは別だ。被災者からすら物を奪おうとする、あの浅ましい奴らだけは許せなかった。奴らはクズだ。殺されても文句の言えない虫けらだ。

何年経っても、何度思い返しても憎悪が癒《い》えることはない。

今でも、廃ホテルから他人の手帳を持ち出した重元や、俺の時計を盗んだ出目には抑え難い怒りがあった。俺の奥底で燻《くすぶ》っている、あの男たちへの暗い憎しみが蘇るから。

そんな俺にとって、妹からもらった大切な時計を取り戻すためとはいえ、死人の荷物に手をつけるのは耐え難い恥辱だった。たとえ相手があの出目であれ。だが出目が死んでしまった今、そうするしか取り戻す方法がなかったのだ。ぐずぐずしていると二階すべてがゾンビに占領され、二度と取り戻せなくなってしまう。

だから静原に顔を見られてしまった時、彼女の犯行を疑うよりも先に頭を占めたのは、黙っていてほしいという思いだった。この行為を人に知られるだなんて耐えられない。それを隠すためなら彼女の犯行を見逃すことなど大した問題ではなかった。


取引をしよう。


そう言おうとした俺に、静原は――。

「違います、剣崎さん」

俺の回想を断ち切り、静原がきっぱりと告げた。

「葉村さんとは口裏を合わせてなどいません。このことを誰かに漏らせば殺すと、私が一方的に彼を脅したのです。葉村さんはそれに従っただけです」

なぜだ、静原。君はどうしてここまできて――。

「だが待ってくれ、剣崎」

それ以上静原に喋らせまいとするかのように、高木が口を挟んだ。

「まだ七宮の説明が残っている。美冬は今朝からずっとあたしと一緒にいたんだ。あいつを殺す暇なんてなかった」

管野もそれに同意する。

「静原さんだけでなく他のメンバーも同じです。兼光さんはこの三日間ほとんど部屋から出てきませんでした。カードキーのすり替えも不可能で、兼光さんを殺せるチャンスなんてなかった」

「いいえ、ありましたよ」

比留子さんは言いきった。

「なぜなら七宮さんは毒殺されたからです」

「毒殺だって」皆がざわめく。

「ええ。ビデオで見る限り外傷は見当たりませんでしたし、部屋の中に籠っていた彼を殺すにはそれしか考えられません」

たちまち疑問の声が飛び交った。

「ちょっと待ってください。いったいいつ毒を盛る機会があったというんですか」

「彼が部屋に持ち込んだ水や食料にあらかじめ混入させていたんじゃ」

「無理よ。彼はラウンジにあったものを適当に取っていっただけだもの。もし他の人が手に取っていたら大変なことになるわ」

しかしそれらの声に比留子さんは首を振った。

「彼の部屋に入るチャンスは一度だけありました。今朝、私の部屋に梯子を下ろした時です」

あっ、と声が上がる。俺たちが彼の部屋に入れたのはあの時しかない。

「けど、毒をどうやって飲ませたんですか。テーブルの上のペットボトルはあの時まだ開いていなかった」

俺の疑問に名張が仮説を述べる。

「皆の目を盗んで洗面所の歯ブラシやコップに細工をしたのかもしれないわ」

否定したのは重元だ。

「いいや。あの時七宮さんたち三人はベランダに出ていたけど、室内には静原さんの他に僕がいた。確かに彼女から目を離した瞬間もあったけれど、彼女は洗面所に立ち入ったりしなかった」

俺も加わり、当時の部屋の状況を振り返る。

「テーブルにあった非常食は封を切っていなかったし、マスクも個包装でした。七宮さんは潔癖性でしたから、封を開けたものを放置はしないはずです。鎮痛剤もシートから一つずつ押し出すタイプで、毒入りのものを交ぜたりできなかったはず」

「だったら、毒入りのボトルをあらかじめ用意しておいて、一瞬ですり替えたのでは」と、管野。

「いいえ。俺は二階から彼女と一緒に駆けつけましたが、ペットボトルのような嵩張《かさば》るものは絶対に持っていませんでした」

夏場の薄着の下にそんなものを持っていれば絶対に外からわかってしまうはずだ。

するると比留子さんが言った。

「毒といっても、口から飲ませる必要はないんです」

「口じゃない？　じゃあどこから」

「目ですよ」彼女は人差し指と親指で右の目蓋を広げてみせた。「目の粘膜から吸収させればいいんです。七宮さんは度の合わないコンタクトを使っていたせいか、しきりに目薬を点していたでしょう。目薬のケースは色付きだからなにかが混入していても気づきにくいし、持ち運ぶのも目立たない。静原さんは確か、彼と同じ目薬を使っているんでしたね？」

以前、高木がそんなことを言っていた気がする。

「でも比留子さん。毒が目から入ったところで、失明の危険こそあれ死に至ることがありますか。そんな毒物を静原さんはあらかじめ用意してきていたと？」

「いいや。彼女はここで毒物を調達したんだよ」

それを聞いた管野が血相を変えて否定する。

「そんな毒なんて、このペンションには保管してませんよ！」

「あるじゃないですか。テレビで散々、目や口に入れるなと注意喚起している、恐ろしく高い致死率と感染力を持つものが」

俺たちは雷に打たれたように言葉を失った。

ああ、そうか。

進藤と立浪の、ゾンビの血。

あれを脳からほど近い目の粘膜から吸収したとすれば。ウイルスは瞬く間に脳に達し、今頃七宮の体は人外のものに作り替えられている最中だろう。

「——さすがは剣崎さん。そこまでわかっていて、私を犯人だと確信されていたのですね」

「他の誰かが同じ目薬を持っていないとも限らないので、これは容疑が強まったというだけですが」

「どちらでも同じことです。まもなくここにも救助が来ることでしょう。いずれ正式な捜査の手が入れば、数々の小細工も無駄になり私の犯行だということは明らかになるはずですから」

以前、比留子さんが犯人の意図について話していたのを思い出す。

静原の言葉を信じるならば、彼女は物理的な証拠、例えば指紋などの隠滅には労力を割いていないことになる。だとすると彼女がここまで入り組んだ計画を実行したのは、罪を逃れるためでなく、救助が来る前に確実にあの三人を殺しきるためだったのだろう。

「なんでだ、美冬。どうしてお前が」

弱々しく声を震わせる高木を見て、初めて静原の顔に苦痛の色が宿る。

「ごめんなさい、高木先輩。でも私はなんとしても沙知《さち》さんの復讐を果たさなければなりませんでした。私はそのために神紅大学に入ったんです」

聞き覚えのない名に比留子さんが周りの顔を見渡すと、

「遠藤《えんどう》沙知先輩。去年立浪さんと破局して、大学辞めて実家に戻った先輩だよ」

と重元が教えてくれた。

「復讐、ということは」

「沙知さんは十二月に自殺したんです」

その言葉に高木と重元の顔が引きつる。俺が高木から聞いた限りでは、自殺したのは七宮の相手の恵という先輩だったはずだ。つまり遠藤沙知の自殺は実家に戻ってしばらく経ってからのことであり、現役の部員たちにも知らされていなかったんだろう。

静原は落ち着いた口調で話し始めた。

「沙知さんと私は近所に住んでいて、子供の頃から本当の妹のように可愛がってもらいました。綺麗で、優しくて。そんな沙知さんが去年の十月、急に大学を辞めて帰ってきたと聞き、私は嫌な予感がしてすぐに彼女の家を訪ねたんです」

最初のうちは面会を断られ、何度目かの訪問でようやく静原が部屋に上がった時には、彼女はすでに見る影もないほどやつれ果てていたという。遠藤沙知は家族にも話していなかったその理由を、静原には打ち明けた。サークルの夏合宿で出会った男に騙され、弄ばれた挙句に捨てられたと。

「沙知さんは純粋で大学に入るまで交際経験もない人でしたから、男を疑うことを知らなかったのでしょう。私はなんとか沙知さんを立ち直らせようとしましたが、甲斐なく彼女は二ヶ月後、命を絶ちました。最後まで相手を守ろうとしたのか、遺書は合宿のことにすら触れていませんでした。事実を知っているのは私だけだったのです。

沙知さんの肉体とともに私の良心は燃え尽き、残ったのは復讐心だけでした。立浪だけじゃ収まらない。彼と同様に女性を苦しめる男どもをまとめて地獄に叩き落とそうと誓い、神紅大学への受験を決めました。ギリギリの進路変更だったので、受験科目の問題もあって受けることができたのは看護科でしたが」

「進藤さんも、元から殺すつもりだったのですか」

比留子さんが問うと、静原の声に怒りが宿った。

「当然です、あんな男。あいつはOBの三人に女性が喰いものにされると知っていながら、一切の事情を隠して私を合宿に誘ってきたんですよ。まあ誘われなくてもなんとかして参加する計画だったんですけどね。だけど、人数が足りないからといって剣崎さんや演劇部の名張さんまで巻き込むだなんて、本当にクズ。あの男には女性は就職のための生贄としか見えていなかったんですよ」

「ちょっと待ってくれ」

大切な自白が抜けていることに気づいて俺は訊ねた。

「一番最初の脅迫状を書いたのは、君じゃないのか」

静原が復讐のためにこの合宿に参加するつもりだったのなら、中止にさせるような脅迫状を書くはずがない。案の定、静原は否定した。

「私ではありません。おそらく去年のことを知っている上級生の誰かが警告として書いたのでしょう。もしあの時点で合宿の決行を思いとどまっていれば、進藤は見逃してやってもよかったのですが」

すると名張がたまらないとばかりに声を上げた。

「静原さん、あなた馬鹿よ。気持ちは痛いほどわかるわ。今だって彼らのために泣く気になんてならないもの。でも、あんなクズたちのためにあなたが罪を背負う必要なんて――馬鹿よ、本当に馬鹿よ」

顔を覆う名張に、静原は黙って頭を下げた。

「ありがとう、名張さん。でも私はあなたが思っているような人間ではありません。私はこの数ヶ月間あいつらを殺す光景ばかり頭に描き、その目的を果たすためにこの合宿に潜り込んだのです。当初の計画はただ一人ずつ誘い出したり眠らせたりして殺すという、荒っぽいものでしたけど。彼らに法の裁きを与えることなんて微塵《みじん》も考えなかった。そんな私にとってはゾンビたちの襲撃は復讐の啓示に思えました。おかげでなにが起きても警察はやってこないし、奴らは逃げることもできない。そしてなにより――喰われた者が喰う側に回るというゾンビの在《あ》り方が、私の復讐を後押ししているように思えたんです」

「でも静原さん。あなたの犯行はこの状況をあまりにもうまく利用していました。まさか、このテロを起こした犯人たちと繋がりでもあったのですか」

比留子さんの疑問を彼女は否定した。

「いいえ。すべては神の悪戯――いえ、悪魔の囁きともいえる閃きと偶然によるものです。一日目の夜――私は偶然にも、ベランダから進藤が彼の部屋で星川さんに襲われているのを見つけたんです。進藤は嚙みつこうとする彼女を窓際で必死に押さえつけ、しかし決して助けを呼ぼうとはしませんでした。他の人に気づかれれば、星川さんが殺されるとわかっていたのでしょうね。彼がそうして必死に粘っているのを、私はただじっと見つめていました。――いえ、違いますね。私は目を輝かせて星川さんを応援していたのです。『いけ、そこだ。頑張れ、殺せ』って」

抑揚《よくよう》なく淡々とした口ぶりだが、静原の目は爛々と輝きを放っている。

「そのまま三十分ほどで、疲れ知らずのゾンビを相手にとうとう進藤は力尽きました。彼は最期に――ふふっ、彼の顔が激しく嚙みちぎられていたのはなぜだと思います？　彼はね、最後の最後で星川さんに口づけをしたんですよ。とっくにゾンビと化している彼女に。そこだけはちょっと見直しました。許しませんけど。そして星川さんは彼の顔面、そして全身を嚙み散らかした後、ゆっくりと立ち上がりました。

その直後でした。彼女は、偶然にもベランダを隔てて観察していた私に気づき、私の部屋の方に踏み出したのです。ゾンビの知能が低いというのは本当なんですね。彼女はそのまま手すりを乗り越え、落下しました」

俺は屋上での出来事を思い出す。非常階段に押しかけていたゾンビたちは俺の姿を見つけると、足場のない手すりの向こうへと身を乗り出し次々と落下していった。ゾンビ化した星川も同様に、斜《はす》向かいのベランダにいた静原を目指して落下したのか。

「目の前には進藤の死体だけが残された部屋。その時私は思いついたのです。犯行をあえて人間の仕業に見せかけることで、私がこの先殺人を犯しても疑いの目をそらすことができるのではないかと。これこそ神の啓示だと確信し、ゾンビを利用して、立浪と七宮を殺す今回の計画を考え始めました。七宮は早々に部屋に籠ってしまったため、まずは立浪に狙いを絞りました。そして彼の隙を窺うちに、カードキーのすり替えとエレベーターのトリックを思いついたのです」

そこで静原の目が揺らいだ。

「しかしいよいよ殺害の実行となると、一つだけ思いとどまる理由がありました。それは明智さんのことです。沙知さんの死から男性すべてを軽蔑《けいべつ》していた私ですが、明智さんに守られたことによって大きな迷いが生まれました。彼を犠牲にして生き残った私に、男に復讐する権利があるのかと。だから私はその答えを、ある人に問うことにしました」

俺の耳に、昨夜の静原の言葉が蘇った。

『私にできる償いがあればどうか言ってください。お金でも、体でも』

そうか。あれは静原を止める最後のチャンスだったのだ。

俺は要求すべきだった。金でも。体でも。

外道《げどう》と罵《ののし》られようが、その手を血に染めさせぬよう彼女を支配下に置くべきだった。

なのに俺は、こう答えてしまった。

『君の望むままに生きてくれれば、それでいい』

彼女はそれを、ゴーサインと解釈したのだ。

俺の軽薄な正義感が、鬼畜の所業へと突き進む彼女の背を押してしまった。

どこまで救いのない馬鹿なのだ、俺は。

「――私は、許しを得ました」

静原が笑みを浮かべる。哀しみでもなく、怒りでもなく。

狂気を孕《はら》んだ笑み。

「じゃあ、あの睡眠薬は」

「あれは元々、三人のOBと進藤を殺すのならどこかで必要になるだろうと思って用意してきたものです。ですがそのせいで名張さんに疑いがかかってしまったと聞きました。私としては最後の一人を殺すまで誰がやったかわからない状況を維持したかったので、そんなつもりじゃなかったんです。ご迷惑をおかけしました」

名張はもういい、というように首を振った。

「ゾンビが南エリアに侵入していることに気づいたのは、立浪の殺害後、銅像についた血を浴衣で拭き取っている最中でした。私は剣崎さんと高木先輩が部屋に取り残されてしまったことに焦り――その時再び、悪魔の閃きを得たのです。これを利用すれば剣崎さんを救出するという口実で七宮の部屋に入るチャンスができると。そして日頃から持ち歩いていた目薬のケースに立浪の血を吸い取ったのです。

どうぞ軽蔑してください。私がお二人に電話をかけたのは、心配が半分、残りの半分は七宮を殺すためだったんです。あまつさえ、お二人に自作自演の可能性が残るように南エリアの扉の鍵を開けたのですから。

二〇六号室に駆け込んだ私のしなければならないことは二つ、剣崎さんと高木先輩の両方もしくは片方だけでも電話で起こすこと、そして誰にも姿を見られないよう自分の三〇七号室に帰り着くことでした。

まず剣崎さんに電話をかけた後、私は血のついた浴衣を窓から投げて処分しつつ、誰が剣崎さんたちを助けに動くのか、またゾンビが入ってこないかラウンジの様子を窺っていました。その時剣崎さんは管野さんと二、三分電話していたんでしたね。なかなか動きのないことにしびれを切らした私は高木先輩にも電話をかけたのですが、その間に管野さんがラウンジに出てきたため、自室に戻るタイミングを窺わなければなりませんでした。

後は剣崎さんの推理のとおりです。管野さんが大声を上げながら三階へと駆け上がったのを機に私は二〇六号室のドアから顔を出し、葉村さんと顔を合わせてしまいました」

こうして静原はハウダニットのすべての告白を終えた。

だがしかし――まだ謎は残っている。

比留子さんは顔を右手で覆い、苦悩を痛みでごまかそうとするかのように爪を立てながら声を振り絞った。

「一つだけ、どれだけ考えてもわからないことがあるんです」

「なんでしょう。私に答えられることであれば」

「立浪さんを殺す際、なぜエレベーターを使ったトリックに固執したんですか。ゾンビに襲わせるだけなら、他に簡単な方法がいくらでもあったはずです。合計二百キロ以上もの荷物の積み降ろしをしたり、それらについた血を拭き取ったり、そんな労力を使ってまでこのトリックを用いた理由が私にはわかりません」

それは比留子さんがずっと口にし続けてきた、ホワイダニットの問題だ。

すると静原は事も無げに頷いた。

「ああ、それは簡単です。だってゾンビに嚙まれた後の死体を回収するにはそうするしかなかったんですから」

「死体を、回収する？」比留子さんが怯えたように繰り返す。

確かに『比留子法』では、立浪の死体はゾンビの群れの中に取り残されてしまう。だがそれのなにが不都合だというのか。

「さっき私はゾンビを復讐の啓示だと言いましたね。それはなぜか？――ゾンビは二回殺せるからですよ。人間としての死と、ゾンビとしての死。私は沙知さんの直接の仇である立浪だけは、二度殺さねば気が収まらなかったんです。だって立浪は二人の――沙知さんとそのお腹にいた赤ちゃん、二人分の命を奪ったんですから」

「遠藤先輩が、妊娠していた……？」高木が呆然と呟く。

「そうです。もちろん沙知さんは妊娠を彼に告げていた。けれど立浪から送られてきたのは、堕胎費用が詰まった封筒だけでした。それを受け取った二日後、沙知さんは命を絶ったんです」

なんということだ。彼女は一度殺した立浪をゾンビとして復活させ、もう一度殺すためにあれだけのトリックを用いた。これが比留子さんの追い求めていた、ホワイダニットの答えだ。

重元が前に言っていたことは本当だった。

人はゾンビに対してそれぞれのエゴや心象を投影する。

重元にとって興味の尽きぬ謎の塊であったように、俺にとって人の無力さを思い知らせる災害であったように、比留子さんにとって彼女の特異な体質が招き寄せる過去最悪の脅威であったように、そして立浪にとっては愛という正体不明の病気に踊らされる愚者の姿であったように――静原にとっては人の命を二度奪うという、前代未聞の復讐を可能にせしめた道具だった。

静原は凶行の感触を思い出すかのように、自らの両手に視線を落とす。それはまるで聖母が神の子を抱くかの如《ごと》く。

「今でも覚えています。あの時――立浪を乗せたエレベーターが一階に下りていき、まもなく彼のくぐもった悲鳴が縦穴の底から響いてきたのを、私は床の隙間に耳を押しつけて、一瞬たりとも逃すまいとじっと聞いていたのです。両手両足を縛られ、抵抗はおろか逃げることもできない彼は、群がるゾンビたちに全身を陵辱されながらのた打ち回り、そのうち猿轡が外れたのでしょう、まるで生娘《きむすめ》のような甲高い悲鳴を上げ始めました。それは天上の調べのように、私がこの数ヶ月腹の中で燃やし続けた憎悪を、すべて洗い流してくれるかのようでした。

わかりますか。私はとうにまともな人間ではないんです。エレベーターが戻り、立浪の死体を回収した私は銅像などの後片付けをしながら、彼がゾンビになるのを心待ちにしました。犯行が早朝までかかったのは計画に手こずったからではありません。彼がゾンビ化するまで待っていたからなんです。彼は進藤より少し早く、ちょうど四時間ほどでゾンビとして動き始めました。それを待ちわびていた私は、手にした鎚矛《メイス》を何度も何度も彼の頭に打ちつけました。なんだか、スイカ割りみたいで夏っぽかったですね」

笑う唇の隙間から艶かしく赤い舌が覗く。瀟洒の仮面をようやく脱ぎ捨てた彼女はゾッとするほどに美しく、魅力的だった。

「そういえば、ゾンビ化した出目に止めを刺すことができたのもできすぎた幸運でした。彼に直接手を下せなかったのは唯一の心残りでしたから。

——長い三日間でした。この限定的な環境で理想の殺害を達成するためにこれだけの小細工を弄することになりましたが、すべての目的は完遂しました。後はもう——」


ただ、ただ強く唇を噛む。

わかっている。俺が静原に何かを言えた義理ではない。

彼女の犯行を黙認した以上、俺も彼女の共犯だ。

俺にだけは静原も言われたくないだろう。

そんなことはわかっているんだ。わかっているが、これはどうしようもないことだったのか。

なあ、静原。お前の憎しみはよくわかるよ。

慕っていた人が奴らに弄ばれて捨てられて、挙句の果てには子供を身籠《みごも》ったまま死んじまって。

許せないよな。もう殺すしかないよな。

俺だってお前の立場だったら同じことを望むだろう。

奴らはお前にとって一番やっちゃいけないことをやったんだ。それだけは、それ以外なら許すこともできたのに。

だから今お前は一切後悔をしていないだろう。

けどな、静原。

お前は見たんだろう？　たった一人でゾンビになった恋人を匿って、最後の最後まで粘って、終いには口づけで一生を終えた進藤の姿を。

彼は臆病で身勝手で女性たちにとってははた迷惑な最低野郎だったけど、あいつの一番大切なものにだけは命をかけたんだ。

立浪だってそうだ。お前は知りたくもないだろうが、あの人は俺たちには想像もできない辛い経験をしてトラウマを抱えて、愛ってものを信じられなくて。それでもその正体が知りたくて貪るように女に手を出して。同情できる部分もあるんだよ。

もしかしてあいつらは、あいつらっていう人間の一番醜い部分を曝け出しただけなんじゃないのか。そのただ一点を除けばそんなに悪い奴らでもなくて、お前も俺も、誰かの一番醜い部分を指差して、人でなしだ、許せないって叫んでるんじゃないのか。

だとしたら、その怒りはやっぱり正しかったのか。永遠にそれを後悔しないと言いきれるのか。こうして一番醜い部分を曝け出した俺やお前は、人のままでいられるのか。

俺にはもうわかんねえよ。だから俺はこれ以上出目や七宮のことを知りたくない。あいつらのことを救いようのない人間のクズだって思っていたい。

でなきゃもう何を憎んでいいのかわからないじゃないか。


その時だった。東階段のバリケードに仕掛けられていた防犯ブザーの音が、階下から聞こえてきたのだ。

五

その音が意味することは明白だった。いくつもの悲鳴が上がる。

「バリケードが突破されたんだ！」

「上がってくるぞ！」

だが階段を上がるゾンビたちは動きが鈍い。まだ避難する時間はあるはずだ。俺は手近にあった槍を拾い上げる。

皆が急いで倉庫の荷物を屋上へと運ぶ間、俺と管野は東階段の上に陣取った。少しでも時間を稼ぐのだ。階下からゾンビどもがゆっくりと上がってくる。

「く、来る……！」

「斃す必要はありません。下に突き落とせばいい」俺は管野に言った。

唾を飲み込み、武器を構える。

だが、予想外の事態が起きた。

まったく反対の方角から、メキメキっという木が押し倒されるような音が響き、女性の悲鳴が聞こえたのだ。倉庫の向こう――南エリアの扉を破壊してゾンビがなだれ込んできたのだ。

「まずい！」

あっちの方が倉庫に近い。このままでは俺たちが取り残されてしまう。

慌てて引き返し、まさに倉庫の扉に手を掛けようとしていたゾンビへと槍を突き出した。

しかしそれがいけなかった。槍は振り向いたゾンビの喉を貫いたが、引っ掛かって抜けなくなってしまったのだ。串刺しになったまま、ゾンビは手を伸ばして近寄ってくる。

「うわあああ！」

噛みつかれないように槍を持ち上げ、相手が上向いたところを突き飛ばして難を逃れる。だがその後ろからは新手のゾンビがぞろぞろと距離を詰めてきていた。

俺たちは転がるようにして倉庫に駆け込んだが、扉を閉めようとしたところにゾンビの手が突き出され、隙間に挟まった。そこから二体目、三体目の手が突っ込まれる。もう扉を閉めるのは不可能だ。

「屋上に上がれ！　早く早く！」管野が絶叫する。

残った作業を放り出し、女性陣、そして重元の順に屋上へと駆け上るが、次から次へと差し込まれる腕の圧力に圧倒され、とうとう扉が開け放たれてしまう。

「先に行って！」

管野に促され、階段を這い上がる。外に出るなり雨粒が顔を打った。管野もすぐ後ろに追いついた。そして全員の脱出が完了しようとした時、

「うわあっ」

殿《しんがり》の管野が悲鳴を上げた。彼の右足をゾンビが摑んでいたのだ。

血の気が引く。嚙まれれば終わりだ。

その瞬間小柄な影がゾンビに躍りかかり、顔面に小剣を突き立てた。

「美冬！」

静原だった。彼女の反撃でゾンビの手が緩み管野は階段から這いずり上がったが、次は彼女が標的になる。懸命に剣を振り回す彼女に四方から手が伸びる。悲鳴が上がった。

「ああああっ！　この、このっ」

高木が上から滅茶苦茶に槍を突き出し、なんとか静原を引っ張り上げる。これで全員。

急いで扉に手を掛ける。後は追ってきたゾンビを突き落として扉を閉めるだけ。

そのはずだった。が――。

「――あ」

眼前に迫ったゾンビを見て、俺の頭は真っ白になった。

「明智、さん――」

目と鼻の先まで這い上がってきた男のゾンビ。

全身血にまみれ嚙み跡だらけになっていたが、その姿を見間違えるはずがない。

俺のホームズ。今まで俺を引っ張ってくれた恩人。助けられなかった人。

これまで多くの死を見てきた。

人の力で抗えない理不尽な災害、突然訪れる別離への耐性もある。

けれど、この手で彼を突き落とせるわけがなかった。

舞い戻ってきたホームズを、ワトソンの手で再び崖下に突き落とすなんて。

すべてがスローモーションになる。

目が合った。リムレス眼鏡を失った赤い瞳に俺は映っていなかった。

明智さんの手が俺の肩を摑み、大きく開いた口が首筋へと――。

衝撃。

明智さんの目から脳天まで、一本の槍が突き通っていた。

振り向くと、比留子さんがいた。

「――あげない」

強い口調。

「彼は、私のワトソンだ」

手を離す。槍ごと明智さんの体がのけぞる。

蜘蛛《くも》の糸を断たれたカンダタのように、ゾンビを巻き込みながら彼は奈落へと落ちていき――

扉が閉ざされた。

「ああ、美冬、美冬――」

高木が泣きながら名前を呼んでいる。彼女の腕の中でうずくまる静原の肩口には、見るも痛々しい嚙み跡がくっきりと残っていた。誰もがその意味を理解する。

「因果応報、というやつです」

静原が立ち上がり、ゆっくり突き放すように高木の胸を押した。

「先輩、悲しまないでください。喰う者が喰われる側になった。これも啓示の続きです」

静原は高木の槍を手に、屋上の端まで後ずさる。

「美冬」

「ご迷惑をおかけしました、先輩、皆さん。死ぬのは怖くありませんが、このままでは沙知さんの元に行くのに余計な時間がかかりそうなので、自分で片をつけさせてもらいます」

そう言うと静原は一切の躊躇を見せず、自らの眼窩に深く槍を突き立てた。

後ろに倒れ、小柄な体が宙に放り出される。

「いやあぁぁぁーーーーーーーーっ」

高木の絶叫。

その一瞬後、地上からゴトン、という音が聞こえ、
静寂が戻った。


雨が上がり、救助のヘリが現れたのはそれから四時間後のことだった。

# エピローグ

色んなものを奪ったまま夏は去った。

奪われた側の俺はいくらか身軽になってしまった体で日常に戻り、今日も馴染みの喫茶店に入る。

脚の短いテーブルの上にはクリームソーダ。初めて奢ってくれた人はもういない。

あれから一ヶ月強。例の新型ウイルステロによる死者数は現時点で五千二百三十人と発表されている。

五千人以上の犠牲者が出た。だが五千人に過ぎないともいえる。俺の経験したあの大地震に比べれば、その数は少ない。

だからなのか、二週間ほどはあれほど沸き立っていたマスコミも、一旦ピークを過ぎると潮が引いていくようにゾンビやテロという言葉を流す頻度が減り、今ではもうすっかり元の日常を取り戻している。そのスピードが誰かの意図したものだったかどうかはわからない。

とあるペンションで起きた猟奇殺人や、そこで犠牲になった若者たちの存在が人々の噂の中から消えていくのも無理からぬことだった。

夏休みが終わると同時に高木は大学を辞めた。来年から看護学校に通うつもりだと、わざわざ挨拶に来てくれた。それから、最初の脅迫状は彼女が書いたものだったと打ち明けられた。合宿が中止になればとの彼女の願いは叶わなかったというわけだ。今度は人を救える人間になりたい、そう漏らして彼女は去った。

名張は事件の心労なのか、しばらく療養していたが先日無事大学に戻ったという。なんでも紫湛荘の管理人を辞めた管野とは時々連絡を取り合う仲らしい。今回の出来事での数少ない救いだ。

重元は姿を消した。だが彼の場合は少々特殊で、彼の知人によると事件後に一度も大学に姿を見せておらず、連絡も取れないのだという。

一つ俺の記憶に引っかかっていることがある。紫湛荘から救出された後、俺たちは精密検査と事情聴取のため一時的に施設に隔離されたのだが、そこで重元が所持していた荷物の中から例の手帳が警察だか検査官だかに見つかってしまい、重元だけ別室へと連行されたのだ。その後彼がどうなったのか、今となっては知る由もない。

最後は俺たちのことだ。

事件後、比留子さんは改めて俺に助手になるよう依頼してきた。

そんな彼女に俺は一つの秘密を打ち明けた。

立浪殺しの直後に静原と顔を合わせた時、静原は俺に対して脅迫ではなく嘆願したことを。

――お願いです。七宮以外には手を出さないと誓いますから、今は見逃してください。

俺は自分の外聞を守るためそれに乗り、結局はミスを犯して静原を追い詰めたにも拘わらず、彼女は最後まで俺との約束を守ったのだ。

「すみません。あなたの助手には、なれない」

俺は比留子さんの努力を知っていながら、彼女を欺き七宮を見殺しにした。

そんな俺にワトソンが務まるはずがない。

「そっか」

彼女の寂しげな笑みが、目蓋に残る。


ちりん、と入口のベルが鳴った。

開いたドアから差し込む外光を背に、一つの人影がこちらに歩いてくる。

あどけないようで大人びた雰囲気をまとった、ミステリアスな美女。

「――早いね。待った？」

「いえ、ついさっきです」

俺は席に着く彼女のため、ウェイトレスを呼ぶ。

明智さん亡き後、ミステリ愛好会の人数は変わらず二人のままだ。

「それじゃあ、始めましょうか」

「うん。知り合いに頼んでいた例の機関の調査報告だけれど――」


俺の償いは、ここから。

# 第二十七回鮎川哲也賞選考経過

小社では平成元年、「《鮎川哲也と十三の謎》十三番目の椅子」という公募企画を実施し、今邑彩氏の『卍の殺人』が受賞作となった。翌年鮎川哲也賞としてスタートを切り、以来、芦辺拓、石川真介、加納朋子、近藤史恵、愛川晶、北森鴻、満坂太郎、谺健二、飛鳥部勝則、門前典之、後藤均、森谷明子、神津慶次朗、岸田るり子、麻見和史、山口芳宏、七河迦南、相沢沙呼、安萬純一、月原渉、山田彩人、青崎有吾、市川哲也、内山純、市川憂人各氏と、斯界に新鮮な人材を提供してきた。

第二十七回は二〇一六年十月三十一日の締切までに百四十一編の応募があり、二回の予備選考の結果、以下の六編を最終候補作と決定した。

梨江枯葉　空の底に咲く
一本木透　だから殺せなかった
朝永理人　幽霊は時計仕掛け
亘二舟　箱庭のふたり
左義長　恋牡丹
今村昌弘　屍人荘の殺人

最終選考は、加納朋子、北村薫、辻真先の選考委員三氏により、二〇一七年四月三日に行われ、次の作品を受賞作と決定した。

今村昌弘　屍人荘の殺人

さらに、次の作品を優秀作と決定した。

一本木透　だから殺せなかった

＊

受賞者プロフィール

今村昌弘（いまむらまさひろ）氏は、一九八五年長崎県生まれ。兵庫県在住。岡山大学卒。現在フリーター。

# 第二十七回鮎川哲也賞選評

加納朋子

今回より、選考委員を務めさせていただきます。鮎川賞出身者の一人として、襟を正す思いで読ませていただきました。以下、読んだ順に言及します。

『空の底に咲く』

昭和初期という時代を描写する熱意は、とても良かったと思います。大きな傷のない、端正な物語だとも。ただ、行き先のわかっている道を、淡淡と歩いている印象を受けました。事故死した女性が、果たして恋文を読んでくれていたか否か、という謎は、それだけで長編を牽引するには少し弱いかもしれません。また、手紙の隠し場所も予想の範囲内に留まっている上に、違和感を覚えます。恋文を隠すのに直接触れられず、読み返せない方法を選択する女性は、あまりいないのでは。これはメールやＬＩＮＥ時代の人間の感覚であるように思います。

『だから殺せなかった』

センテンスの短い文章が印象的でした。語り手のごく平凡な生い立ち、ありふれた家族の思い出が延々と語られ、ついに成人してしまったときにはどうなることかと思いましたが、章が変わり、語り手が新聞記者に交代すると俄然面白くなります。新聞製作に関わる情報量が圧倒的でした。興味深く読みましたが、ここはもう少し整理してもいいかもしれません。また、ラストのひねりはあまり効果的ではないように感じます。だったらこのタイトルの意味は？　と思ってしまいました。とは言え、非常に筆力のある方で、ミステリとしての完成度もとても高い作品です。

『箱庭のふたり』

物語の早いうちに魅力的な謎を提示できるか否か。本格ミステリとしては、かなり重要なポイントだと思っています。その点で、本作の、大学のカウンセリンググルームに、息子と共に訪れた主人公が遭遇する、箱庭療法と同じ状況での死亡事件という謎には、とても心惹かれました。ただ、細かいところに色々と疑問が……。子供が押したくらいで屋上から大の大人が転落するか、とか。死体の隠し方とか。無理があったり、強引だったり。素材はいいのに、上手く料理できていない感じがしました。

ラスト近く、カウンセリング対象がむしろ自分であったことに気づく件《くだり》は、哀切かつ感動的でした。

『恋牡丹』

時代小説の短編集。時代小説としての完成度は非常に高く、物語として読み応えがありました。このまま商業誌に載せられるレベルです。ただ、本格ミステリとして見た場合、展開が素直過ぎて、早々に仕掛けが割れてしまうきらいがあります。また、全体を通してみると長いスパンの物語で、探偵役や主人公が次々変わってしまうので、長く続いたシリーズもののダイジェストを見せられたような読後感でした。これだけ達者な書きぶりなので、もしかしたら他にもこのシリーズで短編をお書きなのかもしれませんね。

『幽霊は時計仕掛け』

高校の文化祭。クラスの出し物はお化け屋敷。存在感が空気より薄いと自嘲する主人公の男子に、女の子達が次々に向こうからからからんでくる。他の男子生徒の存在感はゼロ。完全にラノベのテンプレートを踏襲している……のですが、最後にはそれを自ら破壊しているのが興味深かったです。作者は意識して、ラノベの様式美をせっせと構築した上で敢えて破壊しているのかもしれません。メタ的なセリフも多々あり、ここは好悪の分かれるところかも。

面白くは読んだのですが、致命的なミスが目立ちます。殺された女生徒の名前を間違えていたのは最悪。本格としての謎解きはとてもきれいだっただけに、もったいないなあと思いました。

『屍人荘の殺人』

冒頭にあるホテルの見取り図だの、大学のミステリ愛好会だの、ホラービデオの撮影の為の合宿だの、まさに古典的かつ王道！　という感じで微笑ましく読んでいたら……。いきなり大量の〇〇〇にホテルが取り囲まれて、通信も途絶え、あっという間のクローズドサークルの完成。しかも探偵役と思われた登場人物は……。

いやはや、斬新というか奇抜というか、あまりの展開に呆然としてしまいました。しかもそこから始まる連続殺人事件が、この特殊で異常な設定ありきで、最後にはとてもきれいに謎解きされていく……。

一言で言って、抜群に面白かったです。

途中、登場人物が増えて、把握しきれなくなったと思ったところで、改めて人物紹介と名前の覚え方の語呂合わせまで出て来たのは、たいへん親切でマル。

蓋を開けてみれば、全員一致で本作が受賞となりましたが、全体にレベルが高く、とても楽しく読ませていただきました。来年も、力作をお待ちしています！

北村　薫

今回は、鮎川賞史上、近藤史恵氏が『凍える島』で栄冠に輝き、貫井徳郎氏が『慟哭』をもってしても受賞を逸した第四回に匹敵する激戦でした。

編集部から回って来た候補作は、例年より多い六作。

――これ以上、どうしても絞れなかった。

と、いいます。

読んでみて納得。ほとんどが、例年なら当落線上にあるもので、半分は受賞してもおかしくない作でした。

どういう選考会になるだろうと胸を躍らせつつ、一方、優れたものを落とさざるを得なくなるであろうことに心を痛めました。

さて、会が始まり、まず選考委員各自の五段階の評価を発表すると、『屍人荘の殺人』に全員がAをつけていました。もめるかと思っていたのですが、この時点で早々と結果が出てしまいました。

これは、傑作といってもいいでしょう。《も》というのは、最高級の言葉をあまり軽々しく使いたくはないからです。しかし、冷静に考えても、年度の本格ミステリベストテンになら、楽々楽と入る作品です。

ありきたりの学生の夏合宿ものかと思って読み進んで行くと、目を疑う展開が待っています。野球の試合を観に行ったら、いきなり闘牛になるようなものです。それで驚かない人がいますか？　これから読む方のために、細かく語れないのがもどかしい。読者に、いかにも名探偵と思わせた人物があっさり……、という運びも心にくい。

こんな常軌を逸した物語にしてしまって、はたしてまとめ切れるのかと思うと、そこにぬかりはない。これが凄い。奇想と本格ミステリの融合が、実に見事になしとげられています。

この頭の働きには、素直に脱帽するしかありません。

タイトルだけは『〇〇〇の殺人』という先行作がいくらもあるので、勿体ないような気がします。しかし、《本格です》というしるし……なのだ、という考え方もあるので、これは作者と編集部で、よく考えていただければと思います。

次点となったのが、『だから殺せなかった』です。新聞社在職経験者としか思えない描写、用語等の圧倒的なリアリティ。練り上げられたプロット、文章力は見事です。

鮎川哲也先生のお名前をいただいた賞なので、本格ミステリであることを大切にしたい。そこがどうかと思いましたが、最後まで読むと本格の範《はん》疇《ちゅう》に入る作品と思いました。

これが無冠というのはあまりにも惜しい、読者の方にも、ぜひ読んでいただきたい——と思い、選考委員協議の結果、優秀賞ということになりました。

『恋牡丹』は、丁寧に作られた時代ミステリ。例えば、「願い笹」の蝶番《ちょうつがい》のトリックは、前例もあり珍しいものではありませんが、富士、七夕という生かし方が見事なのです。時代本格の秀作と期待して読み進めました。しかし、本格ミステリとしての妙味の点で、宝玉をずらりと並べるのは難しい。この辺が、連作もののつらいところです。まず短編の形で、発表の機会を得るのもよいかと思います。

以下の作品については、長所があるものの、一一細かくはあげませんが、各委員から気になる点の指摘がありました。

『幽霊は時計仕掛け』は、手垢のつき過ぎた高校ものなのに、すらすら読ませてしまいます。お化け屋敷の数時間が延々と続く前半は、凡手なら読むに堪えなかったでしょう。読ませてしまうというのは非凡です。論理展開もよく出来ている。名探偵の陰々滅々たる設定にも個性があります。

『箱庭のふたり』は力作です。素材も個性的で、部分部分に光るものがありました。独自の舞台や素材を扱うことは大切です。ほかにすでにあるものではなく、その人ならではの輝きを見せてほしいものです。この作の場合は、それを説得力のあるものとして完成させるという点で、やや、物足りないところがあります。

『空の底に咲く』の、世界作りへの意欲には好感を持てました。しかし、昭和初頭の世界を生き生きと浮かび上がらせるのは難しい。小道具が、それでなければならない必然のものとして、筋とからみ合うところまでは行きませんでした。

辻　真先

去年はなかなかの豊作であったが、今年も読みごたえのある候補作が多く、選考委員としても読むのに力がこもった。

順不同で読みはじめた一番手が『だから殺せなかった』である。最初にさまざまな場面での父の思い出が語られ、父母と自分だけが知るユーモラスな〝家族語〟が紹介されてこの節を閉じる。好もしい雰囲気を湛えていたが、次の節ではすぐ、そんな家族の実態が読者に明かされる。必要以上に感傷に陥らず、だが実感のこもった〝真実の告知〟の寂寞《せきばく》さにリアリティが裏打ちされ、つづいては劇場型の大事件が読者をゆさぶる。一転、新聞社編集局の溶鉱炉のような熱気が本文を覆い尽くした。「これは読ませる」と思った。ごった返す現場の修羅場が、読む者の顔をあぶってきたものだ。ここまでに感じた文章力の確かさは最後まで崩れを見せず、作品のすぐれた特色となった。謎解きの部分が薄味で、犯人の動機に弱さを覚えたものの、知と情を備えた高度のミステリを読んだ気分にさせられた。

次に『恋牡丹』を読んだ。鮎川賞の応募作には珍しい時代もの、それも連作だが筆者がタイトルに冠した肩書は〝連作長編〟であった。それぞれの題名は「花狂い」「雨上り」といったいかにもな三文字が連なっている。軸となるのは同心父子だが、四つの話を経て、維新の嵐に弄ばれる幕府の小役人という物語構造が明らかとなり、単に並べただけではないことがわかった。ひとつずつの事件解明にも、既成の捕物帳にない謎があって、本賞に応募する意気込みを感じた。残念ながら全体を通読すると、四作各編の出来にいささかバラつきがあるため、狙った意図が生きてこない憾《うら》みがある。一話で桜豆腐がほの見せた江戸情緒に対し犯人の動機が理に落ちすぎ、二話の屛風のトリックは面白いが倒叙の必然性が納得できず――といった按配で、読後のちぐはぐさを拭い去ることができなかった。この作者には再度の挑戦を期待したい。

『空の底に咲く』の生活感はよく出ているが、鮎川賞候補としては謎の質が粗く小さいため損をした。端役が生きているのは、小説としての地力があるといえようが、ミステリの部分が淡彩にすぎた。市《し》井《せい》のスケッチと論理の魅力がかみ合っておらず、キモであるべき謎解き場面が盛り上がらない。ゴテゴテした色彩感がないのは見識だけれど、読者をひきつける要素に乏しいため、初読のときの点数は悪くなかったのに、気分的に早々と受賞圏外へ脱落した。

『箱庭のふたり』も、きちんと書いているのに退屈であった。題材は悪くないし箱庭療法も絵になる。乗って読み出したぼくだが、しぼんでしまった。作者は素材の牽引力に頼りすぎ、筋立ての段階で筆が縮んだのではあるまいか。しょせんはフィクションなのだ、もっとぬけぬけと想像力を働かせ、いざキーを打つときになってから、細部のリアリティを求めた方がよかったと思う。それにしてもこの話をエンタメに咀嚼するのは難しい(ぼく程度の筆力では尻尾を巻きます)。むしろ作者は善戦したと評価するべきか。小説書きとしての基礎体力を、いっそう身につけていってほしい。

『屍人荘の殺人』は正直にいって迷った。いや、面白く読んだということでは確実にトップだ。それなのに、どこをどう迷ったのか。事件をめぐる内堀と外堀、二重の環濠《かんごう》についてぼくの読み方に齟齬《そご》があったようだ。内外ともに人間の仕業という点で同次元だから、連続殺人もバイオテロもおなじ土俵で結末に導いてほしい――ぼくは一旦そう考えたようだ。核となる事件そのものは、展開といい不可能演出といい最後の解明といい、間然とするところのない、紛れもなく水際立った本格ミステリである。吹っ切れなかったが、加納さんのひと声「新しい形のクローズドサークルですね」で、すっぱりと納得させられた。吹雪や台風の同類項として、バイオテロを位置づければいいのか。その観点から見れば真犯人の自裁も、きっちり片がついている。細かなテク、たとえばエレベーターと彫像の処理など唸らされた点を想起して、この一編こそ鮎川賞にふさわしいと、おふたりの意見に完璧に賛同できた。

最後に『幽霊は時計仕掛け』を読んだ。ははあ、学園ものか。文化祭か。お化け屋敷か。この種のアイテムがラノベといわず頻出しているご時世だ、よくよく自信があって書いたのだろうと、積極的に楽しみにしていた。結果は――まずまず、面白く読んだ。だが物足りない。あえて先人が収穫し去った土地に鍬を入れるなら、謎ばかりか人物（命名も性格も行動も）や、そいつらを右往左往させる手さばきまで、よりチャーミング、より新鮮であるべきだろう。それがなければ受賞は無理筋と、すべての応募者は覚悟して、それでも懲りずに再度アタックする気概をぜひ持ってほしい。きっとまた近いうちにお逢いできるでしょう。

主要参考文献

『ゾンビサバイバルガイド』マックス・ブルックス 著／卯月音由紀 訳／森瀬繚 翻訳監修 エンターブレイン
『映画秘宝ＥＸ 映画の必修科目15 爆食！ゾンビ映画１００』洋泉社

# 屍《し》人《じん》荘《そう》の殺《さつ》人《じん》

Murders
at the
House of Death

二〇一七年十月十三日　初　版
二〇一八年二月　九日　十一版

著　者　今村昌弘《いまむらまさひろ》
発行者　長谷川晋一
発行所　株式会社東京創元社
〒一六二―〇八一四
東京都新宿区新小川町一―五
電話（〇三）三二六八―八二三一（代）
振替　〇〇一六〇―九―一五六五
URL http://www.tsogen.co.jp

装　画　遠田志帆
装　丁　鈴木久美
印　刷　フォレスト
製　本　加藤製本

乱丁・落丁本は、ご面倒ですが小社までご送付ください。
送料小社負担にてお取替えいたします。
©Imamura Masahiro 2017, Printed in Japan
ISBN 978-4-488-02555-7 C0093

# 鮎川哲也賞

選考委員◎加納朋子／北村 薫／辻 真先

創意と情熱溢れる鮮烈な推理長編を募集します。未発表の長編推理小説（四〇〇字詰原稿用紙換算で三六〇～六五〇枚）に限ります。正賞はコナン・ドイル像、賞金は印税全額です。受賞作は小社より刊行します。

# ミステリーズ！新人賞

選考委員◎大崎 梢／新保博久／米澤穂信

斯界に新風を吹き込む推理短編の書き手の出現を熱望します。未発表の短編推理小説（四〇〇字詰原稿用紙換算で三〇～一〇〇枚）に限ります。正賞は懐中時計、賞金は三〇万円です。受賞作は『ミステリーズ！』に掲載します。

注意事項

・原稿には必ず通し番号をつけてください。ワープロ原稿の場合は四〇字×四〇行で印字してください。フロッピー等を使った電子データのままでは受け付けられません。必ず紙に印字したものをお送りください。
・別紙に応募作のタイトル、応募者の本名(ふりがな)、郵便番号と住所、電話番号、職業、生年月日を明記してください。また、ペンネームにもふりがなをお願いします。
・商業出版の経歴のある方は、応募時のペンネームと別名義であっても応募者情報に必ず刊行歴をお書きください。
・結果通知は選考ごとに通過作のみにお送りします。メールでの通知をご希望の方は、アドレスをお書きください。
・鮎川哲也賞には八〇〇字以内のシノプシスをつけてください。
・応募原稿は返却いたしません。
・他の文学賞との二重投稿はご遠慮ください。
・選考に関するお問い合わせはご遠慮ください。

宛先　〒一六二‐〇八一四　東京都新宿区新小川町一‐五　東京創元社編集部　各賞係